琢玉成妻

上

風文創 499

畫淺眉 著

目錄

序文

畫淺眉

又是自己給自己寫序文，距離上一次，差不多一年有餘。

對於《琢玉成妻》，在開始寫故事前，我詳細列出了大綱以及時間軸，那時候在腦海裡唯一的想法是，若穿越是一件極其可能發生的事情，那你、我會做什麼準備？

網路上有段時間很流行一個貼文，貼文的內容是問網友——如果你穿越了，你大學的專業或者目前從事的職業，能為你在古代帶來什麼幫助？

有人說，學畫畫的，唯一能做的大概就是畫師；有人說，學物流的妹子，是不是要去押鏢？還有人說，那學文化傳播、行銷企劃的，大概只能去販賣黃色書刊了。我那時候在想，我一個學旅遊專業的，難不成只能找個地方，認認路、讀點當地的縣志，然後當個嚮導，給人介紹介紹風土人情？

然而穿越沒人能夠做好準備，因為這個世界上，並沒有網路小說中描述的時空穿越總局會對你說：「嗨！親愛的，你要穿越了，快多看點書，學一腦門子的天文地理，博古通今。」

但，在小說裡可以有別的方法，讓穿越者不需要做事前準備，就能在穿越後順利適應新的生活——那就是作者賦予主角的金手指。

於是，我讓大學畢業後在農村辛苦工作的女主角穿越了，讓她穿越到一個架空王朝，讓她可以在已有的知識和經驗下，沈下心來學習更多的東西，從而真正地去適應她全新的生活。

這一次，我只想寫一個單純為了適應新生活、為了照料家人，不斷努力成長的女主角，她的世界，單純到只有發家致富，家和萬事興；但她的世界，同樣也寬闊到，不只有仰頭可見的那一方小小天地。

我總是愛寫主角的成長。女主角不會有一帆風順、完美到沒有一絲瑕疵的生活。她所有的好，所有的未來，依託的都是她不斷的進步和努力。

這一點，無論是故事裡的女主角，還是現實中的每一個女孩，都是如此。我想，這也是每個寫故事的人，所想要表達的意旨。於我而言，生活並非是「順應天命」，而是「世界如斯之大，如何甘心只做井底之蛙」。

那四方圍牆上的一方晴空，也不過是方寸之間。人非草木，不會無知無覺、無悲無喜、無慾無求，又怎麼能夠就那樣一直束縛住自己，不去探求外面的世界呢？

我總是覺得，女孩只有自身強大，才能迎來更好的世界，所以，我的女主角，永遠不會止步於後宅，她會走出去看看外面的世界，憑藉本事揮毫潑墨，書寫自己的精彩。

最後，謝謝連續支持了我兩個故事的編輯們，也感謝每一位曾隔著網路追過連載的，或是正在閱讀這本書的讀者，希望這個故事，能讓你們歡喜。

第一章

宣德八年的冬天，乾冷乾冷的，接連下了幾場大雪，北風捲著漫天的雪花，撲簌簌地就往下撒。村前的河道上都結了一層薄冰，人往屋外一站，冷不丁就要打上一個噴嚏。

北風灌進屋子，呼呼作響。梁玉琢躺在床上，身上的薄被怎麼也起不了一絲一毫的暖意。她已經醒來一天了，肚子餓得咕嚕直叫，但是別說吃的，就是人影，梁玉琢也沒在房間裡看到一個。

從窗紙破洞吹進來的北風，帶著過去二十幾年她從來沒感受過的寒意。

這房間簡陋得很，她剛睜開眼的時候，就看見了骯髒的、布滿了蜘蛛網的茅草屋頂。老舊的房樑上，還有骨瘦如柴的老鼠從上頭悄悄地爬過。屋頂有個角落的茅草已經被吹走了，透過那個角落，能看見灰濛濛的天，偶爾還有大朵的雪花從那裡飛進來。

一不留神，落了一片在梁玉琢的鼻尖上。躺平的梁玉琢眨了眨眼，伸手去摸鼻子，然後看著面前這隻瘦弱的小手，有點發懵。

其實剛開始時，梁玉琢全然沒想過別的，只記得泥石流衝下來的時候，她看到村長家的孫子從房子裡連跌帶爬地跑出來，褲子都沒來得及穿上，就那樣光著兩條火柴棒似的腿，一邊喊一邊跑。還沒來得及多想，她已經一把撲倒那孩子，緊接著她和那個孩子就被席捲而來的泥石流結結實實撞得眼前一黑。

現在仔細想想，這醒來後的環境、這房間、這擺設，還有身下這張硬邦邦的床，沒有一點像她過去生活過的地方，哪怕是從電視裡、網路上曾經見過受災後的村莊，也沒有這個樣子的。

梁玉琢從床上坐起來，看了看周圍，捂著咕嚕叫的肚子，皺起了眉頭。房樑上的老鼠下了地，和梁玉琢的視線撞上，也不怕人，吱吱叫了兩聲，在屋子裡走了個來回，然後從房門底下的破口鑽了出去。梁玉琢愣了愣，還沒來得及感嘆這老鼠不怕冷，就聽見外頭傳來聲響。

「作死了，這大冬天的怎麼還有老鼠？」

那聲音尖細，梁玉琢隱約覺得自己前幾天一定也聽到過，總覺得格外耳熟，末了那人又叫了一聲。「我說梁家妹子，妳家可不止二郎一個孩子，怎麼同樣出了事，妳只顧著二郎，把琢丫頭給扔到一邊不管？」

另一個聲音像是嘆了口氣，才低低開了口。「徐嫂，我知妳的意思，可……可家裡就這點糧食跟銀錢，只夠給二郎抓藥……」

「要是沒錢，妳不會問我們左鄰右舍的借？妳家情況誰不曉得，大夥兒都是願意搭把手的。二郎的命還是琢丫頭救回來的，都是妳肚子裡出來的，沒有道理只顧兒子不管女兒。」

話聽到這兒，梁玉琢約莫知道自己是什麼情況了。她穿越了，這具身體不是她的。至於在門外頭應聲的人和自己是什麼關係，她隱約也能猜到，只是這突然間的變化，讓她多少有些回不過神來。

尤其，當那扇本來就不牢靠的門終於嘎吱嘎吱地被人從外頭推開，看到門口站著的兩個婦人的時候，梁玉琢忍不住睜大了眼睛。

為首進來的婦人膀大腰圓，一張大黑臉，也不知是天生膚色黑，還是後天曬的，頭髮盤在頭上黑黝黝的，看起來也不知多久沒打理過……只是臉上的神情看起來卻格外高興，瞧見梁玉琢坐在床上，趕忙幾步走到床邊，一屁股坐了下來。

「琢丫頭醒啦！來，讓嬸子看看退燒了沒？」

梁玉琢身上本就沒力氣，看見婦人伸出一隻大黑手就要往她額頭上貼，忍不住打了個哆嗦。

那婦人瞧見她這架勢，轉頭就喊：「梁家妹子，這屋裡都漏了風，趕緊把門關上。」

因為婦人這一嗓子，梁玉琢才注意到站在門口、遲遲沒往裡走的另一人。

那女人的年紀看著不大，約莫也才三十來歲，穿著一身打了不少補丁的藍色布衣，腳底下的鞋子也不知道縫縫補補過了幾道，一雙手紅紅腫腫的，眼睛渾濁，臉色蠟黃；倒是看起來稍稍乾淨一些，要是仔細收拾收拾，應該是個挺清秀的女人。

只是看向自己的時候，梁玉琢總覺得這女人的視線下意識地移到了別處。

「梁家妹子，妳這是幹啥呢，琢丫頭才剛醒來妳這是還想讓她再染上風寒躺幾天不成？」

徐嬸出身屠戶，又嫁了個當獵戶的男人，說話的嗓門本來就大，平日裡沒少被村裡其他婦人在背後指指點點；可她性子直爽，心腸軟，也不在意那些，瞧見梁家的這會兒才關上門進屋，眉頭忍不住皺了起來。

「這話合該不是我說的，只是妳家這姑娘打小聽話、孝順，這次二郎不知怎地下了池塘差點淹死，要不是妳家姑娘不怕凍壞，跳下去救，怕是早丟命了。」

徐嬸說話的時候，梁玉琢分明瞧見那個年輕的婦人紅了眼眶，但她卻依舊低著頭站在一旁，反倒把徐嬸這個外人襯得更像是這家的女主人。

梁玉琢下意識覺得有些不對，動了動唇。「請問……」她如今滿腦渾沌，只知道自己這是穿越了，卻對穿越前的事一知半解，徐嬸越說她就越糊塗。

徐嬸伸手一把按住梁玉琢的肩頭，有些恨鐵不成鋼地看了梁秦氏一眼。「琢丫頭，妳醒了就好。妳這丫頭平日裡看著老鼠膽，低著頭不大說話，關鍵時候倒是膽大，這麼冷的天妳也敢往那池塘裡跳？要不是剛好有軍爺路過救了妳，妳就得去地底下伺候妳阿爹了。」

這話說得梁玉琢更加糊塗了，到底是這身子的主人救了人，還是有人救了這身子的主人？見那徐嬸還想再說，梁玉琢實在忍不住，按住了徐嬸放在自個兒腿上的手，瞪眼道：「這位大嬸，妳在說什麼？」

梁玉琢這話一說出口，房間裡一下子安靜了下來。北風呼呼往房間裡吹，本來就破了的窗戶紙更是脆弱，被吹得裂了個更大的口子。

徐嬸睜大了眼睛，張著嘴看她，半晌又轉過頭去看梁秦氏，見後者雖也面露吃驚卻始終沒走近些，當即一雙眼睛裡一下子湧出了淚水，抱著梁玉琢就一陣哭號。「這都是造的什麼孽啊！好好一姑娘，怎麼下了趟水就傻了？」

梁玉琢被徐嬸緊緊抱住，半張臉埋在豐腴的胸脯上，憋得差點暈厥過去。她費力地掙扎了幾下，眼角瞥見梁秦氏猶豫想要上前，又局促不安的神情。

「怎麼……怎麼會……」梁秦氏嘴唇哆嗦地朝她走近兩步，眼眶發紅，好像眨眨眼，就會有眼淚滾落。

不料外頭突然傳來孩子的哭號聲，那梁秦氏被驚醒似的，慌裡慌張地抹了把眼淚，匆匆忙忙開門出去。

門被風帶得「砰」一聲關上。

這一下，徐嬸的哭號頓時歇了。梁玉琢被鬆開的時候，不由自主吸了口氣，儘管鑽進鼻子裡的空氣有股難聞的味道，但總好過徐嬸身上不知道多久沒洗過澡的臭味。

梁玉琢試圖下床，卻被徐嬸按住。「琢丫頭，嬸子曉得妳心裡埋怨妳娘，可妳要曉得，妳阿爹沒得早，儘管跟梁家早就脫了關係，但是二郎畢竟姓梁；要是二郎真出什麼事，妳娘就是死了也沒臉去見妳阿爹。可惜，妳不是嬸子的閨女，不然這麼好的丫頭，嬸子怎麼捨得讓妳受這些苦。」

知道徐嬸這是誤會自己了，梁玉琢也不著急，只是看著她嘆了口氣。「嬸子，我這才醒過來，腦子糊裡糊塗的，妳同我說說，現在是哪朝哪代，這是哪裡，還有……還有我是誰？」

徐嬸登時倒吸了口氣，猛一拍大腿，號道：「這苦命的孩子喲！命還在，但是怎麼就燒傻了呢！咱們鄉下姑娘雖然不是城裡大戶人家的姑娘那樣嬌滴滴，但也矜貴著呢，妳娘她怎麼狠心把妳丟在一邊喲！」

徐嬸的這一嗓子號了好一會兒，等她號夠了，梁玉琢也差不多從她嘴裡把該知道的事都打聽清楚了。

她如今是正正經經穿越了。很不湊巧的是，她沒趕上唐宋也沒趕上明清，偏偏穿到了一個歷史上壓根兒就沒提過的朝代——大雍。梁玉琢搜腸刮肚，也只能找到一個詞來定位這個朝代——架空。

因為一場猝不及防的泥石流而穿越，並且穿越成和自己同名同姓的小丫頭，這對於已經在鄉下當了村官三、四年，利用自己的知識和業務水準，帶富附近幾個村子的梁玉琢而言，簡直就像是遊戲闖關失敗，還因為忘記儲存，被迫滾回第一關。

只是現在放在梁玉琢面前的，除了穿越之外，還有另外幾個附加難點。

首先，她現在的這具身體和原來的同名，但是上頭沒了爹，只有一個娘，底下還有個兩歲的弟弟，孤兒寡母的，日子肯定不好過。

其次，今年是宣德八年，大雍全國各地正在鬧旱災，好在今年冬天下了幾場大雪，才讓人能盛一點雪水，不然連生活都要陷入困難。

最後，也是很重要的一點——她家很窮……

好吧，其實這一點，徐嬸不用說，梁玉琢也能從房間裡的擺設看得出來。尋常電視劇裡古代的姑娘家，哪個屋子裡不是擺著好好的桌椅、板凳；而她這裡，桌腳一眼看去就是修理過的，凳子一條腿短了一截，連身下這張床，稍稍動一下，就是嘎吱一大聲，肯定有些年頭了。

她現在只有一個打算：先好好吃一頓飯，然後再去考慮以後的日子究竟要怎麼過，才能在這個完全陌生的環境裡重新開始生活。

這麼想著，肚子裡的咕嚕聲就應景地響了起來，梁玉琢顧不上臉紅，抬頭瞅了瞅徐嬸。徐嬸一瞧她這模樣，就知道小丫頭是臊了，當即拍了拍梁玉琢的肩膀，搓著手去外頭灶房給她做吃的，臨了還不忘再囑咐一聲，讓梁玉琢別記恨梁秦氏。

不多一會兒工夫，徐嬸端著做好的清粥過來。梁玉琢的病剛好，還吃不了什麼味重的東西，只能一碗清粥，加上一小把野菜，填個肚子；可即便是這麼簡單的一碗粥，對於一個餓壞了的人來說也宛如甘露。

梁玉琢這一頓吃得有些急，可她實在是餓了，也顧不上燙不燙嘴，端著缺了口的碗吹了吹，呼嚕幾下便把碗裡原本就沒多少的米粥喝下肚。

舌頭被燙得發疼，她眼角含淚，拚命地搧風。

徐嬸看得心疼極了，抹抹眼淚，等她手忙腳亂喝完米粥，忙把人摟進懷裡直喊小可憐。

空蕩蕩的肚子裡填了東西，儘管少，好歹讓身子回暖了不少。梁玉琢由著徐嬸抱在懷裡，心裡盤算起以後的事，沒想多久，眼皮發沈，漸漸閉上了眼。

睡前，她隱約聽見房門被人輕輕推開，有人站在外頭似乎喊了一聲徐嬸的名字。

宣德八年，整個大雍整整乾旱了一年。

到了宣德九年，老天爺卻好像是要把之前一整年的雨水全部補償回來似的，從年後開始，就陸陸續續地下，三天一場小雨，五天一場大雨。日子慢吞吞又過了半年，這雨仍是斷斷續續地下，下得不少地方都起了水澇。

下川村的婦人們戴著斗笠，穿著粗布衣裙，三五成群地走過農田，一個個腳上的鞋子還滲著水，一看就是才從河邊回來。

六月的天氣，悶熱得厲害，大概又快下雨了，大眼蜻蜓一個個飛得極低，半大的小子正追著蜻蜓到處跑，毫不在意跑得滿頭大汗。

路邊的茅屋旁靈巧地飛過幾隻燕子，一隻側身從兩個婦人中間穿過，翅膀撲一下擦過了衣角。

「琢丫頭，又蹲著看稻子呢？」

聽到招呼，原本蹲在稻田旁邊瘦弱的身子站了起來，伸手將頭上的巾子扯下來，擦了擦臉上的汗，笑著應和了一聲。「張嫂，謝謝妳昨兒個給的麥芽糖，真甜。」

這下川村在平和縣裡算不上什麼大村子，但小村子有小村子的好處，起碼這裡民風淳樸，平日裡看著家家戶戶都其樂融融的。

梁玉琢從能下床到漸漸上手幹活的這小半年裡，也算是見過了村裡的好好壞壞，曉得跟什麼人說什麼話，和村民的關係處得都還不錯；再加上梁玉琢她那去世的老爹生前的好人緣，倒也沒讓孤兒寡母在村子裡受太多苦。

日子難是難了點，梁玉琢卻覺得起碼能活下去。今年清明的時候，她跑到山上，偷偷拿了件壓箱底的衣服出來，在山上給原主埋了個衣冠塚，雖然不敢給這具身子的主人立碑，但好歹給了個墓。

她還在衣冠塚前發了誓，說會代替小玉琢照顧好她的寡母幼弟；而她也的確這麼做了，日子說起來勉勉強強不算差，唯一不太好的，就是這田裡的稻子，總是長得有些不如意。

最初的時候，梁玉琢以為田裡的稻子長得不好，是自己種法有問題。過去在鄉下教村民科學種植經濟糧食的時候，她一向是負責出謀劃策，實際該怎麼科學種植，自然有邀請來的農科院專家負責。這會兒，她只恨自己當初不多學一些，也好過現在這樣盯著面前的稻子一籌莫展。

那會兒徐嬸見她總是蹲在稻田旁邊愁眉苦臉，一問笑了。

「這稻子就是這樣，聞著香得不行，但是結實就是少。」

「那收成不就少了？」

「這稻子本就不是給咱們吃的，收了全得交公。」

想起徐嬸之前的話，梁玉琢唇角緊抿，從懷裡掏出一小包用荷葉裹著的東西，打開從裡面拈了一小塊麥芽糖扔進嘴裡。

這小半年，她琢磨了不少賺錢的法子，可到了要上手的時候，卻發現就自家目前的狀況來說，除了老老實實種地，和讓梁秦氏三不五時賣個繡品，還真沒別的能賺錢的營生。梁家窮，實在是太窮了……沒有餘錢做營生。梁玉琢有些洩氣地重新蹲下，伸手抓了一把稻子，嘆了口氣。

要致富，就要先付出努力，想要付出努力最基本的就要付出錢財。但是梁家沒錢，梁家本來是靠她那落第秀才的便宜爹當教書先生賺束脩過日子的，現在人沒了，孤兒寡母的竟然就靠著便宜爹留下的存銀，和左鄰右舍的接濟過了快兩年的日子……

如果不是半年前她穿越過來，梁玉琢很肯定，梁秦氏還會帶著一兒一女繼續靠那點繡品跟鄰居們的接濟一直這麼過下去；至於梁家那幾畝地，大概只能就那樣荒著，荒到最後說不定就成了別人的。

一想到這半年梁秦氏疼兒子的模樣，梁玉琢就覺得心寒。徐嬸雖然一直說讓她別記恨，但說句實話，當她得知穿越之前究竟發生了什麼事後，記恨是沒有，憤怒卻是爆表了。

梁玉琢還記得，上輩子她活著的時候，不說是被家裡人寵著吧，也是好吃好喝養著的；到了大學畢業的時候，爸爸、媽媽還忙不迭地勸她回老家工作。

偏偏那時候她滿腔熱血，要為祖國建設新農村，於是屁顛屁顛報了名，又通過層層審核、考試，最後到了一個還算開化的鄉下當村官。她在那裡一幹就是好幾年，別的同學、朋友結婚的結婚、有孩子的有孩子，唯獨她越是工作把自己養得越糙，難得回趟家，都會叫爸爸、媽媽心疼半天。

泥石流發生前的半個小時，她還在給家裡打電話，興高采烈地說下個禮拜就可以回家探親，撒嬌說想吃爸爸做的滷鴨，媽媽做的蔥爆大蝦。半小時後，她只來得及向全村廣播泥石流的警訊，只來得及撲倒村長的孫子，再睜開眼就穿越到了這裡。

現在好了，當年沒「享受」到別人家裡重男輕女的「福利」，這會兒梁玉琢是體會到了。

梁玉琢這輩子的爹叫梁文，是永泰八年的落第秀才。那時候，大雍還未因皇后誕下皇子改年號宣德。當初梁秦氏懷孕的時候，因為梁文想要個兒子，早早起了名字叫玉琢，說是玉不琢，不成器；雖然女氣了點，但寓意好，梁秦氏自然是梁文說什麼就答應什麼。

結果出來是個閨女，梁文倒是沒介意，當了個傻爹，成天抱著女兒傻樂，待女兒稍大一些還抱著教識字。梁秦氏心裡卻生了愧意，始終覺得自己對不住梁家，等到懷上第二胎，孩子還沒生下來，梁文卻因意外過世。於是兒子生下來之後，梁秦氏只差沒把兒子綁在褲腰帶上，生怕斷了梁家的香火，死後沒臉到底下見男人。

這麼一來，梁玉琢就成了家裡最尷尬的存在。

第二章

好在梁文當初跟家裡分家出來的時候，還得了五畝田，梁玉琢養好身子、能下地後，為了避開梁秦氏，總是天不亮就起床幹活，做完活了就往田裡跑。

「琢丫頭。」徐嬸嗓門依舊大，老遠就能聽見她的聲音。

梁玉琢從田邊站起來，眼睛眨了眨，望見徐嬸粗壯的胳膊朝著這邊揮了揮，身後還跟著她家剛剛成親的大兒子，母子倆肩頭上都扛著東西。等走近了，她才發現，竟然是一大一小兩頭野豬。

「嬸子，又獵回野豬啦！」她往徐嬸肩上打量。這年頭野豬看著不大，但都長出了獠牙，只怕再大一些，就要下山破壞農田了。前些日子，村頭的一塊田就被野豬刨得亂七八糟。

徐嬸沒閨女，家裡有三個小子，平日裡是真的拿梁玉琢當閨女疼，尤其是半年前的事情一出，更是心疼這丫頭，瞧見她眨巴眼睛衝自己笑，徐嬸這心就軟了大半，轉頭衝大兒子喊了一聲。「回頭把野豬殺了給琢丫頭家裡分點肉。」

「這肉，嬸子不用再給了。」梁玉琢瞪大了眼睛，趕緊擺手，她也就是隨口一問，壓根兒沒想過要蹭點野豬肉回家。「上回嬸子給的肉，家裡還沒吃完呢，哪能再要。」她說著一笑。「再說了，我娘吃慣了軟和的東西，二郎年紀又小，這野豬聽說渾身都是精肉，沒點肥的，怕是不好咬，二郎嘴饞，要是一口咬不下來，可得哭上很久。」

她家那個弟弟用了秀才爹生前早就取好的名字，叫「學識」，一聽就知道秀才爹是盼著家裡出個舉人光宗耀祖的；不過二郎如今還是個掛著鼻涕且跑不索利的小子，想等他考個舉人光宗耀祖，可要等上一段日子。

徐嬸從半年前就發現了。梁家這閨女生了場病，雖然病剛好的時候糊塗了一陣子，但這半年裡看起來反倒是比過去好了很多；出了門見人就喊，什麼髒活、累活也都樂意幹，田裡的事不懂還曉得去問人了，不像過去那樣總是低著頭怯生生地怕跟人說話。

反倒是梁秦氏，自從出過事後，越發地小心二郎，生怕再發生一樣的事。就他們這些鄰居看來，梁秦氏是恨不得拿根繩子把二郎拴在褲腰帶上，走到哪兒帶到哪兒，就是二郎跟著梁玉琢跑，梁秦氏也要提心弔膽跟著。

聽梁玉琢說上回送她家的肉居然還沒吃完，徐嬸這下挑了眉頭。「妳個丫頭正長身子呢，要是不養好了，說不了人家可怎麼辦？家裡的肉要趕緊吃，不夠就跟嬸子說，嬸子讓妳叔上山多打些獵物來……」

徐嬸話還沒說完，老遠就聽見有人在哭喊。梁玉琢回過頭，疑惑地看了眼聲音傳來的方向，旁邊有經過的村民聽得更清楚一些，瞧見她站在這兒，忙喊了聲。「琢丫頭，好像是妳娘的聲音。」

梁玉琢一愣，忙循著聲音跑過去。

她跟梁秦氏這半年雖然關係看起來像是房東和房客，但到底是這具身體的生母，一旦有什麼事，她身為女兒，總還是要出面搭把手的。

梁秦氏一邊哭一邊在喊二郎，聞聲趕來的村民紛紛詢問出了什麼事。

「娘！」梁玉琢前腳剛到，後腳就被梁秦氏抓住胳膊大哭。

「二郎不見了！二郎不見了！」

梁秦氏這一喊，周圍的村民都吃了一驚。誰不知道梁秦氏平日裡有多寶貝這個遺腹子，生產的時候又恰逢難產，生下來就沒讓孩子離開過視線。上回一不留神讓二郎跑丟了，等回過神來就發生了掉進池塘的事。

掉進池塘的事過了小半年了，也沒問出個所以然來，所有人都以為是二郎自己貪玩，不小心掉下去的。有了前車之鑑，這會兒聽說二郎不見了，所有人都吃了一驚，擔心這次不知道又會出什麼意外。

村民們不敢多想，稍一合計，就在里正的指揮下分頭去找。徐嬸差遣兒子把野豬扛回家，自個兒扶住哭得上氣不接下氣的梁秦氏，難得壓下嗓子勸慰。

梁玉琢雖一向替身子的主人委屈，但二郎到底年紀小，小半年裡倒是真養出了感情，一聽說二郎不見了，梁玉琢心裡也嚇了一跳，忙託徐嬸照顧梁秦氏，自個兒也奔出去找人。

昨夜下過大雨，經過一日的日曬，除了個別水窪，倒是沒多少地方還是濕的；可這會兒山雨欲來，空氣裡一下子就帶了濕意。

村子裡平日來來往往的人不少，且大多都是熟人，然而一時半刻不一定有人會注意到個三、四歲的小孩，想找二郎卻也有些困難。

梁玉琢跟著人跑遍了村裡村外的小池塘，連河道那兒都跑去了，硬是沒瞅見二郎的蹤影，眼看著大雨就要下了，心裡更是著急。村裡開始有人往外頭走，徐嬸的男人和兒子帶了幾個精壯的漢子進山找，幾個婦人拉了滿村子跑的孩子在問。

下川村就只有這麼大，還從來沒發生過孩子失蹤的事情，按理用不了多久就能找到人影，但偏生找了小半個時辰，仍舊什麼消息都沒有。怕再出什麼意外，有孩子的婦人們開始滿村子抓自己的娃，讓他們都安分地待在家裡，這才繼續出來幫忙找二郎。

眼看能找的地方，都有人去找了，梁玉琢咬咬牙，往另一個沒人去的方向跑。那是下川村最偏僻的一座小院子，孤零零地處在山腳下，除非必要，平日裡村民鮮少往那裡去，哪怕是要上山，也寧可繞遠一些往別處走，因為村裡人都說那兒陰氣重，有鬼。

梁玉琢不信什麼鬼怪，剛開始也沒避開那兒，但後來聽徐嬸說得多了，怕自己太惹眼，她再沒往那兒去過；可眼下大夥兒到處在找二郎，卻唯獨沒人想到那裡，她心下一橫，索性去那邊碰碰運氣。

也許還真是運氣，她一腳踏進那長滿了青苔的小院，就聽見了熟悉的一聲尖叫。

山腳下的這座小院，其實是座廢園。據說幾十年前也是個大戶，後來不知是什麼原因，一把火燒了半個園子，原來住的人連夜離開了下川村，之後就時不時聽到奇怪的聲音。村裡的老一輩常拿這廢園子嚇唬小孩，時間長了，村民們也就習慣把這個廢園子拋在腦後。

可梁玉琢分明記得，以前她打那廢園子門前經過的時候，還瞅見園子裡擺了些竹子，裡面該是有人住著才是。

廢園子的門總是開著，門上、屋簷下還留著不少殘缺的雕飾，一看就知道曾是大戶人家住的園子。半邊的小園已經被大火燒得焦黑，這些年過去了也沒怎麼見人收拾，這才讓人一直覺得是個鬼宅。

梁玉琢前腳才踏進長滿了青苔的小院，當下就聽到了熟悉的叫聲。

「二郎！」梁玉琢下意識地大喊了一聲，一腳邁進敞開的正廳，還沒來得及看清楚裡面的情況，就傳來一個老頭中氣十足的吼聲。

「咄！放下！」

梁玉琢定睛一看。她家小二郎正瞪圓了眼睛，在往一個大竹籃子裡鑽，籃子裡的東西大概都被他扔到了外面，周圍地上一圈的零碎；還有個白鬍子老頭，寶貝似地抱著懷裡的一盞燈籠，脹紅了臉，又急又氣地瞪著二郎。

老頭看起來約莫五十來歲的樣子，白鬍子、白頭髮，連眉毛也已經灰白了，眼眶凹陷，身上的布衣看起來也有些髒，唯獨一雙手，洗得格外乾淨。

這廢園的正廳雖說是敞開著的，實際上那門也只剩下半邊，還是破破爛爛地懸掛著，說不定老頭吼聲再重一些，就能給震得掉下來。

偌大的一個正廳早沒了正經擺設，當中擺了張長條桌子，上頭堆滿了雜七雜八的東西，柱子間連著條繩子，空蕩蕩的，也不知是用來做什麼，二郎就縮在桌子底下折騰。

梁玉琢在正廳內站定，顧不上先跟老頭打招呼，三步併成兩步上前一把將半個身子進了竹籃的二郎抱了起來。

那老頭似乎對突然闖進來的梁玉琢並不感興趣，見有人把搗亂的小孩抱走，這才鬆了口氣，卻還是繃著臉，小心翼翼地把懷裡的燈籠擺到桌上，完了才彎腰去撿被二郎扔了一地的零碎。

二郎見阿姊來了，高興地摟住她的脖子後就不肯鬆手。梁玉琢索性讓他掛著，一隻胳膊墊在二郎的屁股底下，另一隻手去幫著老頭撿東西。

這一下，梁玉琢才看清楚被二郎扔了一地的零碎究竟是些什麼物什——一小包牛皮紙被扯開，抖落出細碎的朱砂，還有一罐濃稠的漿糊和不少零碎的料子。

再抬眼，瞅見桌子上堆著的一小堆竹條，梁玉琢恍然。「這是做燈籠的？」

那老頭抬頭看了一眼梁玉琢，手裡動作沒停，從桌上摸出火摺子，點上蠟燭，謹慎地擺進燈籠裡。蠟燭初進燈籠，立刻透出光影來，那上頭的山水、花鳥映著燭光，樣式新穎，色彩頃刻間溢滿廳堂。

不光是脖子上掛著的二郎瞧見燈籠亮起後看得呆了，就連梁玉琢也不由自主屏住了呼吸，生怕自己那點兒氣吹得過猛，把蠟燭給吹滅。「這燈籠，真好看。」

她怎麼說也在現代社會活了二十幾年，看過的新式燈籠沒有成千也有幾百，可眼前的這盞燈籠，卻比任何她過去看到過的新式燈籠都要好看。這做工、這光影，哪裡是後人能比的？

聽見梁玉琢這話，老頭終於轉過頭搭理了她一回。「村裡的丫頭？」

「是，我姓梁。」

經歷過文化傳承困難的現代社會，梁玉琢面對手藝人總是不由自主地帶著敬佩。那些能堅持一門手藝幾十年甚至一輩子的老人家們，可能一生清貧，但到最後最無奈的卻不是清貧，而是手藝無法得到傳承。

傳統文化的沒落，既是悲哀，也是無奈。

「姓梁？」老頭抬眼，將梁玉琢仔仔細細打量了一番。「妳爹是梁文？」

「老人家認識我阿爹？」

「認得。」話到這裡，老頭又沒了聲音，低頭吹熄蠟燭，找了個根杆子就要把燈籠掛上繩子。

梁玉琢也不驚訝，畢竟梁文還活著的時候，在村子裡的人緣就不差，一說姓梁，不少人都會想到梁文。

二郎已經看得呆了，掛在梁玉琢的脖子上，眼睛一直盯著燈籠，見老頭要掛上去，忙叫了兩聲，有些不捨得。

那老頭倒是沒了之前的氣憤，瞧了二郎一眼，從桌上摸出個竹編的小球來。「這東西就送小子了。」

梁玉琢手忙腳亂接住小球，低頭一看，吃了一驚。這小球雖說是竹編的，卻做工精細，每一根細竹條都經過了打磨，整個小球光滑極了，沒有一點毛刺，正適合二郎這個年紀的孩子把玩。她把小球塞進二郎懷裡，對著老頭感激地道了聲謝。

轉身抱著二郎要走的時候，老頭忽然叫住了梁玉琢。「妳弟弟年紀小，好騙一些，下回叫他注意，別再跟著梁魯家的小子到處亂跑。」

下川村就這麼大，梁家幾個堂親都住在一塊兒。老頭說的梁魯是梁玉琢她爹沒出五服的堂兄弟，家裡生了五個小子，如今媳婦肚子裡還懷著一個，聽徐嬸說找了大夫診脈說也是小子。

梁魯家目前最小的一個兒子叫梁同，只比二郎大了四歲，一向是村裡的小霸王。別家的小孩瞧見梁魯家的小子個個跑得飛快，偏生二郎人小、腦子也不機靈，見對方願意找自己玩，就像條小尾巴似地跟前跟後。梁玉琢這半年裡沒少見著梁魯家的小子欺負二郎，有時候氣不過，還拿麻袋子找個角落套了，狠狠地收拾過梁同。

可她再怎麼教訓，二郎始終還是那個傻乎乎的臭小子，哪裡知道別人這是欺負他呢？被欺負狠了就哭上一會兒，哭夠了又繼續屁顛屁顛跟著梁同玩。

聽得老頭這麼提醒，梁玉琢腦子裡咯噔一下，警覺了起來。按理說，梁秦氏一向把二郎看得緊，不難發現二郎跑哪兒去了。本以為這次出事，實屬意外，老頭這麼一說，顯然是在告訴梁玉琢，她家二郎會從家裡跑這麼遠到廢園來，是因為梁魯家的小子。

不管怎樣，梁玉琢抱著二郎跟老頭說了聲謝謝，心裡盤算著下回過來幫老頭把廢園收拾收拾就當是這回的謝禮了。

老頭悶悶地「嗯」了一聲，見人出了門，隨口道了句。「掉了次水裡，脾氣倒是變了不少。」

梁玉琢抱著二郎從廢園裡出來，只覺得這小子越發沈了。這半年，她也發現了，儘管梁家窮到要靠人接濟才能過活，她那便宜娘卻從不委屈兒子，自個兒可以只吃麥麩做的餅，但定要讓兒子吃上一口肉糜；可想而知，在梁玉琢穿越過來之前，小玉琢在她爹死後，到底是過了一段怎樣的娘不親的日子。

二郎大概也是玩累了，抱著他姊的脖子開始打哈欠，沒多久就瞇上眼睛哼哼兩聲睡過去了。人一睡著，就算是小孩子也沈得很，梁玉琢咬咬牙，把開始往下沈的二郎往上顛了顛，抱穩了才繼續往前頭走。

有幫忙找二郎的村民瞧見了姊弟倆，忙回頭去喊人。不一會兒周圍幫忙的村民就都圍了過來，有認識的大伯幫忙把二郎一把抱起，趁著梁秦氏還沒過來拍了下他的屁股。

梁秦氏從人群中擠出來，眼眶還是紅的，想來不知道哭了多久，呼吸有些急促。望著被人抱住呼呼大睡的二郎，揪著的心像是終於放下來，梁秦氏一把抱過兒子，歇斯底里地大哭，聲音裡透著一股難掩的恐懼。

梁玉琢鬆了口氣，才交代道：「是在廢園那邊發現二郎的。」

眾人聽了一愣。「怎麼跑那兒去了？」

旁邊有村民低聲說道：「那廢園不是說有個老頭……會不會是……」

梁玉琢一聽這話，就瞧見梁秦氏的臉色變了，村裡幾個男人摩拳擦掌似乎就要去廢園找老頭說兩句話。

梁玉琢還記得那老頭的提醒，雖然脾氣怪了點，可她看得出來，那人心腸不壞，不然不會跟她那樣說話。眼看男人們要去廢園問話，個個凶神惡煞，一副把老頭當壞人的模樣，梁玉琢不由自主地叫出來。

「二郎是被梁同帶過去的。」她一想到那個小心點燈的老頭好心提醒自己的話，就覺得這事絕對不能害他賴上污名。

眾人呆愣了一會兒，面面相覷。

旁人還沒來得及多說兩句話，就聽見人群後頭傳來怒吼。「憑啥說是我家五郎帶去廢園的？小丫頭片子張口就唬人，看我不撕爛妳的嘴！」

說話間，有個圓滾滾的身子從人群後頭費力擠了出來，二話不說，伸手就要去抓梁玉琢。梁玉琢嚇了一大跳，虧得身形瘦小，那胖爪子剛伸過來的時候，她趕緊朝旁邊躲了過去，就瞧見穿紅戴綠的一個胖媳婦從身邊摔了過去。旁邊還有大嬸怕那胖媳婦摔著了，好心伸手扶了一把，結果被一爪子撓開。

梁玉琢定睛一看，這人正好就是梁魯家的媳婦，目前正懷著第六個小子的梁同他娘梁趙氏。

此時梁趙氏的肚子已經有六個多月了，卻圓滾滾得像是八、九個月大的模樣，村子裡早有人在猜這一胎生出來怕是有八、九斤重。

有經驗的婦人都勸著梁趙氏當心一些、少吃點，別把孩子餵太大了，到時候生孩子自己得吃苦頭；可梁趙氏根本不當回事，還覺得這些人就是嫉妒她又要生個兒子。

一來二回，村子裡的婦人們也都不再去勸她，只背地裡說這一胎，梁趙氏生產的時候必定要吃些苦頭。不過就照現在這樣看來，她的身體狀況還不錯，至少身手還挺敏捷的，上來就要抓撓人家小姑娘。

梁趙氏站穩了，下意識扶了扶肚子，滿臉恨恨地瞪著梁玉琢。「小丫頭片子，說話不過過腦子，我家五郎為啥要拐妳家小子去廢園，說不定是二郎撒謊？」

「二郎才多大年紀，我阿娘平日裡把他當作眼珠子，恨不能拴在腰上，要不是梁同哄著怎會一個人走遠？」梁玉琢也不客氣。

過去在鄉下工作的經歷，讓她太清楚，人緣好雖然重要，但要是脾氣太軟了，也只有被人拿捏的分兒。人善被人欺，馬善被人騎，說的就是這種情況。

梁趙氏見她這樣子，也不肯讓步，直嚷著要梁玉琢交出證據來。

這事本不用鬧得這麼厲害，梁玉琢不過是想替老頭說句話，免得他被人誤會，哪裡想到梁趙氏的反應會這麼激烈。

即便二郎的事是梁同做的，梁趙氏若是說句小孩忘性大，把人帶出去忘了帶回來，以梁秦氏軟弱的性子也不會說啥，村裡人更不會去追究小孩的責任；至於梁玉琢，最多是私下裡多教教二郎，讓他別什麼人都跟著跑。

可梁趙氏現在的反應，卻暗示著整件事情，並非表面上看起來那麼簡單。

第三章

梁玉琢她爹早年跟家裡分了家，帶著梁秦氏和分到的五畝地另外住了下來，現在家裡的房子，還是她爹當先生那幾年攢的銀子建起來的。梁玉琢穿越之後自然是不記得家裡都有哪些親戚，好在下川村也不大，該認識的人慢慢地也都認識了，她當然知道梁魯跟梁趙氏的那些事。

梁趙氏生的這五個兒子，個個沒什麼能耐。

老大好吃懶做，前幾年在縣城裡偷盜，被逮了個正著，放出來沒多久，又因為偷盜，被抓進去關著。

老二稍微能吃苦，留在家裡種地，偏生因為長得不好，到現在還打著光棍。

老三不偷不搶，跑到南邊幹苦力去了，一年回不了一趟家。之前聽說在外邊跟人生了個兒子，結果對方是個有夫之婦，鬧得吃上官司。

老四年紀小一些，被扔到村上的學堂讀書，硬是半年沒背下一首詩，聽說梁趙氏已經打算把老四從學堂拉回來，跟著老二下地幹活。

老五就是梁同，正好是人嫌狗厭的年紀。

梁玉琢實在是不明白，梁趙氏的反應怎麼這麼大，就連里正這會兒聽到動靜，都急忙趕了過來，梁玉琢還在人群當中瞧見了梁家大伯跟大伯娘。

「我家五郎聰明懂事，從來不胡鬧，妳憑啥把這事賴五郎頭上？」

如果不是懷著孕，以梁趙氏這架勢就地撒潑的可能性極高。梁玉琢被吵得耳朵生疼，再看一眼梁秦氏，她只管抱著二郎，眼眶紅得又要掉淚珠。

大概是知道梁秦氏是個沒脾氣的，又見只有梁玉琢一個小孩在這邊說話，沒等眾人回過神來，梁趙氏揚起手臂就要一巴掌往梁玉琢臉上招呼。

梁玉琢心裡正嘆氣，想著把事情的頭緒理清楚，不想撲面忽然飛來一巴掌，她連忙退後兩步。徐嬸的兒子俞大郎就在旁邊，順勢把人往身後一拉，梁趙氏那一巴掌就搧到了俞大郎的肩膀上。

俞大郎八歲開始跟著他爹進山打獵，從小練得一身腱子肉，梁趙氏這一巴掌搧過來，不偏不倚搧上他的肩膀，那地方骨頭跟肉搭在一塊兒，疼得梁趙氏一下子眼淚都出來了。

「梁魯他媳婦。」里正從人群裡走出來。「有事好好說話，向個小丫頭動手算什麼！」

「里正！」梁趙氏疼得眼淚都要滾下來了，捂著手掌就要號。

里正再看梁玉琢，一副受了委屈卻實在不知該怎麼爭辯的模樣，表情裡帶了幾分可憐。她這身子都十五歲了，看起來還像十二、三歲的模樣，往俞大郎人高馬大的身子後一躲，看起來尤其瘦弱。

「琢丫頭，說說到底怎麼回事？」

二郎突然不見，梁秦氏慌張地滿村找，這事村裡沒人不知道。一來二郎本就在半年前出過事，二來這幾年附近幾個村子也曾經丟過孩子，這樣的事只要有點苗頭，都會讓有孩子的人家心裡發慌。

里正一向在村裡最有威望，他這話既然說了，梁趙氏再想吵嚷，也得等梁玉琢把話說了才行。梁玉琢看了梁趙氏一眼，心裡隱隱約約冒出個念頭，只是一時間也不好確定，便老老實實將如何在廢園找到二郎的事，原原本本說了一通。

廢園裡住著個老頭，里正是知道的，但是村子裡基本上沒人會往廢園那兒走。梁玉琢說二郎會出現在那兒，是被梁同帶過去的，大概也只是小孩子間玩鬧，可梁趙氏卻咬著牙，非說她家五郎沒幹過這事。

梁趙氏的態度越發堅持，更讓人覺得奇怪。二郎在梁秦氏懷裡睡得香甜，任憑身旁怎麼吵，也只是迷迷糊糊地舔舔嘴唇。

這時候，俞二郎卻帶了個小子從人群外頭擠了進來。俞二郎年紀比梁玉琢稍大幾歲，但也和父兄一樣，個兒高大，一身腱子肉，說話嗓門像他娘宏亮。他隨手一扔，就把手裡拎著的小子丟到了里正跟前。

梁玉琢低頭一看，居然是梁同。梁同雖然年紀比二郎大了一些，但在梁玉琢眼裡，也不過是和二郎一般大的小子，就是三天兩頭去欺負村裡其他小孩，尤其是欺負二郎，這令她特別不喜。可這會兒瞧見他被俞二郎丟出來，嚇得低著頭直打哆嗦，她又難免心軟，覺得到底還是小孩，不過是頑皮罷了。

「五郎，你說說，怎麼把二郎帶到廢園去了？」

梁趙氏一聽這話，臉色忽地就變了，捂著肚子直嚷嚷，非要梁同過去扶她回家。

里正臉色一變。「話沒說清楚走什麼？梁魯家的，要是不舒服就別出門到處走，小心傷了肚子裡的娃。」

里正這話說出口，梁趙氏哪裡還敢吱聲，也不嚷嚷肚子疼了，低著頭死命拽著梁同的手，生怕兒子說出什麼不該說的話來。

梁同被這麼多人圍著，難得膽子小，瞧見俞家二郎又在旁邊狠狠盯著自個兒，脖子一縮，咕噥了句。「我就想讓二郎嚇一跳，打算晚點去接他的。」

果然是小孩子的話，什麼叫想讓二郎嚇一跳？這嚇一跳本身就可大可小。有些小孩驚著了，最多不過是夜裡哭上幾回，時間長了也就忘了；但有些小孩驚著卻可能連帶著發病，說不定會出其他事情。更何況，廢園一向被下川村人當作鬼宅，二郎若是膽子小一些，被梁同帶進廢園，只怕早嚇出一身病來。

見梁同說了理由，里正也不好要他再說別的。到底是小孩子鬧的一場誤會，里正回頭讓梁秦氏把二郎看顧好了，夜裡多注意一些，事情也就到這裡為止了。

哪裡想到梁趙氏才一轉身，梁玉琢就聽見梁同那小子跟梁趙氏咕噥了句。「阿娘，二郎怎麼沒被嚇死，他不死我怎麼過繼啊？」

梁同這話說得輕，在場沒幾人能聽清楚，梁趙氏顯然也沒料到兒子會在這時候突然說這話，驚得狠抓了一把他的手。

梁趙氏力氣大，梁同半大小子哪裡受得了她這一下，當場叫了起來。「阿娘，妳抓疼我了！」

「乖兒子，娘回去給你吹吹啊！」梁趙氏慌裡慌張地回頭看了一眼，不想正好撞上梁玉琢虎著臉看著他們娘兒倆，頓時腳下一軟，差點摔倒。

梁趙氏母子的動靜，周圍的人這一下全都聽到了，梁玉琢連忙上前一步，一把抓過梁同的手就往身前扯。「你方才說什麼？什麼過繼？」

旁邊的人還沒反應過來梁玉琢這一下，被梁秦氏抱在懷裡的二郎這會兒終於被吵醒了，見阿姊抓著梁同的手，二郎哇一下哭出聲來。「阿姊、阿姊！五郎說要弄死我！五郎說等我死了以後他就過繼給阿爹，給我家當兒子！阿姊！」

二郎這一聲喊，把梁秦氏驚出了一身汗；再去看梁趙氏，她那驚恐的模樣，只差沒丟下兒子趕緊跑。徐嬸招呼幾個婦人一塊兒把梁趙氏圍住，非要她在里正面前把話說清楚。

過繼可不是什麼小事，梁趙氏一個婦道人家，雖說嫁給了梁魯，可到底梁魯和梁文不過是沒出五服的堂親而已，怎麼著也輪不到梁趙氏去謀劃給梁文過繼的事情；更何況，梁秦氏還生了二郎呢，哪裡用得著梁同過繼。

「里正。」

梁玉琢向來是膽大心細的，更是不懼有些欺上門的事。在她看來，雖然梁秦氏是自己便宜娘，可既然穿越了，成了人家的閨女，即便梁秦氏再怎麼重男輕女，只要沒做出太過喪盡天良的事情，自己總還是要做好一個女兒的義務。

再者，梁趙氏既然都打起過繼的主意，分明是看上家裡那五畝地。

二郎要是沒了，梁秦氏保不定不用一年時間也跟著去了，到時候家裡只剩下梁玉琢一個人，即便自個兒到時候已經能養活自己了，梁家出面道貌岸然一番，說是好心給便宜爹過繼個兒子，續點香火，只怕她也扛不住壓力。但這會兒，人還好好地活著呢，哪裡能讓人這麼欺負。

一瞬間，梁玉琢的神情變得比之前更加鄭重，回頭看向里正。「里正，這事我想求里正幫忙說一說理。」

初夏的黃昏，日光落在山坳，躁熱感稍稍減去，卻依舊令人心下浮躁。

里正姓薛，單名一個良，一向有名望，薛又是村子裡的大姓，說話做事更是讓人信服。平日裡有什麼家長裡短的糾紛，薛良總會被人請出來裁斷，若是薛良這個里正不行，村裡幾位德高望重的老人還會被另外請出來。

過繼這事，認真說起來，的確不是件多嚴重的事，往常村裡也有人家過繼堂親家的孩子當自己子嗣的，但那大多是因為要過繼的那家實在絕了嗣。

要是換作平日，薛良也不會多頭疼，只需將過繼一方敲打一二即可；可這一回，卻有些麻煩了。自從半年前出了事後，梁文家的大閨女脾氣就有些厲害，但孤兒寡母幾人，有個厲害些的在家，倒也是件幸事。

看了眼梁玉琢的神情，薛良咳嗽兩聲。「梁趙氏，妳把這事說清楚，五郎剛才說的話，可是真的？」

梁趙氏有些閃爍其詞。「五郎不過是個孩子，興許是從哪兒聽來的閒話，隨口胡說的……」

「即便是閒話，總也有源頭。」梁玉琢立刻反駁。「嬸子，我今日喊妳聲嬸子，還盼妳把這事好好說說；怎麼我阿爹死了，二郎還在，孤兒寡母的就遭人惦記家裡那幾畝地日後沒人照顧？」

就梁家現在的窮樣，唯一能讓人惦記著的只有那五畝地，雖然算不上什麼良田，但好歹過去有便宜爹照顧著，土地還是肥沃的；只可惜宣德八年大旱，加上便宜娘不擅打理，沒能種出什麼來。

梁玉琢仔細想過，梁趙氏是隻貪心的鐵公雞，往常素來不稀罕從她家門前過，前些日子倒是難得看她幾次往家裡的田地旁邊走，這麼一想，倒是把梁同嘴裡的「閒話」猜到了七、八分的原委。

「妳這丫頭，嘴巴伶俐的，哪有這麼跟親戚說話的……」

「嬸子今日要是不把話說清楚，明日我就搬了凳子坐妳家門口去嘮嗑。」梁玉琢這話一出來，梁趙氏就歇了聲音。

幾個月前，梁趙氏差遣老三回了趟娘家。聽說臨走的時候，那愚孝的老三還聽他娘的交代，從娘家順手牽羊帶回來不少東西，氣得梁趙氏幾個妯娌衝到下川村，站在梁趙氏家門口嘮了一上午嗑。那說話時冒出來的唾沫星子，簡直能淹死一頭牛，直把厚臉皮的梁趙氏也說得連連求饒，趕緊把順手牽羊帶回來的東西還了回去。

這事當時在村子裡鬧了很久，梁趙氏她男人嫌棄媳婦丟人，把梁趙氏丟在房裡整整半個月，自個兒跟小兒子擠一張床。事情雖然了了，梁趙氏卻變得有些疑神疑鬼，家門口一有人經過說話，就要跑出去看看是誰。

「妳個丫頭片子，胡說八道什麼……」

「嬸子只要回答里正就好，別的話可以少說些。」

梁趙氏見梁玉琢繃著臉，乾脆豁出去了，挺著個大肚子就衝她嚷嚷。「妳阿爹就一個兒子，萬一出了什麼事，便是斷了香火，免不了到時候要從別人家過繼孩子。這話也不過是有人在門口隨意說了幾句，叫我家五郎聽見了，妳比五郎年紀稍長，怎麼也同個孩子似地較真。」

梁趙氏這話簡直誅心，梁秦氏聽了倒吸口氣，眼淚滾落，好在有徐嬸在一旁，扶著人好一頓安慰。

旁邊幾個婦人這會兒也聽不下去了，護著梁秦氏道：「呸！也不曉得這殺人的話是哪個不要臉的自己在窩裡說的，叫兒子學了去，被人發現了卻賴在別人身上。」

梁玉琢見話已說開，哪裡還會客氣，直接對著薛良行了行禮。「里正素來公正，今天這事，說大不大，只消嬸子同我阿爹道個歉，日後讓五郎少拉著我家二郎到處跑；不然，二郎哪日要是真出了事，便是撕破了臉皮，我也要拉著嬸子一家上縣衙找縣老爺說理。」

在鄉下工作的經歷，讓梁玉琢清楚，越是沒啥文化的村民，越是害怕當官的；哪怕他不知道自己犯了事，也不認為自己犯了事，你只要把人往當官的面前一拎，多少還是會腿軟發汗。

那梁趙氏也果真不禁嚇，一聽梁玉琢說要見官，頓時嚇得臉色發白。梁同也被他娘的反應給嚇了一跳，再見梁玉琢瞪眼，哇一聲就把從哪兒聽來的話老老實實說了出來。

「是我阿娘夜裡同阿爹說的。阿娘說要是二郎死了，嬸子家裡就沒了兒子，嬸子家裡的五畝田好說歹說也是從梁家分出去的，沒有道理沒了兒子還分給要嫁出去的丫頭；我家兒子多，到時候就把我過繼過去，然後田就歸我了，歸我也就是歸我阿爹了。」

小孩子不禁嚇，梁同說著一哆嗦，竟然當著這麼多人的面拉了一泡尿，旁邊有跟他年紀差不多的男孩、女孩，這會兒捂著鼻子偷笑，誰也不願意站他旁邊。

梁趙氏也覺得丟臉，拽著兒子就要走，梁玉琢哪裡會肯，幾步上前把人攔住。薛良心知今日這事要是不弄個結果出來，梁玉琢是絕對不會甘休了。

「梁趙氏，說到底這事是妳的不對，既然知道是閒話，平日裡就少說兩句。梁文雖然沒了，梁家怎麼說還有一兒一女在，若二郎真是因為意外沒了，那過繼倒也可以說說；可妳把這話往五郎面前一說，五郎記在心裡要去害二郎，這事就有問題了。」

薛良嘆氣。梁魯和梁趙氏這對夫妻到底什麼秉性，他做里正的自然清楚。

「萬一二郎這次真被嚇出問題來，妳家五郎逃不了關係，到時候是去見縣老爺還是被趕出下川村，就都是你們咎由自取了。」

梁趙氏倒吸一口氣，低頭一把拽過梁同，當著梁玉琢的面狠狠地打了兒子幾巴掌，再抬頭時，梁玉琢分明看見她臉上的不忿。「今天這事，是五郎不對。琢丫頭妳是做姊姊的，就當弟弟年紀小不懂事，別跟他計較，也別跟孀子計較。」

她說完，生怕梁玉琢再做什麼事，拉著兒子趕緊就走。幾個老婆子見她拉著兒子慌裡慌張地走掉，紛紛啐了一口。

「梁魯家的越發腦子糊塗了，梁文家還沒絕嗣呢，就動了過繼的心思。」

「梁文家的，妳性子可得強一些，別叫這種人鑽了空隙。」

這事到這兒，也算有了個結果。梁秦氏抱著兒子哭哭啼啼地回了家，一時半刻也分不出神來做飯。

梁玉琢捲了袖子上灶頭，好不容易做了頓飯，幾口吃完就要往外頭跑，二郎見狀伸手喊了幾聲阿姊，她回頭摸了把二郎的腦袋，叮囑道：「阿娘，吃完了把碗放著，回頭我來洗。」

「妳要去哪？」二郎坐在梁秦氏懷裡安靜地吸著手指，梁秦氏這會兒已經不哭了，一雙眼睛卻還紅通通地喚了句，到底是親娘，還是會關心女兒。

梁玉琢有些看不下去，把二郎的手指從嘴裡拉出來，隨口道：「去找里正。」二郎這小子見阿姊拉他手指，忙閉了嘴不肯鬆手，但他人小力氣不足，沒幾下便被梁玉琢把手指拉了出來。

「別去了……都是一家人，別鬧得太難看。」

「嬸子既然把過繼這事都說給五郎聽了，心裡恐怕真就生了這個主意。」梁玉琢頓了頓。「五郎又不是三、四歲的小孩，聽不懂大人的意思。他今天敢把二郎往廢園子裡丟，就是生了要把二郎弄廢的心，人雖小，心倒是毒。」

梁秦氏垂下眼，摟緊了兒子。

梁玉琢知道她是真疼兒子，自從便宜爹死後就把二郎當作了心頭肉，生怕出了岔子，索性這會兒打鐵趁熱。「今天扔廢園子，誰曉得明天五郎會不會又做出什麼事來。阿娘妳總歸不能日日夜夜守著二郎，這事才出苗頭的時候不解決了，阿娘就不怕二郎往後真出問題？」

梁秦氏雖沒回答，可呼吸一下子有些急促，梁玉琢知道她是聽進心裡了，便再加把勁。

「阿娘，半年前那事，雖說是意外，可不覺得也太巧了一些嗎？二郎那會兒才多大，沒人帶著他做什麼跑到池塘旁邊去？他年紀小不懂事，可哪次要出去玩不是跟妳打過招呼的？」

「那事……」梁秦氏臉色發白。梁玉琢沒再說話，又摸了把二郎的腦袋，直接邁著步子出了門，絲毫不知身後的梁秦氏抬起頭看著她走出家門，泛紅的眼眶又開始往下掉眼淚。

凡事都要想到它的正、反面，梁玉琢在上輩子和村民們做了那麼久的工作，心裡知道，有些事情，打預防針還是有點作用的；尤其是她現在到了古代，這地方規矩比起現代，只多不少。

梁趙氏說到底，是梁魯的媳婦，梁魯又跟她便宜爹是堂親，說起來梁趙氏也就是她的長輩；在古代，長輩做事，做後輩的萬沒有理由去置喙，可這事擱到梁玉琢頭上，卻是不能忍。

二郎那小子雖調皮了一些，可比起梁同那熊孩子，簡直就是小天使般的存在；要是二郎在她眼皮子底下出了事，梁玉琢還真不知道要怎麼和小玉琢交代。

妳弟弟我沒看好不小心被人害死了？呵呵。她不由得在心底冷笑了聲。

第四章

梁玉琢想著，已經走到了里正的家門口。

矮牆圈起來的院子裡，一角是塊不大的菜園子，種了些蔬菜，旁邊還圍了個鵝圈。看家鵝反應大，瞧見有人站在矮牆外張望，當即扇動翅膀開始叫喚。

有人從黑洞洞的屋子裡出來，瞧見梁玉琢站在牆外，抬頭招呼了一聲。「琢丫頭來了，吃過飯了沒？」

從屋子裡出來的人叫薛荀，是里正薛良的兄弟。兩人是一母所出，一個當了下川村的里正，另一個算不上遊手好閒，但也沒做什麼正經活，總是在外頭跑，偶爾才回村。梁玉琢認得薛荀還是因為這人喜歡逗小孩，被逗弄過幾次也就熟悉了。

梁玉琢在薛荀面前說明來意，就被帶進了屋子。

里正的媳婦姓高，是薛家的旁親，見梁玉琢來，忙端了家裡的粗製點心出來。

梁玉琢謝過薛高氏，對著剛吃完飯正在抽旱煙的薛良躬身行禮。

鄉下人向來沒城裡這麼多規矩，誰家的孩子除了過年也沒正經給人行過大禮，薛良和媳婦一見梁玉琢這架勢，驚得都坐不住了，忙起身將人扶住，又往旁邊凳子按。「妳這丫頭這是做什麼？」

「是啊、是啊，突然行這麼大的禮是要做什麼？」

「不瞞里正爺爺，這會兒過來玉琢實在是有話不吐不快。」

「哦？」薛良讓薛高氏給梁玉琢倒了杯茶。「為了妳嬸子說的過繼？」

「嗯。」

薛荀黃昏的時候才從外頭回來，自然錯過了滿村找二郎的事情，這會兒聽見薛良的話，忙讓嫂子把事情從頭到尾說了一遍。這廂才聽完，顧不上自家兄長還在跟小輩說話，她一巴掌就拍在了桌子上。「這潑婦也是欺負人，梁文還有個兒子在呢，就想著要過繼。」

「不過是私底下說的閒話叫五郎聽見了才鬧出這些事，若是深究，也實在過了。」

薛良的意思梁玉琢自然明白。做里正的，想到的首先還是全村的利益，像這種私底下的事，只要危害不大，自然不會擺上明面，更不用說真把梁趙氏押到縣衙。

「這事本也打算罷了，可我想起半年前二郎莫名其妙大冬天去了池塘邊，還落了水，我這做阿姊的心裡始終懸著這事。半年前二郎才多大，阿娘素來寶貝兒子，又怎麼會放任他離開？我私底下也問過二郎，二郎年紀小，半年前的事也已經不大記得，只說是五郎和人一塊兒帶他去了水邊，至於是去做什麼的，又怎麼會掉下去，他已經記不大清了。」

待梁玉琢詳細說明心裡的猜測，薛良沈吟片刻，道：「這事拿不出什麼證據……」

「確實不需要什麼證據和結果，只是玉琢想問里正爺爺，這過繼在咱們大雍的律法上，可有什麼仔細些的名堂？」

自從穿越到下川村，梁玉琢就一直在找機會看些書，好在便宜爹是秀才出身，雖然落了第，可家裡的書並不少，她閒來無事就會捧上一本看一會兒，雖然都是繁體，除了看得費力一些，倒也不妨礙她瞭解這個世界。只是，律法這一塊，便宜爹似乎從不涉及。

但顯然，作為里正，薛良對這方面似乎也不太熟悉。他皺了皺眉頭，像是想了一會兒，手裡的旱煙桿子敲了敲桌面。

一旁的薛荀趕緊道：「這過繼倒是沒有什麼特別的要求，只要除附即可。」

「除附？」

「就是將過繼子身上的戶籍轉到過繼人家的戶籍上，日後與親生父母毫無關聯，唯有這樣，過繼子才合大雍律法。」

「既然如此，假若二郎一日真出了事，五郎也真如嬸子所願過繼到我家，我家那五畝田也歸不到嬸子手裡？」

見梁玉琢直接問起這事，薛荀臉上露出尷尬神色。「倒也……律法雖是如此，可真到了自身上，又有哪個人會依言行事。」

梁玉琢不語，繼而看向薛良。

「過繼這事，妳不用擔心。」薛良終於說出梁玉琢要的話來。「梁趙氏今日的作為，已經丟了老梁家的臉面，夜裡估摸著要被老梁家教訓，怕是沒那個膽子再謀劃妳家那五畝田；日後即便老梁家真有這個打算，我做里正的，倒也還能說兩句公道話。」

下川村的第二大姓是梁。梁趙氏的事把梁家的臉面丟得乾淨，梁家即便還有其他人惦記梁文家的那五畝地，有梁趙氏的事在前頭擺著，一時半刻不會再有人敢吭聲。

薛良答應真出事時說公道話，已經是梁玉琢目前能得到的最好的回答。

梁玉琢也不強求其他的，心裡這會兒覺得滿意了不少，向薛良告辭，梁玉琢出門的時候，也不在意那看家鵝的叫聲，站在矮牆外整了整衣袖，慢吞吞地往家裡走。

薛高氏把她送到門口，回頭進了屋子，見兄弟倆一人一邊坐在桌子旁抽旱煙，末了，薛良敲了敲煙桿子，長長嘆了口氣，道：「是個聰明的。」

「嗯。」薛荀應了聲。「這麼聰明，生在農家可惜了。」

「哼，我覺得你生在農家也可惜了。」

聽見薛良的冷哼，薛荀大笑一聲，伸手搭住兄長的肩頭。「此番回來我就長住了，指揮使得了空，我也跟著休息。」

薛良看他一眼，煙桿子直接往他手背上敲了兩下。

梁玉琢自然不知薛家兄弟背後是怎麼議論自己的，也不知這晚梁家那邊有沒有氣得一邊教訓梁趙氏、一邊咒罵自己。

這會兒的梁玉琢迎著漸漸入夜的夏風回到家裡，二郎已經被哄睡著了，屋子開著窗，外頭的光亮照進來，倒也不必點燈。

「丫頭。」一看見梁秦氏在院子裡等著，梁玉琢還覺得有些奇怪，等梁秦氏隨後提了桶水過來，說要幫忙梁玉琢擦身子，這才叫她吃了一大驚。

窮人家洗個澡沒法子講究，梁玉琢拿了衣服，盯著站在水桶旁邊不肯走的梁秦氏看了會兒，忍不住嘆了口氣。「阿娘，家裡還有沒有吃的？我餓了。」

正是長身體的時候，儘管梁玉琢吃得也不少，可家裡的東西到底少，每餐進肚子裡的東西，瀝乾了水實在沒多少。

放在之前，夜裡餓了，梁玉琢忍一忍過去了，實在忍不住才會去灶頭上看一看，有時候瞅見個冷饅頭什麼的，都能讓她就著水啃上一會兒；這會兒如果不是為了好好擦個身體，她也實在不願意在梁秦氏面前喊餓。

梁秦氏像是沒料到會聽見這話，愣了愣，隨後答應了兩聲，出門去給梁玉琢找吃的。

梁玉琢乘機好好擦了擦身體，等梁秦氏端著一碗肉糜進屋，梁玉琢已經收拾好了屋子，只是髮梢上因為碰到水，還有些濕漉漉的。

因為徐嬸的關係，家裡並不缺肉，可夜裡餓了吃肉糜這事，梁玉琢也還是頭一回。她端了缺口的碗過來，喝了兩口，猶豫著遞給梁秦氏。「阿娘，妳也喝兩口。」

梁秦氏眼眶微紅，不迭地擺手。「娘不餓，丫頭吃、丫頭吃。」

梁玉琢是真吃不下這一碗，她猶豫，只是怕梁秦氏介意吃自己剩下的東西。她這便宜娘有顆多脆弱的玻璃心，半年時間足夠她去瞭解了。

可眼下梁秦氏難得大方，讓梁玉琢一時間有些猝不及防，不得已只好低頭慢吞地一口一口把一碗肉糜都吃下了肚，心裡想著許是因為白天的事，讓梁秦氏也想起女兒的好了。

等她吃完，梁秦氏終於開了口。「白天多虧了妳，二郎才能找回來。阿娘心裡高興，可聽了妳嬸子的話……心裡還是有些怕。」

「阿娘擔心梁家真要欺負二郎，然後過繼個孩子過來搶家裡這幾畝田？」

梁秦氏咬了咬唇，似有些難言。「家裡這地，是妳阿爹跟人分家前得的，雖然種的糧食少，可好歹是自家的地，不能被別人搶了去……」

梁秦氏這話顯然還藏著半句，梁玉琢分明記得，她剛穿越來時，那五畝地和荒地沒有區別，但這話不好開口，梁玉琢索性等著她說話。

「妳阿爹走得早，家裡沒個男人總是不像話……」

「阿娘想改嫁嗎？」

梁秦氏驀地睜大了眼睛，滿臉詫異和驚惶。

梁玉琢卻有些看不懂了。改嫁又不是多大的事情，半年時間也足夠她瞭解下川村的風土人情，這兒可不限制鰥夫再娶，寡婦改嫁的。梁秦氏要是覺得家裡沒男人不行，想要改嫁她當然不在意，家裡有個男人，起碼體力活有人幹，要是碰上好的，也有人能照顧到她；再者，三年孝期都快過了，也不是不行……

「妳阿爹沒了才多久，我怎麼能改嫁，更何況二郎才這麼大……」梁秦氏有些著急，生怕梁玉琢再說出什麼讓她害怕的話來。「我是說、我是說給妳找門親事。」

梁玉琢嘴裡有些發苦。她這半年來一直在擔心的事情，終究還是發生了。

古代人嫁娶一向很早，雖然也有二十來歲才出嫁的姑娘，可那已經是快被人戳脊梁骨的年紀了。她一醒來，得知自己這身體都已經十四歲了，心裡就涼了一截。

十四歲，放在古代那是可以出嫁當娘的年紀了。

好不容易熬過了年，年紀又往上長了一歲。儘管家裡窮，梁玉琢也不是沒見過有人上門來跟梁秦氏說些什麼悄悄話。為了自己考慮，梁玉琢這半年沒少打量村裡比自己年長且還沒婚配的青年；可要她嫁人這事真擺到面前的時候，饒是梁玉琢已經做了很多準備，心裡也是咯噔一下，有些慌。

「阿娘是打算讓我嫁出去了？」梁玉琢看了看已經空了的碗，碗口那缺口就跟張嘴似的，咧開來笑話自己剛才一時間的感動。「阿娘看中誰了，同我說說，我也好自己給自己相看、相看。」

既然穿越了，不嫁是不可能的，梁玉琢沒想過堅持什麼獨身主義，大半輩子就這麼孤零零的沒個說話的人太寂寞；但她也沒想過盲婚啞嫁，現代社會還有渣男戴面具騙人呢，何況古代。

梁秦氏張了張嘴，正要說出個子丑寅卯來，隔壁屋突然傳來了二郎的哭聲。大概是白天被那事嚇著了，夜裡睡覺因此不安生。梁秦氏嚇了一跳，忙慌張地跑出去哄兒子。她把門一關上，一直繃緊了身體坐著的梁玉琢，終於鬆了口氣，趴在桌上。

出乎梁玉琢預料，這天之後，梁秦氏就再沒在她面前提起出嫁的事。梁玉琢雖然不清楚梁秦氏腦子裡究竟在想些什麼，可能夠少聽些不樂意聽的話，總歸還是好的。

於是，生活又回復到了之前日出而作、日落而息的模樣，只不過，梁玉琢除了盯著田裡的那些稻子，還多了一樁在意的事——她對廢園裡的老頭十分感興趣。

那天在廢園裡找到二郎後，梁玉琢就經常想起老頭手裡的那盞燈。那燈的做工一看就不是普通人家的手藝，她一時半刻也想不通，老頭有這般手藝，為什麼會甘願一個人窩在廢園這樣的地方？

村子裡的人都不太樂意去廢園，更別提和老頭有什麼來往；就連徐嬸那樣好心腸的人，一聽梁玉琢說要去廢園，臉色立刻就變了。

「瞎胡鬧！」徐嬸一手壓著梁玉琢往凳子上坐，一邊道：「琢丫頭啊，妳那天跟妳嬸子的事，如今被人傳得沸沸揚揚的，都說妳是下過水後被水裡的妖精附身了，平日裡這麼乖巧安靜的小姑娘，竟然小半年後脾氣變得這麼大。聽徐嬸一句話，廢園別去了，不然，還不知道那些舌頭長的要在背後怎麼說妳。」

梁玉琢一聽，眉頭蹙了蹙，看了眼旁邊幫忙倒水的俞二郎。「二哥也聽見有人說這話了？」

「聽是聽見了，不過是些婦人說閒話吧！」俞二郎很老實地回道。

「那二哥曉得是誰傳揚這話嗎？嬸子和哥哥們把我當親人疼，說起來我也該聽你們的，可我有沒有被附身、去不去廢園，其實和那些人又有什麼關係？廢園裡的那位幫過我，我不過是過去做些事報答他；我家雖然窮，可阿爹生前教導過，滴水之恩當湧泉相報，梁家人不能因為怕被人說閒話，就不去報恩。」

梁玉琢邊說，邊瞅著徐嬸的神情，見她並無惡感，遂繼續道：「其實，這些閒話不用說，我也猜得到是誰先傳出來的，她既然都敢惦記我阿爹留下的田地了，明面上不敢再有動靜，暗地裡總是想要討些便宜的。」

徐嬸過去只覺得梁家這閨女又瘦又弱，偏生碰上個只疼兒子不疼閨女的娘，忍不住多給了點同情心，哪裡想一朝落水，好不容易醒過來就好像換了一個人。

可這樣一來，不用說，還真是越長越有主意了。生在這麼個家裡，要是一直是個說東不敢往西的性子，這輩子大概就只能低著頭吃糠了。

「琢丫頭，徐嬸曉得妳心善，這樣吧，徐嬸家裡還有塊剛醃好的野豬肘子，妳帶著去廢園，給人送去就當是謝禮了。」

徐嬸說著忙招呼俞二郎去把肘子包好拿過來。她家幾個男人除了隆冬，基本上隔三差五就上山打趟獵，別人家裡一個月吃頓肉已經香得不行，到她家裡那是頓頓吃肉，吃多了反倒想吃蔬菜解解膩，所以多餘的肉常常醃起來送人。

梁玉琢平日裡已經受多了徐嬸的接濟，哪裡還願意再拿豬肘子，忙不迭地擺手要逃，但還沒跑出徐嬸家的院子，俞二郎已經拎著豬肘子把她攔住了。

「娘，妹妹要跑來著。」比起沈默寡言的俞大郎，俞二郎的嘴稍稍會說話一些，可碰上梁玉琢，一向都是嘴笨。

梁玉琢只覺得哭笑不得，沒奈何俞二郎人高馬大像堵牆，她不得已，只好在母子倆的緊迫盯人下接過豬肘子。

廢園和之前一樣，冷冷清清的，大半被火燒掉的地方仍舊沒人收拾，那老頭大概也是個不通俗務的，只蹲在正廳裡糊他的燈籠。

梁玉琢到的時候，隔三差五往下川村裡走的貨郎正挑著擔子從裡面出來，手裡的博浪鼓還沒來得及搖，瞧見梁玉琢笑了笑，視線對上她手裡的豬肘子後愣住。

這貨郎是鄰村的，姓王，下川村不少人家都是從他這兒買到需要的生活用品，就連廢園裡的老頭也不例外。

梁秦氏經常從他這兒買東西，貨郎也認識梁玉琢，見是熟人家的小姑娘免不了逗趣幾句。

第五章

走街串巷慣了的人，嘴巴上總是會帶幾句渾話；即便不是貨郎，村裡的那些已經嫁人的婦人和不正經的男人，也時常說些不太好聽的渾話。

梁玉琢從前就聽得多了，也都知道那些混帳話不去管就好；可這會兒，貨郎還沒說兩句，從屋裡扔出來個樺子，不偏不倚，正好落在貨郎的腳邊。

「小子怎麼還在這兒？」

老頭從屋子裡出來，手裡還抓著根沒削的細竹子。貨郎一見這架勢，趕緊挑著擔子就跑，經過梁玉琢身邊的時候，還有些對不住地笑笑。

老頭把手裡的竹子一丟，攏了攏袖口，哼了一聲，回頭往屋裡走。

梁玉琢趕忙往前幾步，撿起地上的樺子進屋。

正廳裡還是跟之前一樣，黑漆漆的，靠著幾個破落的窗戶放點光進來。梁玉琢下意識抬頭去看柱子間懸掛的那根繩子，上頭已經掛上三盞燈，每一盞燈都是不同造型，看起來十分精緻。

見梁玉琢進了屋，老頭問道：「丫頭過來幹什麼？」

「上回您幫了二郎，又給我提了醒，我是特地來向您致謝的。」

「丫頭年紀小小，倒學了妳爹一身書卷氣。」

「這不因為是我爹親生閨女嗎？女兒肖爹，也是正常。您上回幫了我，我也沒什麼能答謝您的，這是剛醃好的野豬肘子，您熱一熱就能下飯。」

老頭表面不動聲色，視線卻一連幾回往梁玉琢手裡的豬肘子瞟，鼻子哼了幾聲，扭過臉。

「妳爹走後家裡的開銷可應付得過來？我聽說家裡沒頂用的男丁後，妳娘平日裡連地也下不了，只靠著讓貨郎賣賣針線活賺些錢養家？」

一會兒，見梁玉琢並不否認，老頭皺眉。「既然家裡都這麼窮了，妳手上這豬肘子又是哪裡來的？要是偷來的，是想讓我叫人打斷妳的腿不成？」

梁玉琢哪裡曉得老頭的脾氣這麼古怪，怕他氣著，忙解釋說是鄰居所贈，但也不是白拿，日後還會另外向鄰居回報這份恩情。幾番話後，老頭也不再質疑她，隨口叫她把豬肘子找個不會被野貓搆到的地方掛起來，自個兒背過身去，繼續彎腰做燈籠。

梁玉琢掛好豬肘子，回頭看著老頭灰白的頭髮和稍顯傴僂的背影，眼中閃過一抹沈思。

老頭的言行舉止雖有些乖張，但為人卻十分仗義，單說這一手做燈籠的手藝，就要比去年元宵俞二郎從鄰村買回來的燈籠好看百倍。鄰村那做燈籠的都已經蓋起了新房，這老頭卻住在廢園裡，兩兩相比，簡直天與地。

老頭似乎對旁人的猜測心知肚明，聽見背後有一會兒沒啥動靜，拿著手裡的竹條回頭。

「妳要是實在沒事，就幫老頭把園子打掃打掃。」

正抬頭打量頭頂上一盞蓮花燈的梁玉琢，一聽這話，愣了愣，隨即反應過來，拿了門後頭擱著的掃帚出去打掃園子了。被燒毀的屋子梁玉琢沒那膽量進去打掃，只將門口的黑灰掃乾淨，又提了水桶想打桶水洗洗地。

廢園這地方，過去到底是大戶人家的宅子，供水系統比村子裡任何一戶人家都要好一些，沒奈何這些年荒廢下來，再好的宅子也成了廢園。園子一角的水井已經積滿了樹葉跟黑灰，別說是乾淨的水了，就是想要打一桶髒水上來也是難事。

梁玉琢看了眼沒什麼動靜的正廳，隱約能看見老頭在屋裡走動，她嘆口氣，索性提著水桶往廢園旁邊的一條山路走。

她對下川村旁邊的這座山相對熟悉一些，剛穿越的時候，是冬天，地裡也沒啥好種的東西，她跟俞家兄弟熟絡起來後，就央著他們帶她進了次山，從此只要地裡沒什麼事，她便常常上山去採摘些可食用的果子。

山裡哪條路往上走能見著什麼野果林，哪個地方有個小池塘，這半年時間梁玉琢就算不是一清二楚，也記住了十之七八。從廢園旁邊上山，往前大約走上四、五百公尺就有個池塘，那池塘水乾淨，俞家兄弟偶爾會在那邊蹲著抓捕過去喝水的野獸。

她提著水桶走了段路，果真找到了池塘。池水清澈，偶爾還有魚從跟前游過，一下子就甩動魚尾竄出去老遠。有兩隻棲息在池塘旁邊叫不出名堂的鳥，被梁玉琢經過的動靜驚擾得飛起，撲撲兩下掉了幾根羽毛下來。

她瞧那羽毛看著好看，隨手撿起塞進懷裡準備帶回去給二郎玩，哪想到，才提著木桶往池塘邊走了兩步，頭頂上忽然傳來簌簌的聲音。

梁玉琢還沒抬頭，有什麼東西帶著一股鳥禽的腥味從頭上掉了下來，還擦著她的鼻尖落進了池塘裡，「嘩啦」一下，濺開一片水花，淋了她半身。

「哈哈，我這箭準頭怎樣？」

「準頭是還不錯，好歹沒丟指揮使的……哎，哪裡來的小姑娘？」

身後傳來兩道粗啞的聲音，梁玉琢抹了把臉，狼狽地回頭。

兩個穿著短打的漢子手裡拽著弓，一前一後往池塘走，瞧見她蹲在池塘邊，水裡還躺著羽毛盡濕的戴勝，走在前頭的一人回頭一胳膊撞上了後一人的肚子。「讓你瞎射，看你把這小姑娘弄得。」

「我……誰曉得這裡會突然蹦出個女娃娃？」

突然出現的這兩人看起來有些面生。前面的這個虎背熊腰，身上還揹著箭囊，短打外頭套了一件革衣，後頭那個看著更高大一些，卻有些憨直；只是兩人同樣手裡都拿著弓，背上揹著箭囊，像獵人，但模樣陌生，顯然不是附近村子的人。

被胳膊撞了肚子的人，這會兒正揉著肚子，心情頗為複雜地盯著梁玉琢，看了會兒，他幾步上前，一下從水裡把戴勝抓了出來。

「妳是哪兒來的女娃娃？剛才這一下，沒嚇著妳吧？」見梁玉琢點頭，這人臉上浮起得意神色，朝著同伴自誇。「我就說我箭術了得，這女娃娃可沒被我嚇著。」

他這一抓，梁玉琢看得仔細，那箭頭極準地插在戴勝的喉間，連多餘的血珠子都沒流出來，這等本事，可是連俞家兄弟那打小跟著父輩打獵的漢子都沒能學到的。

這兩個漢子看著粗野，倒沒對梁玉琢說些渾話，只是撿了鳥，隨口問了幾句尋常的話，便送她下山，等人從山道上匆匆走遠，這才翻身回住的地方。

下川村半山腰有處宅子。

前些年，裡面住的是這一帶的地主，下川村以及附近幾個村子大多都是佃戶，自己手裡只有不到十畝的地，大多數都是租賃的田地，每年都要按照地主的要求種上東西，到了收成的時候，大部分的收成都要給地主，剩下的那些勉強夠維持一家人的生計。

梁家分給梁文的那五畝是從自家的地裡劃分出去的，梁文靠著五畝地的收成和學堂的束脩養家餬口，倒也從來沒跟地主扯上什麼關係。

梁玉琢穿越後，梁文早就過世，梁秦氏沒什麼力氣幹地裡的活計，更不曉得外頭的一些事。

那地主因為賄賂了當地的縣官，又為了給兒子謀出路，鄉試的時候塞了不少銀錢。兒子鄉試出了頭，卻很快被人打了回來，只因為宣德七年的「六王之亂」。

「六王之亂」說到底是皇室的同室操戈。

只是這場「六王之亂」因牽涉甚廣，不少官員身陷其中紛紛落馬，無處不在的錦衣衛將其間收羅到的種種罪證擺上了天子的桌案，一時間朝堂內外山搖地動。地主就是因為在其中有較深的牽扯，才受了活罪，一家老小被判了流放。

至於流放路上是死是活，就要看老天爺的意思了；而這邊的宅子，自然也就收歸給朝廷，也很快找到了新的主人。

這邊兩個漢子提著打到的獵物回了宅子，進門的時候還在不斷說起方才遇到的女娃娃。

「看起來像是山底下那村子裡的。」

「應該是，要去賠罪嗎？」

「啊，是有些對不住那小姑娘……」

正說得起勁，有人從旁經過，咳嗽兩聲。

「老四，嗓子不舒服？要不要我去附近村子問問有沒有枇杷花……」他話沒說完，肚子又被狠狠撞了一胳膊。「老五，你又撞我做什麼？」

看著眼前這個憨直的同僚，收回胳膊的老五心情有些複雜，不斷向一側眨眼。

「你眼睛有毛病啊，怎麼眨得這麼厲害？」他揉了揉肚子，直到老四又咳嗽了兩聲，這才往旁邊看了一眼，這一眼，正好撞上一雙冰冷的眼睛。

一身青色常服的鍾贛坐在院子一側的石桌旁，桌上擺了酒水和點心，卻一點兒也沒動過，只睜著一雙眼睛，冷冷地看著一前一後進來的兩人。

「指揮使！」在其他人前，兩個漫山遍野打野味的漢子不過是比尋常農家漢子看著更野一些，這會兒見到指揮使陡然間就換上另外一個模樣。兩人單膝跪地，打來的野味隨手丟在腳邊，低著頭，強壓下背上的寒意。

待到寒意消退，頭頂上方才傳來鍾贛的詢問。「回來了？」

「是。」哭笑不得地發現方才那冰冷的眼神不過是鍾贛在走神兒，兩人壯起膽子抬頭道：「這邊山裡野物不少，但看著山裡好些地方都布置了陷阱，想來附近有獵戶，標下只獵了些山雞、野鳥回來。」

鍾贛臉上依舊沒什麼表情，只是微微側過頭，打量了一眼地上的野味。落腮鬍遮住了本來的面貌，若非身上穿的常服做工精良，一看就出自名家之手，只怕要被人誤以為是哪座山頭的匪首。

如果他剃了鬍子，再換上一身麒麟服，那容貌只怕就連宮裡的皇子、王孫們見了，也要低頭三分。

若非六王之亂，鍾贛又怎麼會出現在這荒郊野外的地方？這些人自稱「標下」，又稱鍾贛一聲「指揮使」，加上不凡的身手，自是出身錦衣衛。

鍾家祖上曾獲封開國侯，賜國姓「鍾」。鍾贛十五歲入錦衣衛，自此屢立大功，十六歲即從小旗升任百戶，十七歲因護駕有功升副千戶，成了朝中年紀較輕的勛貴武將之一。

宣德七年，鍾贛成為指揮同知。次年，即去年宣德八年，他又因六王之亂成為錦衣衛指揮使。

然而，樹大招風。鍾贛二十四歲即為指揮使，不知不覺招惹了朝中不少權貴，當今天子永泰帝為保鍾贛，暫且順應百官之意，將其撤職，命其歸家未得召見不可進宮。

因此地的宅子早前為今上賞賜，成了鍾贛的私宅，他索性乘機避入鄉野，平日他手下的那些錦衣衛，也都追隨而來。如今錦衣衛指揮使一職暫時空缺，朝中稍有權勢的文武官員都想收攏錦衣衛做為自己的人手，可事實上，錦衣衛上下卻無人願意自請晉升。

錦衣衛無人覬覦指揮使一職，足以看出錦衣衛上下對鍾贛究竟有多敬重。武將不比文人心眼多，武將的升遷多靠功勛壘起，拳頭下的功夫，是真章，最能讓人折服。

鄉野生活別的沒什麼，在吃這方面卻有些單調。雖然錦衣衛往往風中來、雨裡去，但真能閒下來的時候，誰又不是盼著能有個遮風蔽雨的地方好好睡一覺，再吃上一頓好的。

住的方面，山上有這個宅子，他們一行人倒是不用擠在一起，也不用像出任務時那樣風裡來、雨裡去；但吃的……沒奈何下川村這邊委實太窮，想要吃些好的，還須往縣城跑，著實不太方便。

鍾贛對這些毫無反應，每日早起練武，入夜熄燈，生活規律得就好像在京中生活一般；反觀追隨而來的一眾錦衣衛，卻是無聊得有些難以忍受。

於是乎，這才有了今日打獵的事。

「指揮使，這兔子是要烤著吃，還是下鍋煮？」

「這裡還有鳥……」

野味既然已經打了，自然要趁新鮮的時候解決掉。鍾贛對此並無異議，瞧見幾個弟兄們圍著地上的野味爭執烹煮方法，隨口說了句「簡單些」，便再沒管他們。

另一邊，廢園中，梁玉琢終於將一地青苔洗刷乾淨，半點不知山上宅子裡，那兩個漢子一邊烤肉，一邊將被天上掉下來的鳥濺了一身水卻面不改色的女娃娃事蹟說了一遍又一遍。

洗刷完廢園，天色也已經接近黃昏。老頭從正廳裡出來，瞧見園子裡乾淨的模樣，滿意地點了點頭，難得好心給梁玉琢倒了杯茶水。

老頭大概把身上僅有的錢都花在了燈籠上，這茶水粗劣，一口喝下去，滿是茶葉梗，味道也苦澀難耐。梁玉琢只喝了一口便不再去碰，老頭瞧她一眼，哼道：「窮講究。」

梁玉琢心知自己這是上輩子喝好茶喝習慣了，也不去辯解什麼，只老老實實把園子都收拾乾淨了，才走到一邊，從桶裡舀了一勺水洗手。

「老頭姓湯，家裡行九，丫頭妳喊老頭九爺就成。」

老頭已經大半天沒說過話，這會兒開了口，絮絮叨叨的，說了好一會兒。「九爺沒別的本事，只會這手藝活，妳要是喜歡，回頭給妳也做盞燈籠。」

見梁玉琢沒給回應，湯九爺皺了皺眉，斥道：「怎麼，妳爹是秀才，妳又是個窮講究的，不知道湯字怎麼寫不成，半點反應全無！」

看著湯九爺，梁玉琢不禁在心裡苦笑。老頭脾氣有些怪，可這會兒工夫卻發覺他不過是個有些倔強的老小孩。

「認得，商湯的湯嘛！」梁玉琢話音落下，湯九爺意外地看了她一眼，嘴皮子翻了翻，到底沒說出話來，一會兒才開口問：「妳之前回來身上怎麼有水，又掉水裡了？」

半年前梁家姊弟掉進水裡的事，整個下川村都知道了。先不說梁二郎才那麼點大，是怎麼從家裡出來掉進池塘裡的，單說梁玉琢一小姑娘，明知道自己不會泅水，還為了救弟弟下水的事，就夠村民們誇上幾天幾夜了。

「妳那弟弟現下還看不出好歹來，不過妳倒是個機靈的，上回掉水裡教人救上來了，這回又怎麼著？」

梁玉琢笑了笑。「沒掉水裡，被天上掉下來落進池塘裡的鳥濺了半身水而已。」

湯九爺大笑。「這是哪兒來的呆子鳥，還能從天上掉下來落進池塘裡？」

「是教人射下來的。」

「教人射下來的？」湯九爺一愣，隨即神情微變。「妳遇上山裡的陌生人了？」

「九爺認得他們？」

湯九爺見梁玉琢滿臉不解，擺了擺手。「不認得。」末了，他瞅著眼前的小丫頭，忽然道：「妳往後少進山，山裡那些人可不是什麼好人。」

「為什麼？」

湯九爺眯眼。「他們都是些披著人皮的野獸。」錦衣衛，可不是朝廷的鷹犬嗎？

梁玉琢當然不明白湯九爺怎麼會這麼評價山上的那些人，她回了家，同過來串門子的徐嬸說了山上的事，徐嬸看過來的目光頓時變得謹慎起來。

「妳可少往山上跑。」徐嬸伸手，摸了把梁玉琢的腦袋，囑咐道：「過年那時候沒瞧見嗎？一隊快馬從咱們村前經過直接往山上去，沒多久就拿鐵鍊鎖著人下山上了囚車。」

在徐嬸去給梁秦氏搭把手的時候，梁玉琢仔細回憶了下過年那會兒發生過的事情。那時候離自己剛穿越過來沒有多久，梁玉琢還是個糊裡糊塗不知道怎麼在這個陌生環境生活下去的穿越菜鳥，然而日子不是想不通怎麼過就不過的，眨眨眼的工夫，就已經到了正月。

下川村的正月和其他地方一樣熱鬧，只不過那一次的正月，除了走親訪友外，還多了一隊陌生的快馬。

快馬經過村口時，梁玉琢那會兒正好在附近，遠遠就瞧見一隊人馬一路飛馳，馬背上的人皆是一身紅衣，穿著樣式一致，看著有些眼熟。她沒認出來是什麼身分，只看見馬鞭揮舞，發出脆響，村裡還有小孩誤以為是鞭炮聲嬉鬧著要往外頭跑。

村子裡稍見過場面的認出這是一小隊錦衣衛。附近幾個村子聚集了些壯漢上山去打探情況，不想還沒來得及往山上走，那隊錦衣衛已經用鐵鍊鎖了人，從村口再度經過。所有人都膽戰心驚地看著被關進囚車裡的地主和他家管事、帳房，過去這些人有多趾高氣揚，如今就有多狼狽。

那會兒誰也猜不到一個小小的地主，論身分，不過是盛京裡大官腳底下的塵埃，怎麼就需要勞駕錦衣衛出動？

第六章

那之後大概又過了半個多月，從縣中傳來消息，地主一家因涉及六王之亂，於是被判了謀逆。

自此之後，山上的宅子就空了下來。原先在宅子裡做事的僕役、奴婢能走的都各自歸家了，有些沒走遠，嫁了附近的村民，但問起錦衣衛帶走地主的事，誰也不願意多說。

這麼一想，梁玉琢大概明白徐嬸和湯九爺都提醒她少往山上跑的原因。畢竟是被傳說中的錦衣衛帶走的人，雖然宅子換了主人，但總有些晦氣，怕是會惹上什麼麻煩吧！

只是有時候，有些事，心裡是明白了，實際上卻不一定能做得到。

自從便宜爹去世後，家裡的大小活計就落在梁秦氏的肩頭上。梁玉琢穿越過來後，有段時間一直在想穿越前的小玉琢究竟是怎麼跟著梁秦氏活下來的，因為便宜娘完全是位肩不能挑、手不能提的嬌弱婦人。

後來發現左鄰右舍一直在照顧著家裡，梁玉琢的心底就有了些愧疚。

地可以摸索著自己種，等自個兒熟練了，可以再叫梁秦氏一塊兒下地。五畝田兩個人一起幹活，總是比一個人強。

今年之前鬧乾旱，好在下川村這兒沒有鬧饑荒，哪怕三餐不繼，簡單點的兩餐還是有的。對於鄰居們給予的接濟，梁玉琢開始很努力地透過自己的幫忙去償還和感激，而梁秦氏也開始常常幫鄰居們做些縫縫補補的活。

這天從田裡照常觀察回來，梁玉琢一眼就掃到徐嬸家院子裡的柴禾已經差不多快用完了，她抬頭望了望日頭，從自家院子裡拿上背簍和砍柴刀，又摸上了山。

俞大郎成親前，常受徐嬸差遣上山幫著梁家砍柴；後來成了親，雖然沒分家，可徐嬸每次讓他搭把手時，梁玉琢一抬眼，就能瞧見大郎的媳婦站在那邊用陰鬱的眼神盯著自個兒。

一次、兩次還能告訴自己是看錯了，可這樣的事多了後，梁玉琢再遲鈍也發覺其中的問題，之後就很少再麻煩俞大郎，多是自己揹著竹簍跟村裡其他婦人一道上山砍柴，或是去山腳下撿些柴禾回來。

雖然少一些，最多就是多走幾趟罷了，總好過鬧得別人家裡不安生。

這會兒家裡的柴禾還夠用，梁玉琢只想幫徐嬸砍些回來，也算是還個人情。眼下天氣不錯，梁玉琢上了山，不多一會兒工夫就砍了些細條的柴禾，丟進身後的竹簍裡。

有時候想想，人活著真的是件奇妙的事，如果在一年前有人告訴她，將來妳會穿越到一個架空的世界，梁玉琢心裡想，大概她會把那個告訴自己的人當成瘋子，友好地送他去精神病院看一看。

但是現在，要真有人先一步提醒自己，她一定會感恩戴德地哭上一場，然後趕緊看一看古代農學一類的書。

知識即是力量。她現在嚴重缺乏古代種植知識，學堂不收女學生，她也沒法子從先生那兒借來這類書。

至於去縣城裡買就更別提了，對於農戶來說，書本可是奢侈品。村子裡那些能供兒子考功名的，哪一戶不是傾盡全家之力，只盼著有朝一日功成名就，光宗耀祖，說不定能魚躍龍門，一朝改變全家族的命運。

梁玉琢曾經試探著問過里正和梁秦氏，得知想要買本書實在太難。

一個人砍柴的時候，最是容易走神兒。

梁玉琢一邊走在山間小路上，一邊仔細把砍下的柴禾丟進竹簍，腦子裡卻又在想著其他事情，等到聽見從矮樹叢間傳出窸窸窣窣的動靜以及粗喘時，一頭長滿了黑毛，露著兩顆獠牙的野豬已經從樹叢裡衝了出來。

不止一次吃過野豬肉，但真的沒見過活蹦亂跳的野豬，梁玉琢嚇得倒吸一口冷氣，僵值站在原地，一時間不知道該怎麼辦才好。

那頭野豬身軀健壯，四肢粗短，一對獠牙還露在外頭，衝出樹叢後撞見活人，非但不跑，竟還橫衝直撞地朝著梁玉琢奔過來，一邊跑一邊還在發出刺耳的號叫。

人在危急關頭能爆發出多少力量，梁玉琢過去沒算過，哪怕是泥石流那回，她也忘記自己到底是從哪裡冒出來的勇氣去救別人。野豬衝撞過來時，她連忙把手裡的砍柴刀朝著野豬扔過去，手裡空了又立刻把背上的竹簍拿下來一通亂砸。

這頭野豬約莫已經成年了，大小驚人，梁玉琢扔出去的那些柴禾根本驅離不了牠。梁玉琢深吸一口氣，轉身找到棵一人粗的樹，抱著樹幹慌忙往上爬的時候，有人聲從不遠處傳來，混雜著棍子拍打草木的聲響。

「快！別讓野豬撞上上山的村民！」

那頭野豬大概是被梁玉琢之前的動作給激怒了，這會兒正在樹下奮力地衝撞樹幹，絲毫沒顧及越來越近的說話聲。

梁玉琢爬上樹幹，緊緊抱著樹，大口地喘氣。好在她出門的時候為了方便幹活，穿的都是男裝，不然像這種爬樹的事情，換身女裝來，還真不好辦。

說話的聲音越來越近，野豬這時候好像終於反應過來，匆匆忙忙撇下樹上的梁玉琢，轉了個方向就要跑。

這時候一支箭突然破空而來，只聽見一聲淒厲的號叫，野豬被一箭射中後腦，隨後倒身抽搐，不多一會兒工夫已經只剩下哼哼聲。

梁玉琢咂咂嘴，心裡免不了對射箭之人好一陣佩服。她抱著樹幹，小心翼翼地試圖往下滑，視線還盯著離樹不遠的野豬，沒承想剛下了一半，一隻腳忽然被人抓住。

「嘿，還真有人被撞上了！」說話的人帶著濃烈的口音，梁玉琢分辨不出是哪裡人，只覺得腳踝被人抓著，忙低頭去看。

不知道什麼時候出現的一行人，大約有六、七人，其中三、四人繞過梁玉琢抱著的這棵樹圍住地上的野豬，正動作索利地把野豬翻身四蹄捆起。那說話的人就站在旁邊，一邊瞅著梁玉琢笑，一邊指揮同伴收拾野豬。

反倒是抓著梁玉琢腳踝的人，一臉落腮鬍，瞧不出表情，只用一雙眼睛冷冷地看著她。

「我是下川村的，上山來砍柴。」梁玉琢猜不透這幫人的身分，衣著打扮雖然看著普通，可是面生，說話口音也與附近幾個村子差了十萬八千里。「你們……你們人多，打獵怎麼……怎麼也不當心一些！萬一撞了人怎麼辦？」

「嘿，這小子嘴巴倒是伶俐，我們剛才可還救了你，也不道聲謝謝。」

「可這野豬是你們打的獵物，讓自個兒的獵物活蹦亂跳地逃了，怎麼說也是獵人的錯；更何況，這野豬方才差點傷了我，白費了我花力氣砍的這些柴禾！」

一番話本是有些氣弱，說到後來卻漸漸有了底氣，就連鬆開一條胳膊指著地上七零八落的柴禾的架勢，都顯得分外有氣勢。

「你這小子……」

「行了，把野豬收拾好，給這孩子砍些柴禾幫他送回去。」

那落腮鬍一開口說話，旁人就不再言語乖乖應了聲「是」。他鬆了手，梁玉琢順勢從樹上往下爬，沒奈何情急之下上樹容易下樹難，加上被旁邊這幾人圍觀，梁玉琢在樹幹上掙扎了幾下沒下來，反而燒紅了臉。
嗆聲的男人還想再嘲笑兩把，突然背生寒意，轉頭閉嘴。
梁玉琢咬咬牙，閉上眼打算再試一把，左右離地面也不過還有半公尺多的距離；然而，腰上忽然被人握住，沒等她睜開眼驚呼，整個人已經被用力拔離了樹幹……
「行了，小子，你家住哪兒，我們幫你把柴禾送回家。」
腰上的手鬆開，梁玉琢兩頰躁熱，一眼掃過落腮鬍，咧咧嘴對著湊上來說話的漢子道：「謝謝了，我自個兒回去就好。」
梁玉琢嘴角抽了抽，接過裝滿柴禾的竹簍揹上，頭也不回地沿著小路往山下走。突然出現的野豬還讓她心有餘悸，根本顧不上去詢問身後這些人的身分，自然，也就聽不到身後的對話。
「老六。」
「標下在。」
「跟上去探探。」
身影一晃，應聲之人已經於此地消失。男人俯身，撿起地上散落的柴禾，仔細看了看，又隨手丟下。
男人回頭，身後餘下的壯漢皆站在野豬四周，見男人看來，神情少了調侃，目光炯炯，身上的粗布短衣仍舊蓋不住骨子裡的血氣。

宣德九年，初夏，六王之亂平，這年的七夕，終於又有了過節的樣子。

鄉下不比城裡，七夕的熱鬧大多傳不到村子裡。從七月起，下川村的日子就和往常一樣沒什麼變化，倒是附近幾個村子的貨郎都趁著七夕將至，帶了些村裡婦人們做的繡品去縣城，打算小賺上一筆。

明日就是初七，梁玉琢坐在床邊，仔細將堆在床沿的銅錢一枚一枚投進腳邊的瓦罐裡。

這半年多，家裡進進出出最後積攢了不過幾百文，看起來數量不少，可實際上，壓根兒不值多少。

下川村不養桑蠶，就不用提什麼紡線織布，最普通的一疋粗布都要進城裡買，這一買就是一百文；要是誰家的姑娘要出嫁了，想添置身好點的成衣，從頭到腳一套算下來，沒有上千文是絕不可能的。

梁玉琢數完最後一枚銅錢，抱著瓦罐，重重嘆了幾口氣，還是將瓦罐蓋上，重新塞進了床底下。

梁秦氏平日裡雖對這個女兒看起來不冷不熱的，卻早早就將家裡的錢全都交給她掌管。梁玉琢管著錢，自然也就管上了家裡的吃穿用度。

二郎人小，往往一疋布買回來，能給二郎做上好幾身衣服，家裡如今還收著些用剩下的粗布，滿打滿算還可以給二郎做上兩身秋衣。

可梁玉琢仔細看過了，梁秦氏身上的衣服已經舊得有些穿不出去了，再過幾個月天氣轉涼，梁秦氏只怕就沒能穿的衣裳。

前兩日梁玉琢和湯九爺商量了一番，打算學做貨郎的營生，帶上燈籠，趁著七夕進城小賺一筆，不求多，能給家裡添一疋布和幾袋口糧都是好的。

湯九爺剛開始不肯，只說自己不愁吃、不愁穿，就樂意做了燈籠掛著給自個兒瞧。

梁玉琢卻瞅著他屋子一角被老鼠爬過、見了底的糧缸挑了挑眉，他哼哼兩聲，到底還是鬆了口。梁玉琢也不要他多給自己銅錢，只說幫著他叫賣燈籠，每賣出一盞就從中抽一成。

第七章

梁玉琢還記得，湯九爺當時意味深長地看了她好幾眼，沒反對，捋著鬍子，咳嗽兩聲，然後轉身指著頭頂上掛著的一排燈籠點了幾個道：「這個、這個，還有這個，不賣；其他的，都賣了。」

「這幾個挺好看的，就是不賣到時候掛著也能吸引人過來看看。」

「要是有人強買怎麼辦？」

「……那還是不帶走了。」梁玉琢想了想。也是，一老一幼要是碰上強要的，還真是弱雞一般的存在。

「不行，帶上一盞，就掛著，要買就出高價。」

梁玉琢無語。不管湯九爺最後到底打不打算帶上別的燈籠，梁玉琢都已經和徐嬸說好了，初七一早就坐她家的牛車一道去縣城。

徐嬸要去賣掉家裡堆著的獸皮，順便讓從隔壁縣嫁過來的大郎媳婦瞧瞧這兒的風俗，一聽說梁玉琢要和廢園的老頭一塊兒去城裡賣燈籠，二話不說就答應了讓他們一道坐車。

到了初七，天還沒亮，梁玉琢便起了床。

阿爹留下的房子算上灶房，不過才四間。原先梁玉琢睡的這屋是她爹的書房，以前小玉琢跟爹娘擠一間房，後來阿爹雖然過世了，梁秦氏肚子裡卻多了一個。

等二郎生下來，小玉琢過了好一段日夜顛倒的日子。等到那次二郎落水的事發生，怕讓二郎過了病氣，梁秦氏才把她安頓在原先的書房裡。

兩間屋子靠得很近，稍微有點動靜，隔壁都能立刻聽到。梁玉琢才剛起床，推門出去打算打水擦把臉就動身，哪裡知道門才推開沒走兩步，梁秦氏也開了房門出來。

說起來，梁秦氏守寡還沒滿三年，成日裡穿的都是一身素色，可梁玉琢偏偏覺得她娘還真應了那句話，「女要俏一身孝」；也難怪徐嬸說，她爹成親之後，就把她娘捧在了手心上，硬生生沒讓她娘吃一點苦頭，氣得梁家的老太太一直說兒子不孝順。

「阿娘怎麼起了？」

梁秦氏簡單地綰了婦人髻，手裡拽著一只顏色已經有些褪了的荷包。「今兒個七夕，乞巧節，家裡雖然窮了些，可妳總歸是姑娘家，別又打扮成小子往外頭跑。」她從荷包裡掏出一小枚絹花，說著就要往梁玉琢頭上簪。

那絹花的顏色看著素雅，月白色中添了一抹淡紫，樣式看起來極好；可梁玉琢怎麼也不覺得這絹花跟她現下這一身男裝有多搭，忙往旁邊一躲，伸手拿過笑道：「阿娘，這絹花是送我了？」

梁秦氏頷首。

梁玉琢道：「既然送我了，阿娘，等下回女兒再戴著它出門。」她說著，顧不上梁秦氏再說什麼，把絹花往懷裡一塞，攏了攏頭髮，直接推開柴門往外跑。

跑到路上，她不忘回頭看了一眼，梁秦氏追到門口就沒再走，只一手扶著門，一手抓著荷包一直看著她跑遠。

徐嬸家的牛車早在村口等著，俞大郎正幫著湯九爺往牛車上頭放燈籠。徐嬸家的獸皮堆了一角，九爺的燈籠堆了一角，眼見著牛車上頭能坐人的地方沒剩多少了，也難怪大郎媳婦的臉色又沈了下來。

「咱家這牛車原先就不大，偏偏還塞了這麼多沒用的燈籠，你叫我往哪兒坐？」

俞大郎有些頭疼地看著自家媳婦兒，又尷尬地看了看剛巧跑到村口的梁玉琢，耐下性子拍了拍媳婦的手。「妳就忍忍，進了城，琢丫頭就把燈籠卸了……要不，妳同我坐一道？」

趕車的地方稍微擠一擠也能坐下兩個人，俞大郎盤算著和媳婦貼一塊兒趕車，還能增進點感情，哪裡想到他家媳婦頓時擺起臉色。

「我不坐，牛屁股後臭死了，走著走著還拉屎，壞我一天胃口。」她咬咬牙，拉過大郎低聲說：「你跟丫頭說說，咱們也不白幫她和老頭送這些燈籠，跟他們收二十文錢，就當是來回縣城的車馬費……」

她這話還沒說完，俞大郎已經變了臉。「都是鄉里鄰居的，不過是順道帶上一程，怎麼還能收錢?!」他深吸一口氣，看見梁玉琢像是沒注意這邊，正同湯九爺說著話，俞大郎續道：「琢丫頭家裡的情形，妳也是瞧見的，她家這副模樣，哪裡還能問她要錢？二十文錢在俞家沒什麼打緊，可放在她家就是緊要的事了。」

梁玉琢聽不見大郎同他媳婦究竟說了什麼，可心裡大抵也能猜到一些，看著牛車上的燈籠心裡仔細盤算了一把，打算等從九爺手裡拿到錢後，就給這位嫂子買點東西。

徐嬸對兒媳的嘀咕絲毫不知，拉了梁玉琢就往牛車上坐。湯九爺像模像樣地道了聲謝，也跟著坐上牛車，因為位置不夠寬敞，有些擠到大郎媳婦，後者皺著眉頭往旁邊避了避。

待四人坐穩，俞大郎一甩鞭子，吆喝一聲「駕」，老牛拉著車緩緩動了起來。從下川村出來後的土路並不平坦，一路上坑坑窪窪，坐在牛車上不知道要顛幾下屁股。

因為正逢七夕時節，所以往縣城裡趕路的人，不止梁玉琢他們幾個。夏天天色亮得早，路上能瞧見不少人低著頭在趕路，但牛車這種交通工具畢竟不是誰家都有，大部分人都只能靠著兩條腿，走上一個多時辰。

一路上遇見的熟人不少，徐嬸一路都在和人打招呼，偶爾遇上誇獎兒媳好看的婦人，梁玉琢就瞧見大郎媳婦臉上掛笑挺了挺胸脯。

可她那胸脯真不大，梁玉琢看著大郎的手，一隻手就能握住倆。大概是瞧見梁玉琢的視線往哪裡打量，旁邊的湯九爺嗤笑了一聲，別過臉去看風景。

下川村歸都勻府平和縣管轄，縣裡的縣官老爺姓黃，黃大仙的黃。雖不是個兩袖清風的主，可因膽子小，倒也從來不敢太貪，過去在別地雖然沒拿得出手的政績，但也不至於有什麼足以摘官帽的罪證。

前任平和縣官因為牽涉進六王之亂這樣的大禍裡，早就被拉到了大理寺，如今大概已經丟了性命。於是作為繼任，黃大人拚了命也要延續過去風平浪靜的治縣之法。

上任沒幾天遇上七夕，得知平和縣的風俗是姑娘家們都會打扮一番上街遊玩，買買簪子、逛逛街市，或者往河裡放幾盞花燈，黃大人更是命手底下的衙役們緊著點皮，把城中角角落落都盯牢了，別出任何事情。

如此一來，整個平和縣的百姓連同周邊村子過來湊熱鬧的村民們，鼓足了勁兒準備過個七夕節的時候，所有衙役們卻吊著一顆心在城裡工作，生怕出任何可能丟飯碗的差錯。

然而，有的事情還真就這麼湊巧——七夕當晚，縣中賈樓旁邊的一個燈籠攤，被人砸了。

牛車慢吞吞走到城門口的時候，進城的人已經排起了隊伍。

梁玉琢抬頭看著明如鏡的藍天，收回視線往城門口進進出出的行人身上打量。大概是為了湊熱鬧賺上一筆的關係，進城的人大多都帶著傢伙，而出城的人則大部分輕輕鬆鬆，以至於進城的隊伍老長，而出城的人不過零星。

等到進了城，俞大郎把牛車趕到了城中一家名為「賈樓」的酒樓旁邊。酒樓的位置不錯，往西邊走，就能走到平和縣最大的幾家妓館，往東邊走不少都是城裡的大戶，而且入了夜，這東西南北走向貫通的賈樓就成了最熱鬧的地方，擺這兒賣燈籠絕對有生意。

果然到了夜裡，從賈樓旁邊東來西往走過的百姓無數，大多二三結隊，四五成群，熱鬧非凡。

湯九爺的攤子擺設簡單，只支了張從賈樓掌櫃那兒借來的桌子，上頭擺上幾盞燈，湯九爺最得意的一盞燈被掛在了背後。蠟燭點上，這一盞一盞的燈籠，煞是好看。

偶爾有年輕的小夫妻從旁經過，瞧見這些燈籠，不由好奇地湊上前來詢問價錢；也有老父揹著騎在脖子上的幼子，看上一盞玲瓏可愛的兔子燈，給孩子添上一盞逗他開心。

湯九爺只搬了凳子坐在一旁，手邊還擺著從賈樓裡買來最便宜的濁酒和一碟花生，攤上的生意全都交給了梁玉琢。

「姑娘，這燈點亮了之後，好看得很，姑娘要是喜歡，就買一盞，走在路上保准人人都回頭瞧妳。」

「可我看著，怎麼有些尋常了？」

攤上來來往往，做了幾筆生意，梁玉琢憑著當年東奔西跑拉投資贊助的口舌，很快地賣出了幾盞燈；但凡有人的目光往攤子上來回打轉，她就會乘機將人打量得最多的那盞燈取下開始推銷。

「這等尋常中透著點雅致。姑娘看這燈上的畫，白梅山桃，正合姑娘頭上的梅花簪和裙襬上繡著的桃花，姑娘要是喜歡，就給這個數，便宜帶走。」
看著身形瘦弱的小丫頭口齒伶俐地同人談著價錢，湯九爺放心地垂下眼，往嘴裡丟了幾顆花生。
「你這燈籠我買了，快給我摘下來！」
花生正吃得香，冷不防聽到一聲嬌叱，湯九爺抬眼一看，攤子前不知何時突然出現了位小娘子，身後還帶著幾名壯漢，氣勢逼人，眼睛牢牢盯緊了掛在後頭那盞只看不賣的花燈。
湯九爺的脾氣雖然有些怪，但不可否認，他這一手做燈籠的手藝簡直精妙，即便是最不起眼的小燈籠，他也能做得十分精巧；更別提他不捨得拿出來賣的，掛在廢園裡的那幾盞燈籠，更是巧奪天工。
原本梁玉琢鼓動湯九爺賣燈籠，除了自己的一分私心外，也的確是想給九爺換些銀錢生活——廢園雖然沒了主，可要長久生活下去，總是要仔細收拾收拾才行。九爺吃喝簡單，大筆的花銷全貢獻給了燈籠，可做了燈籠卻不賣，日子久了總有坐吃山空的時候，好東西要是只藏著，便失去了價值。
白天燈籠還賣得不多，到了夜裡，出來活動的人多了，銷量也就跟著上揚了，只是人一多，總會有奇怪的人冒出來。
梁玉琢聽見身前的嬌叱，抬頭去瞧，攤前原本打算買盞桃花燈的年輕夫妻被兩個壯漢往旁邊推開，還是旁邊的老漢幫扶了一把才沒讓人摔倒。

被壯漢護著走到跟前來的少女，顯然年紀要比那對夫妻更小一些，約莫十六、七歲，看著比梁玉琢高了一個頭，容貌有幾分清秀，穿著打扮都十分精緻，看起來就出身不俗，只是這言行卻有幾分驕橫。

梁玉琢把自己的視線從少女頭上簪著的拇指大的珠釵上收回，好聲好氣道：「這位姑娘，這燈不賣，還請姑娘看看這桌上可有心儀的……」

那少女不光帶了壯漢出門，身邊更是跟著兩個丫鬟。因著出身神情皆有些倨傲，其中一個穿著杏黃衫裙的丫鬟長著雙小眼睛，一開口說話，那眼睛就瞇成了一條縫。

「我家姑娘要的就是你背後那燈籠，其餘的可看不上眼。」

梁玉琢繼續笑。「真的對不住，姑娘，這一盞真的不賣。」

「不賣？怕你是以為我家姑娘買不起吧！」小眼睛丫鬟怒斥一聲，拍了桌子。「我家姑娘的身分說出來嚇你一跳，你只管報出價錢，姑娘既然要買，就絕不會少了你一文錢。」

旁邊圍觀的人臉色都變了。雖然平和縣裡尊貴身分的人家不過寥寥，可說不定誰家就出了京官或者攀上了什麼皇親國戚，如今六王之亂剛平息，有膽咋呼自認身分不得了的，怕也只有今上面前當紅的幾位京官家的女眷了。

別人能想到的事情，梁玉琢自然也能想到，只是，若是好言好語商量買賣，燈籠的事她也能同湯九爺商量著，給個合適的價錢賣了；但這姑娘一副眼睛長到頭頂上去的架勢，想要就這麼把事情了結，九爺肯，她卻是不肯了。

「你這燈籠到底賣不賣？一百文，買你這燈籠，可願意？」那丫鬟趾高氣揚地數了銅錢就往攤子上丟。「給，一百文，你仔細些數清楚了，省得回頭賴我家姑娘欺你鄉下來的。」

看著小丫鬟丟錢的手法，梁玉琢就知道這主僕倆平日裡定然沒少幹這類事情。她回頭看了眼湯九爺，後者雖還坐在旁邊吃花生，那蹺起來的腿卻已經放下，眼神裡也多了點不一樣的神色。

「將這燈籠賣給妳也可以。」梁玉琢轉身，取下燈籠，在眾人詫異的目光中踩上自己剛才坐的凳子，小小的身影一下子拔高了不少，加上她手裡提的這盞吸引無數人目光的花燈，圍觀的人越發多了起來。

「姑娘若是想要這盞燈，可得看仔細了。」

梁玉琢將手裡的花燈朝著眾人緩緩轉了一圈，將其方方面面全都展示了一遍。「大夥兒也瞧見了，這燈籠的做工不同尋常，六個面，面面通透，裡外各有一層，似走馬燈，卻又不是走馬燈。內裡輕旋，燭光從中映出，照著外頭這一層，春夏秋冬四季皆現，更有仕女圖兩面，婀娜多姿，煞是好看。」

她低頭，朝著那少女微微一笑。「姑娘若是要，就出這個價。」左手伸出，豎起兩根手指。「兩貫錢。」

「兩貫錢？」丫鬟驚呼。「你這是乘火打劫不成！」

價錢一出，圍觀的人群也爆發出驚嘆。燈籠雖好，可這價錢卻著實不是一般人家能承受得起的，之前也有想買這盞燈籠卻被回絕的，此時站在人群外聽到梁玉琢的報價面面相覷。

梁玉琢掃了少女一眼。「看姑娘的衣著打扮便知，姑娘不是尋常出身，定然讀過書，知道成人之美四字。這盞燈，本是做燈的師傅帶出來懸掛擺設的，因極其耗費工夫，並不打算販賣，我看姑娘是真心喜歡，才報了這麼一個配得上燈籠的價錢。」

丫鬟還要爭執，少女心中已是焦躁萬分，加上身邊圍攏了這麼多人指指點點的，頓覺不耐煩。「碧璽，將這燈籠買下。」

丫鬟張了張嘴，雖心中不滿，沒奈何主子已經開了口，只好掏出兩貫錢，咚一聲直接丟到了攤子上，轉頭看了眼旁邊的壯漢。壯漢得了眼色，上前就要搶奪燈籠。

梁玉琢從凳子上下來，往後一避。「姑娘可得讓妳手下人當心一些，這燈籠矜貴，破損了就連一貫都不值了。」

她話音剛落，就瞧見那少女狠狠瞪了眼莽撞的漢子，自己提過燈籠，頭也不回地讓壯漢在前開路，從人群中走了出去。

看熱鬧的人陸陸續續散了場，但經過方才這麼一鬧，敢湊上來詢問價錢的人少了不少。梁玉琢擦了擦凳子，一屁股坐下舒了口氣，回頭瞧見湯九爺重新蹺起腿吃花生，忍不住道：「九爺，咱們今天賺著錢了，要不你去樓裡吃點好的，別淨吃花生了。」

湯九爺隨手抓過顆花生，直接丟到了梁玉琢的腦門上。「敗家丫頭，賺了錢就花，也不曉得省著點用。」

「既然賺了錢，自然要花點出去才好。」梁玉琢揉了揉腦門，回頭繼續盯著攤子。

碟子裡的花生吃完了，濁酒也喝得乾淨，比起酒樓裡傳出來的酒肉香味，這在攤子前坐了快一天的小丫頭更讓人在意。湯九爺背著手走到梁玉琢身邊，看著地上寥寥幾盞剩下的燈籠，開口道：「妳徐嬸他們這會兒正在街上逛，妳要不也去瞧瞧？」

「我就不去了。」梁玉琢擺手。「本就是我纏著九爺你要來賣燈籠的，不做正事跑去溜達可不好。」

她說完話，又有一對小夫妻過來，來回不過說了幾句好話，那小夫妻就提著一盞桃花燈離去。

賣到剩下最後兩盞燈籠，梁玉琢忍不住打了個哈欠。夏日的天色亮得早，暗得晚，這會兒已是戌時，天色卻不過才剛剛開始變暗，沿街的燈籠開始亮起，越來越多的人走上街頭。

梁玉琢挪了挪凳子，看著人來人往的街市，忍不住有些想念上輩子的生活。大城市的夜晚總是燈火輝煌，哪怕到了凌晨，街頭的燈光也能照亮一條街；而如今，相似的熱鬧之下，燈火卻已經截然不同。

第八章

這廂她正感嘆著物是人非，那頭卻有人氣勢洶洶衝了過來。

梁玉琢看見一眾壯漢提著棍棒朝這邊跑來，當即抓過凳子往後避讓。桌子沒來得及收走，被幾下砸得稀巴爛，動靜之大，連賈樓的掌櫃也聽見了，趕緊和小二一同從店裡出來。

瞧見這幾個壯漢砸桌子的架勢，掌櫃的倒吸了口冷氣，趕緊趁人還沒注意讓梁玉琢和湯九爺躲躲，自己轉頭讓店小二前去報官。

因為早有黃大人的叮囑，衙役接到有人報官來得極快。那幾個壯漢還沒來得及離去，正提著棍子到處在找攤主，卻被賈樓的掌櫃攔在門外，美其名曰樓中都是客人，不能衝撞。

將壯漢帶回縣衙容易，可要查處起來，卻有些不方便。衙役們將人攔下詢問，對方怒氣沖沖，只說是替主子出氣，因為遇上了黑心的商販，兩貫錢買了個破爛花燈。

既是私怨，又並無太大影響，衙役們只想著把這事早點解決，說了幾句就要把人放了，湯九爺卻在這時走了出來。「那桌子是賈樓掌櫃好心借我的，地上的兩盞花燈是老頭我的手藝，如今借來的桌子被人砸爛了，沒賣出去的花燈也毀了，幾位差爺就這麼把人放走，是不是太對不起咱們小百姓？」

衙役一愣，那幾個壯漢瞧見老頭出現，頓時口出污言，叫囂著老頭黑心。

湯九爺冷哼。「老頭黑心？你們強買老頭不賣的燈籠，可是我小友逼的？」

衙役們一聽這事竟還有別的齟齬，當即決定把人帶回縣衙開庭審案；而此時的平和縣縣衙鳴冤鼓前，梁玉琢已經拿起鼓槌，敲響了第一聲。

直到衙內出來一排衙役，目光炯炯地盯著她，梁玉琢才放下了鼓槌，當著門面朗聲道：「草民梁玉琢，今日擊鼓鳴冤，只求大人做主！」

她的話音落下時，先前在賈樓門前的衙役已拉著那幾個壯漢到了縣衙前，和他們一起來的，還有湯九爺和聞訊趕來圍觀的路人。

黃大人有些頭疼。有些事，好的不靈，壞的靈。他盼著剛上任能多過些太平日子，卻不料還真是想什麼來什麼。

人押進了縣衙，自然要開庭審案，望著堂下作證的梁玉琢和湯九爺，黃大人皺了皺眉，把視線轉向那幾個惡徒。該問的事，自然要問過兩造，任何一面之詞都不足以讓他做出判決，只是這樁事，黃大人越聽越覺得新奇。

敢情這事不過是一開始有人強買燈籠，賣燈籠的因不樂意便說了個高得離譜的價，那強買的充闊佬扔下錢拿了燈籠走，結果一回頭就找了人來砸攤子？

那這事說什麼都是對方的錯了，賣燈籠的不過是無辜受累。

黃大人驚堂木一拍，就要下令打這幾個惡徒二十記殺威棒以示警告；不料，殺威棒還沒往下打，那買燈籠的少女已經帶著人殺進縣衙，二話不說就要把人帶走。

梁玉琢看著她氣勢洶洶地從身前經過，還惡狠狠地瞪了眼自己，心下翻了個白眼。

「來者何人？怎地這般不識禮數，這是縣衙，不是妳家後花園！」黃大人一拍驚堂木，怒斥道。

誰料那少女冷眼一橫，嬌叱道：「我爹是將作少匠薛濤，就憑你個縣官，也敢在本姑娘面前大呼小叫？」

從四品的將作少匠和七品縣官比起來，自然是前者威風凜凜，後者猶如螻蟻；更何況，將作少匠這樣的官職定然是在盛京當差，女眷會出現在此，說不定是和縣裡有什麼關係。

黃大人吃了一驚，心知這事是惹上麻煩了，下意識地看了人群一眼。他本是剛上任不久，城中百姓自然盼著新來的縣官能做出一番政績，再不濟也只要不像前任那樣貪贓枉法就行。如此一來，不知不覺中，黃大人的肩頭分量十足。

這頭一回開庭審案，若是就這麼退縮了……黃大人心裡明白，那他在平和縣這幾年，怕是得縮著腦袋到官帽被摘為止了。

不過這一眼看過去，黃大人突然在人群中發現了幾個不得了的人，當即臉色一變，咳嗽兩聲，拍了驚堂木。「天子犯法與庶民同罪，何況是妳這將作少匠家的姑娘，若是犯了事，自然也要按照我大雍的律法來辦！」

少女愕然，想來是過去在別處肆意慣了，突然碰上個認死理的，一時間有些反應不過來。

湯九爺忍不住哼了一聲。

少女握拳，臉色脹紅。「你大膽！我要告訴我爹！」

黃大人心底一顫，面上仍舊硬挺著，想想人群中站著的那幾人，莫名生出了底氣。「令尊既然是堂堂將作少匠，定然知曉何事該做、何事不該做。本官已聽完這些惡徒和苦主說明事情的來龍去脈，判這幾人二十記殺威棒，並須賠償賈樓掌櫃一張桌椅和……」

「一個黑心商販，憑什麼要本姑娘的人賠償？我爹是將作少匠，他手下能做宮燈的匠人比比皆是，便是今上送給皇后的燈，我若是要，我爹都能為我取來一盞，那黑心商販的花燈如何能入得了我的眼？」

少女這一開口，黃大人心底頓時樂了。即便他只是小小的七品官，可也清楚，宮裡的東西都是有定額的，更別說給今上及皇后所用，除了定額外，更重要的是禮制。今上命御用監做花燈送皇后，那麼宮中其他人必然不能用一模一樣的，若是用了，就是逾制。

他看著底下少女一副倨傲的模樣，忍不住就要彎起唇角，想起門外的人，當即又冷下臉來。「照姑娘這麼說，本官該如何斷案？」

少女以為黃大人這是怕了，仰起頭哼道：「將我的人都放了，然後給這個小子和他旁邊的老頭各二十殺威棒，再丟進牢獄關上幾年。」少女背著手，繞著梁玉琢轉了一圈。「那兩貫錢，本姑娘不要了，就當是賞你的。」

少女說著，便要帶人往外走，黃大人抬眼，一旁的衙役當即上前將人攔下。

人被攔下了，梁玉琢此時也不再沈默。「這位姑娘，若是姑娘不喜小人賣出去的燈籠，不妨將它還來，我也好把錢還給姑娘。」

湯九爺聞言看了眼梁玉琢。這丫頭下田幹活或出門做事一向一身男兒裝扮，偏生因為年紀小，看起來也不太像男子，此時站在縣衙之中這股凌雲氣，當真有幾分男兒樣。

少女哪裡能把燈籠還給梁玉琢，她本就喜歡那燈籠的做工模樣，因此不管多少錢都要買回去，誰料遇上梁玉琢咬死了不肯出售，這才鬥了氣；拿著燈籠走遠後，心下始終不滿，索性召來身邊的壯漢，命其帶上幾個弟兄去好好教訓一頓方才賣燈籠的小子。

這樣的事少女在別處做過不少回，從來都是順心如意，哪知這一次，不光遇上了硬骨頭的梁玉琢，更是碰上了個突然腦子清明的愚鈍縣官。

「燈籠已經壞了。」

「既然如此，那姑娘的兩貫錢，小的不僅不會歸還，還要姑娘再賠償被砸壞的那張桌椅和剩下兩盞燈籠的錢。」

「你……」

「姑娘口口聲聲說小的黑心，那姑娘為何拿不出憑證？即便是拿出損壞的花燈來對質，只要真是花燈的問題，小的自然會退還那筆錢，可見，姑娘不過是張口即來的誣衊；不光誣衊，更是因強買燈籠遭到阻礙所以心生怨恨，故而命人欺負我們一老一少。但凡姑娘拿得出證據，小的今日就在大人面前，受了這二十記殺威棒，不然姑娘不光要賠償，這些惡徒更要受刑才是。」

梁玉琢的目光直視著眼前少女，哪怕她出身再富裕，此時此刻也不過是個犯了錯的人罷了。「姑娘的父親既然是將作少匠，更該知道，對於手藝人來說，每一件從手中脫胎而出的物什，都極其寶貴，它是手藝人的心血，不是幾文錢就能換回來的。」

少女心頭浮上厭惡之意，掏出一個荷包直接砸向梁玉琢。「賠你！我不過是看你可憐！」

梁玉琢將手一拱，嚥下喉間我看妳才可憐的話，將荷包心安理得收下。

待到二十記殺威棒打完，幾個壯漢已半身鮮血淋漓。少女嫌惡地捂著鼻子奪門而出，撞上一人胳膊的時候，更是憤憤地怒斥一聲「滾開」，猛一甩袖子，大步上了停在縣衙門口的馬車。

待少女離去，梁玉琢便和湯九爺一道回了賈樓。掌櫃的心驚膽戰許久，見兩人回來，忙迎上前。

「掌櫃的，您瞧瞧方才砸爛的桌椅大概多少銀錢，那位惹事的主子給了賠償，您拿著換張新的，剩下的錢就當是壓壓驚。」梁玉琢將少女丟來的荷包塞進掌櫃的手裡，臉上掛起歉意的笑。「若是不足，您同我說，這事畢竟是我給惹的麻煩。」

掌櫃的在這城中經營生意十數年，最是清楚和氣生財的道理；加上他親眼看見梁玉琢一張巧嘴，將帶來的燈籠誇得天花亂墜，除了被砸爛的兩盞，悉數賣出了好價錢，更是有意幫忙。

那荷包裡塞著幾塊碎銀子，足夠買樓添置十幾二十張新桌椅。掌櫃的見梁玉琢將這麼多銀子全給了自己，立刻轉身叫小二從灶房打包了些燒雞、燒鵝塞給了他。

「九爺，有吃的了，給你隻雞腿要不？」抱著燒雞、燒鵝，梁玉琢心下高興，撕了隻雞腿遞到湯九爺嘴邊。

湯九爺接過咬了一口，陪著小丫頭逛起街市來。半道兒遇見聽到消息匆匆忙忙要往縣衙趕的俞大郎，才知道徐嬸聽到消息後急忙拉住媳婦，讓大郎往縣衙跑一趟找他們倆。

見梁玉琢和湯九爺並無大礙，俞大郎舒了口氣。「我娘她們在前頭的餛飩攤上等著，既然沒事，就回去吧！」

雖然有些遺憾沒能仔細逛逛街市，梁玉琢聞言還是趕緊答應，說話間把懷裡裝著燒雞的袋子打開個口子往俞大郎面前遞了遞。

大郎有些難為情，還是伸手從裡頭撕下另一邊的雞腿，張大嘴咬了一口。

白天到縣城，他陪著娘走了幾家皮貨鋪子，才找到合適的價錢把帶過來的獸皮都賣了。入夜後，俞大郎又陪著婆媳兩人聽了一場戲、吃了幾張餅，逛了許久的街市後，才在餛飩攤上坐下，還沒來得及吃上一口又聽說梁玉琢和湯九爺進了縣衙，這麼一來一去的，肚子早已餓得不行。

一隻雞腿幾下就啃了個乾淨，梁玉琢索性把剩下的燒雞都給了俞大郎，自個兒抱著燒鵝跟著走，等見到徐嬸，才將燒鵝塞了過去。

坐上牛車回程的時候，徐嬸還在感嘆大晚上的居然出了這麼些事，得知對方還是位官家小娘子的時候，更是一陣唏噓，擔心梁玉琢就此得罪了人。

哪知，湯九爺卻在這個時候哼了一聲。「躲在人群裡的錦衣衛可不是吃素的。」

那個窩囊的黃大人往縣衙大堂外的人群張望的時候，他就發現裡頭站了幾個看起來有些不對勁的人，再仔細一看，原來是換了身袍子躲在百姓當中的錦衣衛。

想來是因為六王之亂剛過，各地的錦衣衛還不敢放鬆警戒，仍舊緊緊盯著各處不放。今日一鬧，那薛家瘋丫頭的幾句話，倒是讓錦衣衛抓著了她親爹的把柄，這樣的話，即便那瘋丫頭日後不會受到她爹的牽連，也沒那個精力去查梁玉琢，然後再報復一二了。

想罷，湯九爺在心裡盤算著，就是不知道縣城裡的這些錦衣衛，和下川村山上的那些，是不是同一批人了。

七夕夜在縣城內發生的事，著實讓徐嬸和梁秦氏擔心了好幾日，生怕那出身富貴的少女不肯輕饒，仗著身分前來報復。

梁玉琢事後雖也有點後怕，可回村三日，沒聽到任何動靜，想來是沒有後續了。湯九爺倒是沒多大事，拿著賺到的錢，讓貨郎又給進了些不錯的紙張，還找了村裡的泥水匠把廢園簡單修整了一番。

如今，因為湯九爺開始從廢園裡頻繁出入，願意往廢園旁邊經過的人也漸漸多了起來。梁秦氏得知梁玉琢從縣城歸來賺取的那些錢都來自湯九爺手裡，便偶爾帶著二郎上門，幫著打理廢園。

湯九爺只當是家裡多了個話不多的親戚，偶爾拿竹片給二郎做些逗趣的小玩意兒。

這樣的日子過了約莫半個多月。平和縣外的官道上，都勻府衙差官飛馳入縣，另有一人騎馬奔過下川村上山，帶來了盛京的消息。未幾，自山上下來幾人，到縣外和同袍相聚，無任何寒暄，徑直入城，拿下尚且在城中娘家探親的將作少匠妻女，當即押送入京。

而後，一則告示由縣衙張貼而出。

俞二郎自城中歸來，還沒走到門口，就大著嗓門喊了一聲梁玉琢的名字。

院內的房門被「嘎吱」一聲推開，小二郎邁著腿出來，半邊身子還靠在門後。「阿姊不在家。」

「她去哪兒了？」

「在地裡呢！」

二郎人雖小，卻尤其愛跑動，眼看他又要乘機跑出院子，俞二郎趕緊喊了聲「秦嬸」，等梁秦氏從旁邊的屋子出來拉過二郎帶進屋裡，他才鬆了口氣，丟下身上剛從城裡換來的糧食，回頭就往梁玉琢家的那五畝地跑。

下川村的田地大多種水稻，偶爾能種一些別的，可也不知是怎麼了，總是難活。先前的地主出了事，底下佃戶們一時間大多慌了神，好在里正說這地裡的契子都轉到了如今住在山上的那位老爺身上，不僅沒有加租，還便宜了不少租金。

即便如此，地裡的水稻仍然長得不好。

早稻六月便能收割，翻耕稻茬田後，就可以再插晚稻秧，唯獨梁玉琢她家的田裡這一回，始終沒種下東西。

第九章

俞二郎跑到田邊，果真瞧見田裡頭一個瘦瘦小小的身影正蹲在地裡抓了把土，不知道在想些什麼。

「琢丫頭！」他這一嗓子喊完，就瞧見地裡的小人兒轉過頭來，雖離得有些遠，可也瞧得仔細那雙宛若墨玉的眼睛。

若不是出身在鄉下，這樣的長相大概也能被稱為美人了吧！

俞二郎收回心神，張嘴卻忘了自個兒跑過來時想報的消息。「呃……都快八月了，這地裡還是不種東西嗎？」

梁玉琢扔下手裡抓著的土，拍了拍手掌，又拿腰上塞著的粗布帕子擦了擦手。「之前種的稻子結實太少，就連沿納都應付不了，如何能換其他的，我想著，要不就先種點別的。」

「能種什麼？」

「附近村子裡可有人種赤豆？」

梁玉琢盯著俞二郎臉上的神情看，見他面露疑惑，又改了口。「我是說，小豆，紅紅的小豆。」

「哦，小豆啊！」俞二郎恍然。「並無，平和縣下轄的村子大多歷代都是佃戶，地裡通常只種些糧食，少有人種植其他。妳說的小豆咱們附近的山裡我倒是瞧見過。」

佃戶多是實在人，靠天靠地吃飯，能多種糧食就不會去種別的東西；再者，小豆又不是什麼頂飽的糧食，願意騰出田地去種的人也就越發少了。

但梁玉琢提出種紅豆卻不是突發奇想。

六月收割稻子的時候，她仔細算過了這五畝地的產出。結穗的時候她發覺村裡的這些水稻，香氣有餘，結實不夠，等到收割時，更是發現結實的情況比想像中的更差。

她最開始以為是自己種植的問題，可走遍了村裡的所有田，通通是相似的問題，便知道是稻種的原因。

聽徐嬸說最早的一批稻種，是地主交託給里正的。這些年種植下來，也全是同樣的情況，村民們漸漸便習以為常，以為是稻種特殊，於是除了種地，為了養活家裡人，村民們時常多找其他的工作。

梁玉琢算了下，如果繼續種植這種水稻，不光是自家一戶的日子仍然會過得緊巴巴，便是全村百姓往後的日子也不見得能多輕鬆，倒不如想辦法去更換優良的稻種。

不過換種需要耗費時間，在此之前將田地空著，多少有些浪費，因此她才想到了紅豆，可食用，也可入藥，而且又正好合適在最近下種，不種紅豆，簡直浪費。

「山裡的，是野小豆？」梁玉琢上輩子在山裡也見過野生紅豆，模樣和田裡種的其實並無差別，只要俞二郎說的不是長相像紅豆的相思豆，她就能找來種子試著種下。

「應該是小豆。妳要是想進山找，我陪妳去……」

「我自個兒去就行。」梁玉琢微笑。「還沒謝謝俞二哥你一早幫忙打來的柴禾呢，找小豆的事就不麻煩二哥了。」

對上梁玉琢明媚的笑容，俞二郎愣愣地摸了摸後腦勺。「我一早就去了縣城這才回村裡……家裡的柴禾用完了？」

大清早堆在家門口的柴禾竟然不是俞二郎砍來的？

梁玉琢瞪眼，可俞二郎臉上的神情卻不像作假。她低頭，仔細想了想，一時半刻想不出會是誰有這份好心幫忙砍了柴禾，只得壓下藏在心頭。

再抬頭時，她的臉上再度掛起了笑容。「大概是哪位好心人幫了我這個忙，回頭二哥若是遇上了，就幫忙道聲謝謝，改日我給他立個長生牌位。」

村裡的婦人最常說的就是給恩人立長生牌位感謝大恩，梁玉琢說這話倒也不是什麼怪事。可山上掛起了鍾府匾額的宅子內，剛從山間池塘裡抓了幾尾魚回來的老三，忽覺脊背生寒，邁腿進門的時候，腳下一滑，摔了個狗吃屎，手裡的兩尾魚摔在地上，噼哩啪啦直甩尾。

只這一下，堂堂錦衣衛副千戶的英名就丟了一大截，引來一陣哄笑。

旁邊幾個隨從模樣的漢子，看著身體瘦削，可若是換上一身飛魚服，個個都是殺伐決斷、神出鬼沒的錦衣衛。只是此刻幾人都咧著嘴，毫不客氣地嘲笑起老三的摔跤來，絲毫沒有辦差時的果敢模樣。

老三齜牙咧嘴地從地上爬起來，抓起兩尾魚，直接丟到如今成了府中廚子的校尉懷中。

「老三，指揮使正找你呢！」不急不慢的腳步聲從一側傳來，老三抬頭一看，只瞧見人影一晃，老四動作乾淨俐落地出現在自己跟前。

老三瞅見他，一拍腦門。「我忘了正事了！」他大叫一聲，趕緊往書房跑。

這宅子本是個土地主的私宅，妻女都在城中，平日住在山上的只有幾個外室。錦衣衛當時來抓人的時候，一宅子的烏煙瘴氣、花紅柳綠，走哪兒都焚著香。

對於大老粗們來說，那味道委實讓人不甚喜歡。等到今上將宅子賜給了指揮使，兄弟幾人便攛掇著整修，不過半月宅子就煥然一新，怎麼也找不出之前的影子。

指揮使住的內院叫漱玉軒。院內松柏林立，轉個彎便是書房，院中還有池塘，清幽雅致，岸邊堆疊山石，看起來倒也有幾分雅趣，不過迴廊下有些空蕩。

「指揮使。」書房前立著一名作僕役打扮的校尉，見老三過來，側頭輕輕敲了敲房門。

「何事？」

從房內傳來的聲音低沈，老三打了個激靈，深呼吸。「指揮使，是標下。」

待到門內應聲，校尉輕輕推開門，老三抓了抓衣角，邁開步子往裡頭走。

鍾贛坐在書案前，正在翻閱堆在桌上的書籍。

土地主不識字，可自發家後，向來喜歡往家中添置各類書冊，錦衣衛闖入書房那日便被滿牆的書嚇了一跳，差點以為跑錯了地方。鍾贛雖是武官，可少時也讀過不少書，文武雙全，若非後來入了錦衣衛，也是要參加科舉的。

「叫你查的事，如何了？」

「那小姑娘確實是梁家的女兒。」老三走到書案前，規規矩矩地行了禮。「標下已經查證，這梁玉琢半年多前還不過是個生性膽小怯弱的尋常農女，然落水得救後就高燒起來，足足燒了幾日，這才甦醒，不過自那時起，便像是換了個人。

「梁父是個落第秀才，梁母梁秦氏原是商戶出身。前幾年梁父過世，孤兒寡母的就靠著周圍的街坊鄰居接濟過日，等生下遺腹子後，梁秦氏才靠著賣繡品賺些度日的銀錢。半年前……」老三似有猶豫。

「半年前如何？」

聲音落在耳中，低沈、冰冷，老三忍不住低頭一股腦兒說出查證到的事情。

「半年前落水被救後，聽聞梁氏姊弟倆皆發了大病，梁秦氏為照顧兒子，將女兒獨自丟下不聞不問，好在鄰居幫忙，才讓幾近病死的梁玉琢回過一口氣來。是以，這半年來，母女倆雖依舊住在一處，感情卻不如從前。」

錦衣衛出手，只怕便是連泥地裡的蚯蚓祖上出生在何處，都能查證得一清二楚。

七夕當夜發生的事，因那精彩絕倫的當庭辯駁，當時正在人群中圍觀的鍾贛便注意到了這個女扮男裝的小姑娘，和那日在林中抱樹的小子是同一人。
鍾贛聞聲，視線從書上收回，擺一擺手。「你去，往後就盯著梁家。」
老三不敢細問，低頭稱是，轉身去了書房外。
待房門關上，鍾贛合上書，目光轉向半開的窗外。
院中景色精緻非常，然觀景之人的思緒卻早已飛離。良久，他喚來院中校尉。「告訴老三，日後定期給梁家送去柴禾。」末了，又補上一句。「要劈好的。」
得到消息的老三摸了摸腰側的劍，齜牙咧嘴一陣苦惱。離了盛京，抓人、砍人的事少了不說，他一個副千戶好歹也是個官，如今卻也只能淪為樵夫了。

漫山遍野地找野紅豆可不是件容易的事。
梁玉琢揹著竹簍進山已經快一個時辰了，竹簍裡沒裝著野紅豆，倒是裝了不少路上發現的比較好辨認的草藥。
獵戶們上山打獵，一不留神就容易受傷。徐嬸家裡三個獵戶，更是經常自己上山採藥，回去晾曬好時刻備著。梁玉琢閒暇時也會幫忙清理剛挖回來的草藥，時間一長倒也能認出一些尋常止血的草藥來。
於是相對而言，反倒是她一心要找的野紅豆，有些難找。
湯九爺之前幾次提醒梁玉琢沒事別往山上跑，可她若是不上山，就只能再麻煩徐嬸一家幫忙；雖說徐嬸不會介意，可只要一想到大郎媳婦的眼神，梁玉琢就覺得還是自食其力的好——總是麻煩別人，不單單是欠人情的事。

上山的途中她遇上本家的伯母，因著勢利，聽梁秦氏說自從分家，兩家便已經不怎麼來往；徐嬸更是冷嘲過說是分家，實打實和分宗差不多。

徐嬸這話倒是說得不過分。單就這半年多的日子裡，別說是一口糧、一碗水，梁玉琢也不見梁秦氏從本家那兒端回來過，更別提兩家人能有什麼明面上的往來。

她大伯梁通，幼時有疾，腿腳不便，一輩子拘在田裡，有時田邊遇見她會偷偷塞些東西過來，可哪怕只是一顆雞蛋，只要她揣進懷裡，不用半個時辰，大伯的妻子梁連氏便會撒著潑地找上門來鬧事。久而久之，這樣的親戚關係，還真是遠著些比較好。

見著梁連氏迎面走來，身後還跟著她的女兒，梁玉琢稍稍停步，喊了聲伯母，低頭繼續往山路邊找野紅豆。她是不願和本家的人，尤其梁連氏母女碰面的，可既然見著了，喊一聲總是規矩；只是她規矩了，卻有人嘴巴發癢，自討沒趣。

「我還以為是誰呢，這不是琢丫頭嗎？」梁連氏掏出帕子，翹著蘭花指擦了擦額角的汗。「玉葵啊，跟妳妹妹打聲招呼。妳瞧瞧人家這樣子，爹沒了，孤兒寡母的就是可憐，連身好點的衣服都穿不起，成天穿成這樣子可怎麼嫁出去？」

梁連氏的冷嘲熱諷梁玉琢絲毫沒聽進耳裡，一眼瞧見樹叢底下有些眼熟的莖葉，趕緊往前走兩步蹲下伸手去摸。

梁玉葵的聲音就跟在梁連氏後頭。「阿娘，我櫃子裡記得有些舊了的衣裳，要不就給了妹妹吧！瞧見她這身打扮，我做姊姊的，看著也心疼。」

梁玉琢背對著梁連氏母女，一邊小心地挖開地上的土，一邊翻了個白眼，她不用回頭，都知道這會兒這對母女是在用什麼表情說話。

她穿越過來沒多久，就在村裡和這對母女打過一次嘴仗。母女倆趁著梁秦氏去抓藥的工夫進了院子，二話不說到灶房裡想打秋風，被她正好撞見，結結實實吵了一架，最後還是被她抄起掃帚打出去的。自此之後，甭管原先的梁玉琢跟她們倆結沒結仇，總之從她穿越過來開始，這梁子就算結下了。

「煩勞姊姊惦記了。」梁玉琢小心翼翼把發現的一株紅豆挖出來扔進竹簍裡，轉身起來拍了拍手上的土。「姊姊才是該穿得漂亮一些的年紀，不然怕是難找好人家。」

梁玉葵的長相隨她娘，只能說普通，偏偏母女倆都是眼睛長在頭頂上的人，自視甚高，一直以為自己是村裡長得最漂亮的人。

梁連氏嫁給梁通前的事，早被村裡的婦人傳遍了，誰都知道她是瞧上了個書生，對方嫌棄她容貌普通、身形粗壯，便狠狠嘲諷，因梁連氏不知羞壞了名聲，這才被連家匆匆忙忙嫁到了下川村。

梁通因為腿腳不便，娶了梁連氏後也算是對她疼愛有加，哪知一雙兒女生下來，不光是長相上，就是性情上也和梁通差了一大截。其中，梁玉葵更是不遑多讓，整日盼著能嫁給家有恆產的富戶，自己卻是個好吃懶做的主，名聲比起梁連氏出嫁前更差。

「妳可別羨慕，我娘說了，日後就讓我嫁進山裡。」

「嫁進山裡？」梁玉琢眨眼。「妳要嫁給野人不成？」

梁玉葵不怒反笑，眼睛看上去閃閃發亮。「山裡那宅子如今換了主子，聽說是在盛京做事的大官，我嫁給大官這事，是妳羨慕不來的。」

她說得驕傲，梁玉琢卻差點忍不住心底的大笑。

山裡那宅子雖說換了主子，可這麼久也不曾有人撞見新主人的長相，就連里正聽說也只見過他家的管事和帳房。這麼一來，對方姓甚名誰，祖籍何處，有無妻妾都是個謎；可即便如此，看梁玉葵的樣子，卻是認定了自己一定能嫁進去。

梁玉琢忍笑，隨口應了幾聲，當下轉身就要走，不料她步子才往前邁開，身後的竹簍被一把抓住。梁玉琢伸手要去按住竹簍，手背卻被梁連氏抓著，背上的竹簍順勢被梁玉葵奪了下來。

簍裡的止血草藥和剛挖到的紅豆，一下子都被傾倒了出來，梁玉葵抬腳踩住草藥，青碧色的薄底小鞋用力蹍了蹍。

「梁玉葵，妳什麼意思？」

「我沒什麼意思。」梁玉葵哼了一聲。「就是瞧妳不順眼。我本來還挺開心的，可見著妳，就覺得心底躁得慌，要是不做點什麼就放妳過去，我夜裡可是連覺都睡不好。」她說完，挪開腳，地上的那些草葉早已被踩得稀爛，不成模樣。

梁玉琢倒吸一口氣，胳膊雖還被梁連氏狠拽著，可兩條腿卻是得空的，她根本沒有遲疑，抬腳就往梁玉葵的腿上踹了一腳。

梁連氏的臉頓時黑了，剛要教訓梁玉琢，自個兒也被狠狠踹了一腳，痛得當場彎腰抱住腿。

「妄想症、焦慮症都是病，得治！」

梁玉琢丟下話，一甩竹簍重新揹上，黑著臉就鑽進旁邊的林子繼續找紅豆，哪裡還會去管那對母女聽不聽得懂她的話。

梁玉琢揣著一肚子的火氣，往林子深處鑽，她倒是不怕找不著出路，反倒是擔心找不出第二株紅豆來。

在林子裡找了約莫半個時辰，梁玉琢累得在一棵樹下坐下，從懷裡掏出乾糧。好在當時乾糧沒放在竹簍裡揹著，不然就得跟那些草藥一樣被梁玉葵那傢伙糟蹋了。

她啃了兩口乾糧，仰起脖子就要拍胸口嚥乾糧，哪知抬眼卻瞧見了坐在頭頂樹枝上的一個男人，驚得她不僅沒嚥下乾糧，還把自個兒狠狠嗆到了。

頭頂傳來樹葉的沙沙聲，梁玉琢捂著嘴抬頭去看，那人已經從樹上落了下來，低著頭站在自己面前。面前之人穿著白底黑緞面的雲靴，身上的袍子卻看起來極普通，梁玉琢再抬頭，便撞上了他那雙銳利如劍的眼。

「是你?!」認出是上回在林子裡抓著自己腳的落腮鬍，梁玉琢咳嗽兩聲，趕緊從地上站起來。

男人似乎話不多，看著梁玉琢好一會兒，這才開口。「在找什麼?」

梁玉琢一愣，隨即想起自己在這一帶已經摸索了不少時間，約莫全都被這男人看到了。

「我在找野小豆。大叔是住在山裡的嗎?可有見過野小豆?」

男人雙眉斜飛，很快神色恢復深邃冷峻。「這季節小豆適合下種，並非結實的時候。」

她當然知道這會兒不是紅豆長成的時候，可下川村沒人種紅豆，也沒人拿紅豆當食物；她甚至不清楚，在縣城內是否能找到，這才抱著試一試的心態進山找找，想看看能不能整個移植到田裡。

見梁玉琢沈默，男人似乎也不打算再追問，轉身就要往前走。

梁玉琢見人離開，長長舒了口氣，不想男人不過才走遠幾步，忽地又停下腳步來轉頭看向她。「為何要找野小豆?」

這人的身分梁玉琢一時半刻也看不出究竟為何，但想來經過上回的事情，必定不是什麼惡人，她稍稍放下心來，老實道：「我想試著種野小豆。聽聞此物既可入藥，又可作為食物。」

「沿納不收小豆。」

「這個我知道，可村裡種的稻種不好，產量上不去，我想找些別的試試。因為不知何時能找到好稻種，空著田地太過浪費，就想先種些易活的東西。」

梁玉琢話一落，那男人看她的眼神幾次變動。「手上可有收割後的稻子？」

「有。」梁玉琢從懷中掏出一個褪了色的荷包，從裡頭倒出些稻子來。

第十章

六月田地收割的時候，留了些稻子作為種子備用。在和其他品種的稻子作對比前，梁玉琢沒敢把這些稻子留在家裡，生怕被梁秦氏拿去做了別的用處，索性就裝進荷包裡貼身帶著。

男人幾步走回她身前，伸出手，手心向上，那些金燦燦的稻子就順著梁玉琢的手，悉數倒在了他的手掌上。

稻子有多種，名稱也是各異，什麼紫芒稻、赤芒稻，什麼青芋稻、累子稻，大雍治下百姓在種的稻子數不出百種，幾十種總還是有的，而這些稻子中，又因人的三、六、九等，被分出了三、六、九類。

下川村所種的這一種，不差，算是相當好的一種稻子。

男人垂眸，仔細看了看掌心裡的這些稻子，另一隻手捻起幾粒搓開稻殼，放在鼻下聞了聞。「這是香稻。」

梁玉琢一愣。這稻子的名字村裡人都說不清楚，只因為香氣重，故而大夥兒才說種的是香稻，原來還真是……

男人看著梁玉琢，似乎有些驚訝對稻種的疑慮竟是由一個不過十來歲的小丫頭提出，眼神卻依舊如常。「這香稻通常是供給貴人用的，只有香味重了些，並沒什麼特殊的，聽妳一說，似乎結實比一般稻子要少？」

「是。」

男人點頭。梁玉琢見他將稻子還來，連忙小心裝回荷包，收緊的時候，正好聽見男人再度開口的聲音。

「妳若是信我，就跟我去個地方，興許能找到有用的東西。」

梁玉琢愣了一下，有些糊塗。

梁玉琢走到鍾府門前，抬頭盯著那明顯剛掛上去不久還沒積多少灰塵的匾額，吞了吞口水。

她也不知是怎麼了，竟然只是幾句話，就信了那男人，乖乖地跟著到了這裡。這山上有宅子她是知道的，可這宅子究竟有多大、長什麼模樣，她卻還是頭一回瞧見。

眼前這宅子，和她過去在電視裡看過的差不多，三扇門，往裡立著堵照壁，壁上雕刻了不知所云的紋飾，看著有些像土財主。她想，約莫是怕砸了照壁對風水不好，才會宅子都換了主人，卻還留著這明顯有些……風格不符的照壁擋在門後。

她呆呆地看了一會兒才回過神，只見門口立著的兩個護衛原是想笑，卻不知為何憋著，繃著臉向男人行禮。

「鍾……鍾叔。」梁玉琢收回目光，見男人抬腿就要邁過門檻往裡走，趕緊喊了聲。

「這兒我真能進去嗎？」

男人回頭。「進來吧！」

得了話，梁玉琢再沒猶豫，把背上的竹簍往肩上提了提，邁開腿小跑了幾步跟上。

門外的兩個護衛見人已經進了門，回頭再瞧見她邁著兩條短腿追趕大步往前走的男人，互相看了看，忍不住捂著肚子大笑起來。

鍾叔？指揮使那一臉的落腮鬍剃了之後，喊哥哥都沒問題。

鍾府裡庭院深深，樓閣環繞，僕役看著不多，卻個個知禮，且大多是……男人？

看著又一個壯漢模樣的僕役拱手行禮從旁邊走開，梁玉琢的目光不由自主地貼上了走在前頭的男人的後背。

男人自稱姓鍾，單名一個贛字，是鍾府的管事。一路上他的話不多，到了鍾府，梁玉琢明顯發現府裡的僕役、護衛都有些怕他，可人家的事她也不好多問，只能乖乖跟在身後。

這鍾府雖說大，可到底前身只是個土地主的私宅，用來藏外室的，沒她上輩子看《紅樓夢》裡描述的榮國府那麼厲害。也虧得如此，梁玉琢才有力氣跟在鍾贛身後走了一路。

又繞過幾道迴廊，梁玉琢掃了眼內院頂上「潄玉軒」三字，想來是進了鍾府主子的內院。

之前在路上，得知鍾贛是要帶她去鍾府的書房找尋與田地相關的書籍，梁玉琢還有幾分驚詫，口中惶恐，擔心打擾了鍾府如今的主子。誰知鍾贛看了她一眼，像是想了一會兒，這才說明了自己管事的身分，並說主子身有官職常年在盛京工作鮮少過來小住。

如此，梁玉琢才放了心；等真到了內院，看著院中閣樓、古木池塘，還是有種誤入寶地的感覺。

鍾贛回頭，看了眼身後的小丫頭。十餘歲的小姑娘，說話時面上恭謹，看起來有幾分老成，但偶爾眼神中還是會流露出幾分稚氣；更難得的是，進了鍾府，這一路走來眼中雖有驚嘆，卻極重規矩地沒有四處張望。

在書房前停下腳步，鍾贛推門而入，梁玉琢緊跟其後還沒邁腿往裡走，便覺得書香墨韻撲面而來，她忍不住吸了兩下鼻子，跟著進了屋。

鍾府的主人大概是個雅人。

書房內設博古架，架上陳設珍寶古玩，梁玉琢雖認不出真假，可也看得出模樣好壞。書房上下兩層，一層的書案上設有一對古玉筆架，似貓形，白璧無瑕，旁邊還擺了筆洗、硯臺和紙箋，看著倒像是個文人的書案。

梁玉琢沒多打量，跟著鍾贛上了二樓。二樓一個大通間，立了幾排花梨木的書架，架上擺了各類書籍，墨香比樓下更重。

鍾贛在一側書架前停下腳步。「這裡都是一些與農桑相關的書，妳可識字？」

梁玉琢驚嘆地看著滿滿一屋子的古書，忍不住吸了吸鼻子，興奮地點頭。「我爹是秀才，教過我認字。」

梁文是教過梁玉琢認字的。他雖生的是個女兒，可也不像村裡其他當爹的一樣，認為女子不需讀書識字，即使女兒上不了學堂，但梁文去世之前，私下仍時常教女兒認字。

梁玉琢剛穿越過來的時候，有些擔心自己會不認得大雍的文字，可翻了梁文留下的書，發覺那些原該陌生的文字，在看到的那一刻，自動就能認出了意思，這應當是小玉琢的記憶吧？

聽梁玉琢說能認字，鍾贛若有還無地點了點頭。

「這裡的書，妳都可以借去看，若是有不認得的字，可以問我。」

梁玉琢眨巴著眼睛，有些手癢想要去摸這滿架的古書，回頭發現鍾贛還站在旁邊，連忙答應，一雙乾淨的眸子裡滿是認真。「多謝鍾叔！」

對於梁玉琢的稱呼，鍾贛只是眉頭一動，看著女孩巴掌大的臉上寫滿了興奮，壓下喉間的話，把二樓的空間騰了出來。末了，他只說：「我在樓下，有事喚我。」

梁玉琢小雞啄米般頷首，等耳邊傳來下樓的腳步聲，她一聲低呼，把背上的竹簍往地上一放，伸手就要去摸架子上的書。

鍾贛交代完事情就重回樓下，書房開了門，早有僕役進屋點起了薰香。案頭的書卷昨日看了一半，興致索然便夾了片落葉丟在一旁，如今他卻突然有了興趣，翻開再度看了下去。

只是他看著字裡行間，卻不知書中講的究竟是什麼，神思全都聚集在二樓上，唯恐樓上那丫頭出了什麼狀況。

不過才一會兒工夫，樓梯上就傳來小心翼翼的腳步聲。鍾贛抬眼去看，從樓梯口冒出一顆腦袋，正一臉赧然地看過來。「那個，鍾叔，哪兒能洗手？」

鍾贛看著她下了樓，雙手藏在身後，有些不好意思地咳嗽兩聲。「我先前挖了不少東西，手不乾淨，怕把書弄髒了，哪兒能洗手？」

鍾贛沒有說話，恍然想起自己遇見她的時候，這個丫頭正揹著竹簍在樹下草叢裡找東西，時不時還挖了一些簡單止血用的草藥。

吃東西的時候也沒見她找水，現在翻書卻想起了洗手……

鍾贛轉頭喊了聲，不多一會兒工夫門外的僕役就打來一盆水。

梁玉琢笑笑伸手洗了一把，擦乾了手，才又要往樓上走，一腳才邁上樓梯，忽地又停下。「鍾叔，有紙筆嗎？」

從鍾贛那兒得了文房四寶，梁玉琢寶貝似地捧著就上了樓。倒完水回來的校尉看了眼樓梯，拱手詢問是否需要上樓盯著。

鍾贛擺手將其揮退，自己卻輕著腳步上了樓。

小小的身影跪坐在書架前，左腿旁邊攤開了一本書，右腿邊擱著硯臺。像是為了不讓墨跡印到地板上，她把竹簍翻了面，當作書案擺上了得到的一疊紙。

竹簍有空隙，下筆的時候稍不留神，就可能戳破了紙，鍾贛站在書架後看著，見她每一筆小心翼翼，鼻尖甚至因為過度繃著精神沁出汗來，他不由邁出一步，出聲叫了她的名字。

「哎。」聽到有人喊，梁玉琢不加思索地應了一聲，回頭發覺是鍾贛，忙擱下筆從地上爬起來。「鍾叔，你喊我？」

「下樓抄。」鍾贛話不多，梁玉琢有些不解，方才幫她端來水的僕役已經幾步上前幫忙收拾筆墨，直接給端到了樓下的書案上。「在這兒抄。」

雖然沒問過梁玉琢為什麼會想到抄書，鍾贛心裡卻約莫猜到了她是想把有用的東西抄好帶回家去。見人坐上書案，感激地朝自己笑了笑，鍾贛收回視線，坐在一側圓桌邊，手裡握著書卷，垂眸往下看。

只是那上頭的文字卻如隔雲霧，平白看得無趣，到最後，他索性抬頭凝視著伏案謄抄的少女。她抄書抄得認真，好似全然忘了周遭的一切，握筆的姿勢雖有些古怪，可不妨礙她奮筆疾書。

老三查到的消息裡，梁家的這個大女兒是永泰十一年出生的，今年已經十五了，可模樣看起來卻有些顯小，至多不過十二、三歲的模樣，身形纖弱，大抵跟阿爹去世後既要照顧懷孕的阿娘又要維持家裡生計有關係，所以有些發育不良。但是……她是第一個提出稻種不對，想要改種的人。

佃戶們大多是上頭給什麼種子就種什麼的人，即便是如梁文這樣的秀才出身，也不曾向里正提出稻種問題；偏偏到這個小丫頭當家的時候，聽說從今年的稻種種下開始，她就一直盯著研究，到六月收割後，便怎麼也不肯種下新的一批。

梁玉琢抄得手臂有些疼了，看著滿滿幾張白紙黑字，她擱下筆抬手正打算活動活動筋骨，一偏頭恰好撞上了男人直勾勾的目光。

她愣了愣，下意識地收回手臂，試探著喊了聲鍾叔。

鍾贛回神看她。

「下回，我還能來這兒找你嗎？」

「為何？」

梁玉琢的視線往書案上轉了一圈，老實道：「阿爹說過，學海無涯。我抄了些能用的帶回去，可總有顧及不上的地方，雖然說實踐出真知，可書裡的學問同樣重要；鍾叔若是同意，下回我再來抄別的。」

實踐出真知？鍾贛沒興趣問她這話是從誰那兒學來的，只放下書走到桌前，伸手拿起她謄抄好的幾張紙。

握筆的姿勢不行，寫出來的字也有幾分滑稽。

他垂眸粗略掃了一眼，梁玉琢抄的都是關於小豆種植的內容，再看擺在旁邊的書，正是《齊民要術》。

「我這字醜……」

「嗯，是挺醜的。」

「……」梁玉琢噎住。

鍾贛抬眸看她，眸中深沈，少頃才道：「妳要來便來，府裡的護衛不敢攔妳。」

這話一出，眼前的少女就像是得了什麼天大的便宜，笑得瞇起了眼睛。

鍾贛心下一頓，回頭喚來門外校尉吩咐。一會兒，校尉去而復返，進屋後恭敬地呈上一只藍色荷包。

梁玉琢愣了愣。「這是什麼？」

鍾贛放下手裡的東西，隨口道：「小豆種。」

鍾府的前任主子收羅了一倉庫的種子，多半是各地的糧種，也有部分是桑麻果實。每種的數量都不多，讓名下的佃戶都改種怕是不夠，但只給梁玉琢，卻是綽綽有餘。

瞧見眼前少女欣喜的表情，鍾贛眸光微沈，緩緩垂下眼。

有了紅豆，又謄抄了關於種紅豆的方法，梁玉琢現在好像已經能看到地裡長出顆顆紅豆的景象。如果不是時間緊張，她更想找找書，看書上有沒有記載哪種稻種產量高，她也好到時候想辦法找到種子種下。

從鍾府回來，梁玉琢小心地把荷包藏在了枕頭底下，這才進灶房幫著梁秦氏把飯菜端出來。

七夕那日梁玉琢幫著湯九爺賣出了不少燈籠，照著開始說好的，她拿了一部分的抽成，回頭就給家裡添了不少糧食，就連豬肉也買了些。

從灶房裡出來經過院子，梁玉琢就瞧見二郎蹲在地上，手裡抓著一把穀子正在餵她前幾天買回來的一窩雞。

「二郎，吃飯了。」

天還沒黑，雞仔們還在滿地亂跑，另外買的幾隻母雞已經安穩地回到雞圈裡。

「阿姊，我剛才瞧見母雞下蛋了。」二郎笑了笑，伸手在臉頰上髒兮兮地抹了一塊，抬頭說話的時候一不留神，手心被吃穀子的小雞仔啄了一口。「嘴巴真利。」

梁玉琢過去伸手摸了把二郎的腦袋，把人拽起來。「行啦，去把臉和手洗一洗，洗乾淨了就過來吃飯。」她說著，拿腳輕輕碰了碰小雞仔的屁股，把還在外頭溜達的雞仔全送進了雞圈裡，這才進了屋。

第十一章

這一桌的菜色香味談不上，能果腹就足夠了。二郎人小，可大概是正長著身體，飯量也跟著漸長，小半碗飯幾口就下了肚，難得做的豬肉也讓他吃了不少，到後面大概是吃撐了，坐在桌邊就開始搖頭晃腦地打瞌睡。

梁玉琢看見他這模樣就想笑，扒完飯趕緊把人抱起送回屋裡。剛把小毯子給二郎蓋上，就聽見外頭的柴門被人噼哩啪啦拍響，過會兒梁秦氏的聲音就在門口傳了過來。

「大嫂，妳怎麼來了？」

「喲，怎麼說也是一家親戚，我還不能來妳這兒了？」

聽這聲音，梁玉琢就知道，是梁連氏上門了。她白天才在山上碰到梁連氏母女，這天還沒黑呢，人又上了門。梁玉琢看了二郎一眼，見他像是沒被外頭的聲音驚擾，越睡越香後，才幾步推開門走了出去。

「白天在山上和琢丫頭碰見了，我家玉葵脾氣好，沒和妳家丫頭一般見識，可妳也該管教管教閨女了，別手長亂拿別人家的東西。」

梁連氏雙手扠腰，張口即罵，唾沫星子都要飛出來了。

梁秦氏有些不解。她白天一直在家裡又做繡活、又打掃雞圈，知道女兒上了山，可也沒聽女兒回來說遇上梁連氏母女；至於梁連氏說的什麼亂拿別人家的東西，更是聞所未聞。

「大嫂，妳這話，我聽不懂……」

「我家玉葵就要訂親了，我特地給她打了幾對首飾，她今兒個看見好看就戴在身上，哪知在山上和妳家丫頭碰著扯了兩下，回家就發覺手上的鐲子不見了，不是妳家丫頭給順走的還會有誰？」

梁連氏這一嗓子出來，把梁秦氏嚇了一跳。

她是商戶女出身，算起來也是小家碧玉，平日裡總是安安靜靜地待在家裡不見得和旁人有什麼區別，可真要是遇上梁連氏這般不講理又大嗓門的農婦，也就只剩下慌神的本事了。

「丫頭雖然前幾年沒了爹，可她爹從小教她好好做人，怎麼會順走玉葵的鐲子，怕是妳們在山上落了；要不趁天還沒黑，我陪大嫂上山找找，興許還沒被人撿走……」

「妳當我沒找過嗎?!」梁連氏抬手一下拍在門上，吊三角的眼睛看起來有幾分刻薄。「玉葵的鐲子定是妳那閨女順走的，下作的東西，簡直就是黑了心肝，竟然連自家人的東西都偷，敗壞老梁家的名聲。」

梁秦氏張了張口，可還不等她辯駁，梁連氏又開了腔。「妳這做娘的，要是管教不了閨女就趕緊把閨女、小子都送過來，我們幫妳養大，省得日後好端端一雙兒女被妳教養壞了，我那小叔子可就真的死不瞑目了……」

「伯母，妳倒是說道說道，誰死不瞑目呢？」

梁連氏的嗓子吼得左鄰右舍都湊過來圍觀，徐嬸更是氣得就要擠進人群去護梁秦氏，梁玉琢一開口，不光梁連氏，便是旁邊圍觀的鄰居們也都愣了愣。

村子裡的事，從來沒誰家瞞得過誰家的，梁家老太太生了三個兒子、一個女兒，唯獨對小兒子怒目橫眉了幾十年。

梁家在梁文落第後，因為老太太覺得小兒子沒用鬧得分了家，這些年也沒什麼往來，最多是逢年過節梁文和梁秦氏帶女兒和禮上門，可往往禮收了，卻不讓人進門。

梁家老爺子還活著的時候，倒是能護著些小兒子，人一死，老太太變著法子折騰，和大媳婦一樣向來沒把小兒子一家當人看。

分家變分宗，倒是沒說錯。

梁玉琢一出來，旁邊圍觀的人就提起了心。這半年多以來，誰不曉得梁文家的閨女嘴巴伶俐了，上回梁趙氏還在她手裡吃了虧，到如今都沒找回場子來，梁連氏這一鬧，只怕也得遭殃。

「嬸子怎地就認定了是我拿了葵姊的鐲子？」

「妳聽我家玉葵說就要訂下好親事，心裡嫉妒，又瞧見她手上戴著金首飾，就趁著拉扯的時候順了去。」

「先不說嬸子妳給葵姊訂親，我嫉不嫉妒的事，就說葵姊的首飾好了。今兒在山上我還真沒仔細看葵姊手上戴了什麼，她向來把好東西藏得緊，我自小就沒見過她的首飾匣子，別說鐲子了，她若是哪日能讓我瞧見她耳朵上戴的墜子，我都能燒支高香謝天謝地。」

梁玉琢說著做了個拜天拜地的手勢，逗得周圍人一陣哄笑。

梁連氏是個鐵公雞，生的女兒也是一毛不拔、小氣吝嗇，往日母女倆穿得好一些走在路上叫村裡人瞧上一眼，也會瞪眼怒斥，生怕別人看中自己身上的東西，一副矜貴模樣。

「琢丫頭，妳這話說得可過分了。」

門口烏壓壓聚攏了不少人，老三奮力從人群中擠到前頭，一眼就瞅見梁連氏唾沫星子亂飛，梁玉琢繃著臉站在離她四、五步遠的地方冷眼看著。

「妳爹就是個窮教書的，落了第的秀才說得好聽是秀才，說不好聽不過就是個窮酸。妳瞧瞧妳娘，嫁給妳爹這些年，可買過什麼首飾？妳再瞧瞧妳自己，十五歲的姑娘，都到了該訂親的時候，可從頭到腳哪一點兒像個姑娘家？妳今日把順走的鐲子還回來，伯母便饒了妳，回頭再給妳說門親事，好讓妳嫁過去享福，不必再過苦日子。」

饒是梁連氏說得再怎麼天花亂墜，梁玉琢的臉上仍然一點表情都沒有，等她口乾舌燥說完話，才冷不丁問了句。「嬸子，我問妳，葵姊的親事已經訂下了？」

「可不是。」梁連氏一揚頭，哼道：「我家玉葵是要嫁進山裡頭的，咱們十里八鄉的田地可都是那位的，日後玉葵嫁過去了，你們瞧見玉葵還得低頭喊聲夫人。」

梁連氏話音剛落，人群裡頭突然傳來「噗哧」一聲，緊接著，三三兩兩有人憋不住大笑起來。梁玉琢往人群中看了眼，瞧見先前在山裡頭見過的一個漢子，心下一愣，眼底忍不住浮上了笑意。

她原先就覺得梁連氏這種自信無人能敵，白天去過鍾府後，想起梁連氏的話，心裡想著梁玉葵若是真要進了那家，只怕也是坐在轎子裡從側門抬進去的妾；可眼下，見那壯漢忍笑的樣子，想來壓根兒就沒這事。

一切約莫不過是梁連氏母女的妄想罷了。

「既然訂了鍾家，那什麼時候下聘，什麼時候過門？」

梁連氏看見話題被扯遠，卻絲毫沒打算拉回來，反而一臉得色地說得頭頭是道，將那發聘的時日，和過門的日子全都說了出來。

梁玉琢眼角瞅見門外的壯漢臉上憋不住的笑，就知這裡頭問題不小。

「伯母，不管怎樣，葵姊要出嫁了，做妹妹的，總是要道聲恭喜。」梁玉琢聲調一變。

「只是不知道，葵姊要嫁的究竟是哪個鍾家？」

鍾這姓不算少有，還是國姓，便是下川村裡，也能找出一、兩戶姓鍾的人家。先頭聽梁連氏說得仔仔細細，篤定是要和山裡頭那剛來的鍾家結親，可這會兒聽著梁玉琢的意思，卻並不是那位。

梁連氏聞言，一時愣住。

徐嬸在人群中扯了一嗓子。「琢丫頭，妳這話裡有意思，可是聽說了什麼，或者瞧見了什麼？」

梁玉琢回頭朝梁秦氏使了個眼色，後者雖有些擔心卻仍是回到屋子裡，把門給關上了。

見梁秦氏不在院子裡，梁玉琢也不打算再斯文了。「我今日上山，本來是想著挖點認得的草藥回來，回頭好換點錢，路上遇見了伯母和葵姊。大夥兒都知道我們兩家自分家後便沒什麼來往，我做小輩的喊聲伯母那是禮貌，可伯母和葵姊卻對我冷嘲熱諷，還仗著人多搶了我的竹簍，把我辛苦挖的草藥全倒了。」

她喘口氣，見梁連氏變臉，趕在她開口之前說道：「倒了也罷，我撿起來就是；可葵姊不光倒了我的草藥，還拿腳全都踩了。伯母剛才一來就說我和葵姊拉扯，可拉扯我的分明是伯母和葵姊，這委屈我可不願受，更不願背上什麼順走親戚鐲子的污名。至於伯母說的和山裡鍾家訂了親，我今日才從鍾府出來，府裡管事說他家主子常年在京中當官，十天半月也不會回來住一次，不知道伯母究竟是怎麼跟人談結親？」

梁玉琢說得清楚，最後一句更是一字一頓，掰開了、揉碎了，倒上水攪和攪和也聽得出來話裡頭的意思——山裡那鍾家壓根兒沒跟梁連氏母女訂親，也沒下聘，更不會有過門那天。

梁連氏心裡咯噔一下。

白天拉著女兒上山的時候走到半路就被拽了回去，女兒說她未來女婿答應了一早出門找媒人，這會兒去鍾家見不著人。梁連氏心裡雖然不解，可到底是自己的寶貝女兒，又一心想著日後家裡沾著女婿的光日進斗金，就聽信了女兒的話下了山。

回到家裡不過一個時辰，果真有人自稱姓鍾，帶著十里八鄉有名的媒婆上了門。她瞧著對方模樣周正，還沒等梁通從地裡回來，當即就答應了這門婚事。

她是相信女兒的，要不然也不會到處說這話；可眼下聽梁玉琢的意思，卻是自己遭人矇騙了？

梁連氏臉色發青，過了片刻嚷了一聲。「莫說別的，妳偷了玉葵的鐲子，今日要是不還來，我就拉妳去告官。」

「伯母儘管告。」梁玉琢大喝。「伯母告完，我再接著向縣老爺告伯母一個誣告。」

為了能夠很順利地融入這個世界，不會因為任何意外觸法，梁玉琢在不斷地吸取這個時代農學知識的同時，也竭盡所能地去了解大雍的律法。下川村中，里正的弟弟薛荀對律法有些了解，但她少有接觸機會，幸虧她發現湯九爺似乎頗有見識，便時不時向他請教，果真明白不少。

按照大雍律法，誣告本身也是個不大不小的罪名。

梁連氏不懂什麼法，可她知道，要是誣告罪名成立，自己也得在縣衙挨一頓板子，就是不死也會脫層皮。梁玉琢的話，讓她平白打了一哆嗦，眼珠子轉了一圈，咬咬牙，打算先走。

梁玉琢這會兒卻沒打算這麼輕易地讓梁連氏離開，見她腳下一動，想要轉身逃跑，幾步走過去把人攔住道：「伯母，我知道伯母心疼葵姊，也心疼那鐲子，我能理解伯母的心思；

同樣地，被人冤枉偷東西，對我來說，心裡也委屈得很。」

「這……妳……」梁連氏看著梁玉琢眼裡的神色，一時半刻有些慌張。

「伯母不如把葵姊喊來，咱們面對面仔細說說，葵姊的鐲子究竟是被我順走了，還是落在了山上。」

梁連氏有些懵，下意識地就要拒絕，不想，早有好事的人去把梁玉葵拉了過來。

梁玉葵剛被人推進人群裡，還沒走到梁連氏身邊，猛地突然往前撲；好在梁玉琢躲得快，結果梁玉葵這一撲連帶著把她娘梁連氏一起撲到了地上，人群頓時鬨然大笑。

梁玉葵摔得有些懵，過了片刻才反應過來，坐在地上好一陣號啕。梁連氏摔得也有些疼，若是之前，瞧見女兒摔了肯定心疼不已，不迭地把人扶起；可這會兒梁連氏滿腦子都是梁玉琢方才說的那些話，見女兒哭得一把鼻涕、一把眼淚，只覺得心裡發寒。

梁玉琢見她這副撒潑的模樣，挑了挑眉。「葵姊，伯母說我順了妳的鐲子。」往前走了兩步，梁玉琢蹲下，和哭得淒慘的梁玉葵面對面，壓低聲音道：「葵姊，謊話早晚會被戳穿的。妳回頭瞧瞧那邊的漢子，就是五大三粗、滿身腱子肉的那個。他是山裡頭鍾家的人，伯母剛才說把妳許給了那家，這人可全都聽見了，妳要是再扯謊，不光伯母要生氣，怕是鍾家的人也會追究。」

她說完站了起來，一言不發地低頭看著漸漸止住哭泣的梁玉葵，見梁玉葵果真偷偷往人群瞥了一眼，像是被漢子嚇著一般，一張臉煞白煞白地仰起頭來看著自己，梁玉琢彎了彎唇角笑了笑。

「鐲子……鐲子不是被妹妹順走的……」梁玉葵的聲音很輕，蚊子似地從嘴裡鑽出來，見梁玉琢意味深長地看著自己，這才狠心大聲道：「阿娘，鐲子不是妹妹順走的。」

梁連氏吃了一驚，緊接著就聽見自家女兒說了個男人的名字。

「鐲子……鐲子我給顯哥換了筆墨。」

梁玉葵口中的顯哥，是下川村旁邊的上川村裡一戶姓鍾的人家的兒子。這人長得倒也周正，也算半個讀書人，可向來好逸惡勞，二十幾歲了也沒考上功名，連秀才都不是，卻成日之乎者也，裝出一副斐然的樣子。

這話一出，梁連氏眼白一翻，倏地往後仰倒在地上，周圍旁觀的人趕緊圍上去七手八腳扶起梁連氏就往她家裡送。梁玉葵也顧不上哭了，眼角還掛著淚，慌裡慌張地從地上爬起來追著人群就跑回家。

梁玉琢看著跑遠的人影，終於樂了。

這事如今總算是過了。等到村裡人幫著請來大夫給梁連氏診脈，一向順著媳婦的梁通才得知妻女在弟妹家鬧的那些事，心裡又急又氣，竟還嘔出血來，連帶著把梁家老太太嚇了一大跳，一時間，梁家雞飛狗跳。

至於梁玉葵怎麼會看上隔壁村的鍾顯，又怎麼會讓梁連氏誤以為說親的是山裡那戶人家，都是梁玉葵一時腦熱，和鍾顯商量後想出來的主意了。

梁玉葵心知梁連氏吃過書生的虧，又瞧不上窮酸人家，心裡原本對鍾顯也是瞧不上眼，後來也不知怎地，兩人一來二去，讓她動了心思。加上鍾顯嘴巴甜，慣會哄人，梁玉葵春心萌動，隨即陷了進去；等到給了身子，梁玉葵自然就想早些嫁過去，可鍾顯家的情況，明顯不會讓梁連氏同意，兩人這麼一商量，就想到了山裡那個剛搬來的鍾家。

至於鐲子一事，鍾顯帶著媒人到梁家談好親事後，和梁玉琢又私下見了一面，說要準備來年科舉，沒奈何家裡的文具不好，生怕考試的時候筆墨出了問題。梁玉葵一見情郎眉頭緊蹙，十分為難的樣子，毫不猶豫地就摘下自己手上的鐲子，叫他拿去換錢。

等到黃昏，梁連氏突然問起首飾的事，見瞞不過去，梁玉葵索性撒了個謊，說是可能在山上和梁玉琢拉扯的時候不見了，這才有了後來發生的鬧劇。

梁玉琢沒興趣去管她家後來會怎麼處理這些雞飛狗跳的事情，她眼下最要緊的是趁著天氣不錯，把手裡的紅豆給種下去。

梁連氏母女的事情過去了三、四日，日子也差不多過了夏至，梁玉琢琢磨著地裡差不多可以種紅豆了。

一大清早，梁玉琢就扛上鋤頭，揣著裝了紅豆的荷包下了地。

旁邊幾戶都在收拾自家的地，瞧見梁玉琢也站在田邊，紛紛招呼了兩聲。「琢丫頭，這是終於要往地裡種東西啦？」

梁玉琢應了聲，沒細說，從懷裡掏出荷包，又掏出被仔細摺了幾摺的一張紙。

再看一遍紙上的內容，她站起身，深呼吸，扛著鋤頭就要下地。俞二郎這時候忽然從旁邊跑了過來，一把抓過她扛在肩上的鋤頭。「妳力氣小，地裡的事讓我來做。」他說完話，伸手想推梁玉琢，還沒碰上肩膀又紅著臉收了回來。「妳快去旁邊待著，鋤地我來做。」

梁玉琢原本想拒絕，可旁邊的村民這會兒都幫著俞二郎說話。

「琢丫頭，這鋤地的活妳就讓俞二郎幫妳，妳力氣小，五畝地還不知道要鋤到什麼時候。」

「是啊是啊，讓俞二郎幫妳，等我們手裡頭的收拾完了，也過來幫妳忙。」

下川村的村民祖祖輩輩都是地裡刨食的莊稼人，不識兩個字，祖上更沒出過什麼讀書人。

梁玉琢她爹算是村裡唯一的秀才，哪怕落了第，沒當成官，也是肚子裡有墨水的，回鄉當了先生每年只收些微的束脩，教了不少小子讀書識字。

這時候的莊稼人樸實，也不是非要兒子讀出個子丑寅卯來，會寫自個兒的名字，能認兩個字，出門跟人做點小買賣不至於看不懂契書遭人騙，也就夠了。因此，下川村的村民大多很敬重梁玉琢她爹，她爹死後，也就經常想著幫襯一下他們孤兒寡母。

每每得到幫襯，梁玉琢心裡總是熱呼呼的，閒暇時更是樂得陪東家婆婆說話，幫西家爺爺摘菜，越發惹人喜愛。

俞二郎力氣大，到了午時，五畝地就鋤得差不多了，中間只停下來擦了幾把汗，就著梁玉琢遞過來的碗喝了兩口水。

「二哥，謝謝你幫忙。」

低頭瞅見梁玉琢瞇著眼睛衝自己笑，俞二郎臉微微發紅，不自在地退了幾步。

第十二章

「謝啥？咱們都是鄰居，幫妳也就隨手的事。」俞二郎摸了把臉，先前弄髒的手一不留神在上頭留下印子，梁玉琢忍不住笑了笑，又倒了碗水給他遞過去。

「回頭等結了小豆，我給二哥送去一些，再教徐嬸種法，讓二哥一家也嚐嚐小豆的味道。」

俞家是獵戶，對田裡的事幾乎不怎麼管。俞二郎一聽梁玉琢提起小豆的味道，眼睛頓時一亮。「這小豆當真能吃？」

別家的地種的哪怕不是稻子，也是別的糧食，單種小豆的十里八鄉還沒見過一戶人家。俞二郎有些擔心這五畝地。

「要不，妳試著種一畝先……」話還沒說完，俞二郎就瞧見面前的小丫頭從懷裡掏出了只荷包，樣式看起來就不像是姑娘家的東西。「這是什麼？」

「前幾日上山，遇上了鍾府的管事，聽說我在找小豆，就送了我一袋，說是可以種下試試。」

「鍾府……是山裡那戶……」

「是呀。」梁玉琢從荷包裡抓了一小把紅豆出來，抬頭朝俞二郎笑笑。「你瞧，這就是小豆。」

梁玉琢的手不白，可大概是躺在她手心裡烏紅色小豆的關係，俞二郎總覺得那手白白淨淨的，看著心裡直發癢。

他好不容易把視線從手掌轉移到小豆上，舔舔唇。「這就是小豆……真小，能當糧食吃飽嗎？」

「你別看它小，抓上一把和稻米一塊煮，就是好吃的小豆粥。而且，它還能做別的吃食，不光是當糧食用。」梁玉琢說著，就抓著那把紅豆下了地。

夏至後種紅豆最好，一畝地用八升種。她掂量過荷包裡的種子，顯然是連一畝地都種不了。可眼下能找到的只有這些，只能湊合湊合，等確定沒問題了，再去城裡花些錢買上五畝地的種來。

荷包裡的紅豆悉數被撒播在了田裡，梁玉琢站在田邊抖了抖荷包，見最後一顆紅豆也從裡頭滾出來，這才無奈地把荷包收回懷裡，絲毫不知俞二郎的視線一直追著她手裡的荷包。

俞二郎張了張嘴，正打算問梁玉琢剩下幾畝地還有什麼打算，他一併幫著種了，就聽見不遠處有人吆喝了一聲，緊接著車軲轆的聲音也慢慢傳了過來。

梁玉琢抬頭去瞧，一輛牛車被人驅趕了過來，車上載著幾個袋子，看著有些沈。趕車的漢子有些眼熟，正是梁連氏鬧事那天，站在人群前頭發笑的那人。

她還看得清楚，梁玉葵之所以會還沒到跟前就摔了一跤，順帶把梁連氏撲倒，全是因為這人漫不經心伸出的一腳。

待這人到了跟前停下，梁玉琢看見車上的袋子，有些不解。「請問，這是怎麼回事？」

那漢子跳下牛車，一胳膊就扛起了一袋子往梁玉琢面前放下，幾下解開袋口，露出裡頭紅通通的小豆來。

「書上說，種小豆，一畝地得用八升種。指……管事怕妳年紀小，進城買小豆遭人矇騙，就差人幫妳買回足量的小豆種來。妳看著種下，回頭成了再給鍾府還上就行。」

漢子說著，把另一袋也搬了下來。「這是另一種稻種。管事說，五畝地全種小豆多了些，可以先種一部分，其餘的依舊種稻子。香稻就先別種了，換這種試試，就當是給附近的村民們做個試驗。」

像是忘了鍾贛說了哪些話，漢子停下來想了想。「這香稻也就聞著香，吃起來沒什麼滋味，大夥兒種慣了，可能一時間要他們改種別的會擔心產量，妳就當作個示範吧！」他說著，順帶就要幫梁玉琢把稻種往家裡送。

梁玉琢趕緊道謝，順帶問了漢子的名字。

那漢子抬手摸了摸後腦勺，哈哈大笑。「我姓牛，牛得勝，不過在咱們指……在咱們府裡，我排行第三，平日裡兄弟幾個都喊我老三，姑娘若是看得起我，也這麼喊我就成。」

紅豆這東西，要比田裡的那些稻子、麥子一類的好侍弄。

下川村種了那麼多年的地，還從來沒哪戶人家在自家地裡種小豆的，梁玉琢是頭一戶。

薛良得知的時候，還想讓媳婦去找琢丫頭說說，別由著性子浪費了幾塊好地；只是薛高氏還沒來得及應下出門，一天到晚在村裡遊蕩的薛荀找了過來。

「琢丫頭家裡的那五畝地，不是梁家自己的嗎？」見薛良點頭，薛荀打了個哈欠。「既然是人家自己的地，要往裡頭種些什麼，就不是村裡好管得了，哪怕明日她往地裡種棵搖錢樹出來，也是人家自己的東西。」

薛良知道這個理，可他本就不是因為這個才生出擔心。「琢丫頭家裡的情景，你也是知道的。梁秦氏是個婦道人家，沒什麼主意，將家裡的這五畝地都交給閨女打理也是自然，可琢丫頭才多大？這麼點大的孩子，突然想著要種什麼小豆，怕是閒時聽人說了什麼，就由著性子胡來了。」

薛高氏也是這個意思。薛荀看著兄嫂兩人臉上的神情不似作偽，咳嗽兩聲，壓低了聲音。「那小豆種，你們知道是誰給的嗎？」

薛良搖頭，他只聽說梁玉琢不知從哪裡找來了小豆種，還給家裡的地種上了，至於豆種哪兒來的，他沒仔細問，想來是讓人進城買的，不然又能從哪兒得來？

平和縣這一帶幾乎沒什麼人種小豆，大多是城裡開集市的時候有隔壁縣的村民過來販賣，可這幾日也不見縣城裡開過集市啊？

「那小豆種，是咱們指揮使給的。」

沒等薛良反應過來，薛高氏一聲低呼。「是如今住在山裡頭那位貴人？」

薛荀早年也是個混不吝的，後來不知怎地，入了鍾贛的眼，成了錦衣衛的一員，雖位置低，到底吃的是公家飯，總比下地幹活強。自然，薛良夫婦倆對提拔弟弟入錦衣衛的貴人向來是萬分敬重的。

薛荀點頭。「那日琢丫頭家裡的田下種的時候，我就在附近，一眼就看見了指揮使身邊的人，也聽見了他和琢丫頭說起種子的來路。」

薛荀這話一出，薛良便沒了聲音。他見過薛荀口中的那位指揮使，雖然不知道錦衣衛裡頭到底是怎麼排資論輩的，可錦衣衛的大名在整個大雍也算是赫赫有名，能在那種地方當上指揮使的不會是像薛荀這樣混不吝的人。

更何況，自從山裡頭的宅子歸了那位貴人後，下川村的地也隨著地契都到了那位的手裡。

薛良因此和貴人見過一面，村裡那些租賃來的地，要種什麼、該種什麼，都得看那位的意思。那會兒只說照著以前的來，他便回村說了這事，於是原先種稻子的依舊種稻子，沒見有人種上別的東西。

「可琢丫頭家裡的地……是梁老頭當初分給梁秀才的自家地，怎麼種子……怎麼種子是貴人給的？」

「這我就不清楚了。」薛荀摸了摸鼻子。「興許是覺得咱們村過去種的不太好，想試著種別的，又擔心大夥兒一時半刻接受不了，就叫琢丫頭試試？」
雖然知道薛荀這話不過是猜測，薛良還是瞪了他一眼，轉頭嘆了口氣。
「就怕少種了一畝地的稻子，琢丫頭家明年春天要交的稅會不夠。」
「這個……應該不會差這麼多吧……」
薛良的擔心，梁玉琢毫不知情，鍾贛送來的小豆和稻種，她已經全部種下了。
比起村裡其他人家，她家的地是最晚下種子的，可梁玉琢不知道為什麼，心裡卻一點兒也不擔心。她接連幾日都照常出門，給湯九爺打掃院子，幫著徐嬸洗菜，給家裡的雞餵糧，又或者到田邊瞧瞧情況。
總之，梁玉琢的日子過得絲毫不馬虎。
二郎邁著短腿跑來找她的時候，梁玉琢正蹲在田邊打量自家的幾畝地。
「阿姊，阿娘叫我來喊妳回家。」
被二郎從背後撲了個結實，梁玉琢差點摔進田裡，好在慌忙中穩住身子，才沒摔得滿身是泥。她一回頭，把背後的二郎抓進懷裡，輕輕拍了兩下小孩胖墩墩的屁股。
「阿娘有沒有說找我做什麼？」
「沒呢！」二郎格格笑，粗短胳膊環著梁玉琢的脖子。「阿姊，我還想吃上回給的糖。」

上回七夕，梁玉琢去城裡是和梁秦氏打了招呼的，回來的時候得了錢，買了些必要的生活用品和布料後，又給二郎帶了些小孩子喜歡的小玩意兒跟零嘴。二郎說的糖，就是她從城裡買的，一小包就要二十來文，對於當家才知柴米貴的梁玉琢來說，還是有些小心疼的。

可看見二郎這副饞嘴的模樣，她心底一軟，不由自主地算著什麼時候該進城一趟了。

梁文沒了之後，梁秦氏雖然一下子塌了天，可好歹撐著口氣生下了兒子。有了兒子，梁文雖然死了，可到底有了後，梁秦氏為了這個後，又撐著開始仔細過起日子來，哪怕家裡沒幾口吃的，也要緊著給兒子，如此一來，大女兒梁玉琢就被忽略了。

梁玉琢還記得當初頭一回瞧見這具身體的樣子時，驚得怎麼也不肯相信竟然已經十四歲了。

她自己十四歲的時候有這麼瘦弱嗎？看著竟然像是只有十一、二歲的模樣，又瘦又小，只剩下一雙大眼睛看著還水靈一些。她那會兒還摸了摸自個兒的胸，十四歲的年紀，竟然連對小籠包都沒長出來……

等到她好不容易適應了穿越後的生活，她心底對原主還是很同情的，換作是她，遇到這樣的情況，別說一年成了這副瘦骨嶙峋的模樣，估計半年還沒到，她早就瘋了。

「阿姊，妳在想什麼？」

大約是一路上沒聽見阿姊說話，二郎伸手輕輕拍了拍她的面頰，沒來得及拿開，被梁玉琢抓著輕輕一口咬在了手指上。

「阿姊在想，這小豬蹄膀什麼時候能長大些，好讓阿姊剁了下鍋煮一煮。」她咬得很輕，說話時眼角還帶著笑，二郎被她逗得格格直笑，差點就從梁玉琢的懷裡笑到滑下去。

姊弟倆回了家，梁秦氏已經做好了飯菜。

簡單樸素的三菜一湯，熱騰騰地從灶房裡端出來的時候，莫名讓人覺得熱得慌。二郎先前在外頭跑，這會兒有些熱，更是沒胃口吃飯，梁秦氏捧著碗哄了一會兒，見他怎麼也不肯吃，只好嘆口氣作罷。

梁玉琢嚥下嘴巴裡的一口飯，敲了敲桌子，二郎隨即轉過腦袋看她。

「阿姊過去是怎麼教你的？」梁玉琢說著挑了挑眉。「男子漢大丈夫，怎麼會連一碗飯都吃不下去？梁學識，你是小姑娘嗎？要不阿姊明日就到村裡說清楚，咱們家沒有二郎，只有個小二娘。」

她頓了頓，隱去眼底快憋不住的笑意，看著滿臉通紅的二郎繼續道：「算了，等吃完這口飯，我就去隔壁徐嬸那兒，和俞大哥、二哥他們說一說……」

她話沒說完，二郎已經丟下原本在玩的小玩意兒，伸手就要自己去抓碗。

梁秦氏滿臉欣喜，說什麼都要幫著餵，二郎卻抬起頭瞪圓了眼睛，硬撐著要自己來。

梁玉琢看著這對母子的動靜，心底吹了聲口哨，低頭把碗裡最後幾口飯給扒拉乾淨。

吃完飯，二郎的肚子已經圓滾滾的，邁不動腿了。梁玉琢索性拖著他在自家院子裡走動，看看雞回沒回巢，看看旁邊種的一小塊菜地長了多高的菜。

等到梁秦氏從灶房出來，姊弟倆已經搬了凳子坐在院子裡仰頭數起了星星。梁秦氏一直站在旁邊沒有說話，要不是隔壁徐嬸突然喊了一嗓子，她就真的一直在出神。

「阿姊，徐嬸的嗓門真大。」

二郎窩在梁玉琢的懷裡，聽見隔壁的說話聲，壓低了聲音吐舌道。

梁玉琢忍笑，捏了捏他的臉頰，沒仔細去聽隔壁究竟在說些什麼，反正左右都是徐嬸的家事，她也不好偷聽。

「二郎。」梁秦氏這時候喊了一聲，看見姊弟倆同時回過頭來看，她咳嗽兩聲。「二郎，你先回屋，阿娘有話要和你阿姊說。」

二郎顯然有些不樂意，方才阿姊正指著天上的星星和他說故事呢！可梁玉琢在背後輕輕推了他兩把，他只好跳到地上，一步三回頭地看著阿姊，悶悶不樂地進了屋。

見二郎有些不情願地關上門，梁玉琢才收回目光，轉頭看向梁秦氏。

「阿娘，妳有話就說吧！」

梁秦氏自從上一回母女倆的一次談話後，再沒找過梁玉琢進行這樣私下的交談，這次叫二郎出門找她，梁玉琢就知道，梁秦氏一定是又想說些什麼了。

好在梁秦氏不是個主意大的，她不怕梁秦氏突然間就做了什麼決定，然後也不商量一下直接給答應下來。

「學堂那邊……學堂那邊的先生，今日過來說……過來說……」

「是說往後起不再給家裡添錢了嗎？」

梁秦氏緩緩點了頭。

梁玉琢沒來由鬆了口氣。「阿娘，學堂那邊的情況妳是知道的，這一年多以來，學堂那兒之所以一直給家裡送錢，那是看在阿爹過去在學堂當先生的分上；如今阿爹沒了，給了一年多的錢也是差不多了，總不能咱們家一直賴著……」

「可是妳阿爹是為了他家才沒的。」梁秦氏的聲音突然拔高。

梁文的死說起來的確是場意外。下川村的學堂原是村裡一個富戶辦的，請了梁文當先生，除了一部分束脩，那富戶還會給梁文一些銀錢。富戶家的孫子只比梁玉琢大了一、兩歲，正是意氣風發的時候，那日邀了梁文進城，又請他上酒樓吃酒。

哪裡想到，少年郎無意間衝撞了不該衝撞的人，混亂間梁文為了護著少年郎，被對方隨身帶著的打手圍住，活活給打死了。

出於愧疚，那富戶自梁文死後，就一直每月送錢給梁秦氏。梁秦氏雖恨他家的連累，卻也得為生計考量。於是那每月送來的銀子，就成了梁秦氏心裡頭的一根刺，月月令她想起夫君慘死的模樣。只是如今突然斷了這筆錢，她心底卻怎麼也不能好過。

「阿爹是沒了，可我們家不能靠著他們過一輩子。」梁玉琢心底嘆氣。「如今我也能為家裡掙錢了，阿娘若是記掛著阿爹，就好生照顧二郎，等二郎長大出人頭地了，阿娘也好給阿爹燒一炷香，和阿爹說說話。」她看著梁秦氏眼眶裡的眼淚下一刻就要往外流，到底有些不忍心。「不如這樣，我明日進城一趟，去問問他們怎麼突然就斷了這筆錢？」

梁玉琢如今腦子裡並沒有太多過去的記憶，關於梁文的那些事，大多還是從徐嬸的口中得知的。

她依稀知道，梁文為了那富戶的孫子枉死後，村裡的老一輩都是出了面的，那富戶也答應每月給他們孤兒寡母一些銀錢過日子，這筆錢要一直給到二郎及冠為止。

可如今，二郎才不過三歲多，那家卻迫不及待停了銀錢，仔細說起來，也的確該問清楚。

天沒亮，梁玉琢就出了家門。

從和梁秦氏的那晚談話後，梁玉琢第二天就在村裡問了一圈，得知村裡最近沒人要進城，她只好嘆口氣，沒有牛車搭，要想進城，只好靠兩條腿了。

出村沒多久，梁玉琢就覺得兩條腿已經不是自己的了。這具身體雖然養了半年多，到底還是有些弱，就連肉也沒長出幾斤來，體力更是難以啟齒。每到這種時候，她都想抓著原主的胳膊死命搖，問一問就這弱雞似的身子到底是怎麼熬過阿爹死後那年的。

走了約莫有半個時辰，身後隱隱傳來馬蹄聲，梁玉琢抬頭看了看遠處天邊已經出來的太陽，往路邊靠了靠，繼續往前走。

馬蹄聲越來越近，聲音大得不是只有一匹、兩匹，梁玉琢有些好奇，回頭看了一眼，這一眼，就看見由遠及近而來的十來匹高頭大馬。

第十三章

梁玉琢看不出馬的好壞，可馬的大小還是能辨認得出。這一隊人馬過來，胯下的坐騎有黑有白，還有棕黃的，別的沒什麼，但是那鬃毛迎風飛揚就帥得讓人移不開視線。

等到梁玉琢意識到盯著看不好的時候，這隊人馬已經離她很近了。

梁玉琢低頭往旁邊又退了兩步，聽見馬蹄聲絲毫沒有放緩地往前奔馳而去，這才緩緩抬頭又看了一眼——馬背上的那些人一個個氣度非常，看著就不像尋常人家。

就這麼繼續向前走了兩步，迎面卻又突然傳來馬蹄聲。梁玉琢下意識停下腳步，看見有人驅趕著胯下的坐騎，在她面前打了個兜轉然後停下。

駿馬打了個響鼻。

「鍾叔？」看清坐在馬背上的人是誰後，梁玉琢驚喜地叫了一聲。

馬隊已經離得有些遠了，鍾贛顯然是中途繞回來的。

「妳怎麼在這兒？」鍾贛原先並沒有認出梁玉琢，還是薛荀看見了路邊的梁玉琢，隨口嘟囔了下名字叫他聽見了，這才回頭看了一眼。

天雖然亮了一些，可今日這路上卻沒什麼人，鍾贛眉頭只微微皺了兩下，當即命人先往前走，自己調轉馬頭回到梁玉琢的面前。

小姑娘大概是出門的關係，穿的依舊是男裝，一身衣服洗得有些發白，遠遠看過去，旁人只當是哪家的小孩在路邊閒逛，可但凡停下腳步仔細去看，總還是能看出一張女兒家的小臉來。

「我得去趟縣城。」梁玉琢看了兩眼鍾贛身下的馬，雖然想問能不能搭個順風馬什麼的，可到底有些不敢。

鍾贛蹙眉，左右見不到一輛牛車，再低頭看面前女扮男裝的少女，嘆了口氣。「上來吧，我送妳。」

瞧見梁玉琢驚愕的神情，鍾贛心底不知為何有些想笑，臉上也不由得帶了笑意，只是他那一臉落腮鬍遮住了大半的神情，便是笑，旁人也看不出一二。

「上來吧！」鍾贛俯下身子，向著梁玉琢伸出手。「我正好會路過縣城。」

梁玉琢臉上一喜，正準備伸手，突然又僵住了。

「上來吧！」鍾贛又道：「妳如今穿著男裝，只要當心些，沒人會認出妳是姑娘。」

梁玉琢仰起臉看著鍾贛。馬背上的男人沈默的時候，只會用一雙眼睛盯著人看，儘管看不清他臉上的神情，可梁玉琢也知道，這人不會欺負她。

心下一緩，梁玉琢的臉上就流露出了笑意。「鍾叔，你真好。」

梁玉琢不會去問鍾贛怎麼知道自己是女扮男裝的，反正答案只有兩個，要麼是自己扮男人太不像了，要麼就是老三在村裡聽說了，回頭告訴鍾叔的。

她瞧了一眼伸到面前的手，把自己的手遞了過去。

鍾贛垂下眼，握在手心裡的手有些小，不光小，還有些粗糙。

鍾贛只輕輕一拉，就把人帶上了馬背。鍾贛的馬渾身漆黑，唯有四蹄帶著白毛，原先剛得到的時候還只是匹馬駒子，老四他們說不妨取名叫踏雪，他卻覺得這個名字太文氣了一些，叫牠踏焰。

梁玉琢被鍾贛安置在身前坐好，剛要伸手去摸馬脖子，就聽見「啪」的一聲，踏焰揚蹄嘶鳴，撒開蹄子朝著已經走遠的馬隊趕了過去。

馬跑得飛快，梁玉琢也被顛得不行。

上輩子她沒來得及找時間去草原旅遊、騎馬，更別提這輩子才只活了半年多，雖然偶爾也能瞧見馬，等到坐上去卻是怎麼也不敢想了。要知道，這裡的馬哪怕是被人騎，屁股底下的馬鞍到底不是現代的，古人坐著都尚且磨大腿，更別提她了。

大概是發覺了梁玉琢的不對勁，鍾贛明顯讓踏焰放慢了速度，順便也問起她一個人出城的事。「為什麼沒跟村裡人一起出城？」

「村裡最近沒人進城，我只好自個兒出來了。」

「妳阿娘呢？」

「阿娘要在家裡照顧二郎。」

雖然已經從老三打聽的消息裡知道，梁玉琢的娘在男人死後，對這個女兒就疏於照顧，可親耳聽見她這麼說，鍾贛始終覺得可惜了。她這個年紀，換在盛京，哪怕是尋常百姓人家，也該是被爹娘捧在手心裡疼愛的時候。

「進城是為了什麼？」

之前的那些話，鍾贛問一句，梁玉琢都能答一句，畢竟都是些無關緊要的事情，她也樂意有個人在路上和自己說話，可問到這個，梁玉琢顯然有些遲疑。

她的遲疑，造成鍾贛的沈默，兩人忽然之間都沒說話，只有踏焰的馬蹄聲「噠噠噠」地響著。

踏焰雖然放慢了步子，可到底是良駒，不多一會兒工夫就趕上了前頭的隊伍。

老三是從另一邊過來和兄弟們碰面的，剛發現不見指揮使的時候，他心底還覺得疑惑，回頭問了幾聲，老四他們幾個臉上帶笑，卻沒人肯回答，只是明顯整個隊伍的速度比平日裡放慢了不少。

老三疑惑了沒多久，聽見身後熟悉的馬蹄聲，回頭瞄了一眼，正覺得哪兒有些不對勁呢，踏焰已經把人馱到了跟前。這一下，他終於看見坐在指揮使身前的梁玉琢。「嘿，丫頭，妳怎麼過來了？」

瞧見熟人，梁玉琢自然是高興的，也正好打破她和鍾贛之間的沈默。

「老三叔叔，我要進城呢！」

上回幫著種地的時候，老三雖然說直接稱呼他這個名就行，可梁玉琢始終惦念著他的幫忙，哪裡願意這麼沒禮貌地喊，就在「老三」後頭加了「叔叔」。

叫一回還覺得有些受不住，多叫幾聲，老三心裡頭也有些美孜孜的。他家裡本就沒什麼人，現在又孤家寡人一個，難得碰上個懂事乖巧的姑娘，這一聲聲的「叔叔」叫得他心都軟了，自然應了下來，也改口喚她丫頭、琢丫頭，對她很是照顧。

「下回妳要進城就和妳老三叔叔說，叔叔帶妳進城。」得知梁玉琢為了進城一個人出了下川村，老三有些著急，騎著馬和鍾贛並肩，把自個兒的胸脯拍得砰砰響。

鍾贛轉頭掃了老三一眼，仍然沈默。

但那一眼硬是讓老三下意識勒住了馬，等到梁玉琢莫名其妙地探出腦袋看他，這才咳嗽兩聲，低著頭夾緊馬肚子，跟在了踏焰的屁股後頭。

等到梁玉琢縮回腦袋，和鍾贛兩人又正常交談起來，聽著兩人的聲音，老三終於鬆了口氣，旁邊卻傳來老四幾個促狹的笑聲。

「笑啥？」老三壓低聲音，齜牙咧嘴。

「笑有人傻帽。」

「你……你他娘的才傻帽。」剛要拔高聲音，眼角瞥見指揮使微微低頭，老三忙壓下嗓子。「老四，你說咱們指揮使這是在幹麼？把這丫頭當閨女養了不成，又是叫我盯著，又是給種子的，半路遇上了還給當車伕？」

老四斜睨了他一眼。「你就當指揮使在養閨女好了。」

可閨女也不是這麼養的啊……

鍾贛一行人果真只是經過縣城罷了。

梁玉琢在城門口被鍾贛放下，仰頭對著男人道了聲謝謝。鍾贛頷首，等目送她進城後，這才帶著手下這些錦衣衛繼續趕路。

梁玉琢這邊進了城，照著先前梁秦氏說過的地址，找到了一戶人家的大宅前。

到底是富戶，雖比不上上輩子在電視裡看過的深宅大院，但光是這大門看著就比村裡要好上許多。梁玉琢盯著門匾上的「薛府」兩字看了一會兒，走上臺階抓著門上銅環敲了兩下。

富戶姓薛，和里正家是同族。自從梁文出事後，薛大戶一家就急忙搬到了縣城，儘管村裡的學堂照辦，薛大戶也另聘了先生，可他們一家卻是怎麼也不肯回下川村裡，這一年多以來給梁秦氏的銀錢，都是叫家裡下人送去的。

春天的時候薛家老太爺沒了，家裡頭鬧得厲害，好在沒分家，可先前答應給梁秦氏的銀錢卻在這次爭執中統一決定停了。

薛家打的主意是梁秦氏一個婦道人家，即便吃了虧，也沒什麼辦法。薛家的那位乖孫薛瀛雖然有心為梁文的寡妻幼子多爭取，卻還是拗不過家裡長輩的意思，只好將自己關在房間裡悶了好幾日。

但不光是他，就連薛家其他人都沒料到，梁秦氏雖然沒什麼能耐，她跟梁文生的那個女兒卻找上了門。

門房滿臉驚愕地把門外人的身分和家裡的主子們一說，一屋子的薛家人都愣在了那裡，半晌，還是叫門房把人請了進來。

梁文死了已經有一年多的時間，薛家人早不記得梁家的女兒長什麼模樣了，過去時常去下川村的下人倒是認得那張臉，看見人進門趕緊就去通報了小主子。

薛瀛聞訊跑到正廳的時候，正好聽見裡頭傳來的陌生聲音。

「……二郎如今不過三歲，薛家就停了先前答應的銀錢，可是覺得我阿爹屍骨早寒，便想欺負我孤兒寡母不成？」

薛家如今當家的是老大薛允，是已經過世的薛老太爺長子，當初闖禍的薛瀛是二房的兒子。薛允當家做主後，和兄弟幾個商量了一番，將答應給梁文遺孀的銀錢停了，原本打定的主意是孤兒寡母不敢上門來追討，也就省了這筆錢，卻沒想到他們真找上門來。

看著站在正廳內，身形嬌小，卻滿臉鄭重的梁玉琢，薛允瞪圓了眼睛。

就在二房媳婦輕撫胸脯，壓低了聲音和二房老爺說小丫頭看著年紀小，嘴巴卻厲害的時候，薛瀛幾步從外頭跑了進來。

「梁家妹妹，答應的銀錢我會派人送去下川村的……」

薛瀛進來得突然，把薛允氣得拍了桌子。「四郎，誰許你在長輩面前胡亂下決定的？」

被大伯訓斥，換作往日，薛瀛早低下頭退到一邊不再說話，可看見梁玉琢在跟前，他咬了咬牙。「大伯，這事本就是我的錯，梁先生喪命留下家中孤兒寡母，我們理當照顧……」

「就算要照顧，也不該是我們薛家來出這個錢。」薛允大怒。「打死梁文的人如今已經被今上下旨斬首，要錢找他要去。」

「我阿爹方出事時，村裡的意思本就是想讓薛家大伯找他們賠償。」梁玉琢只當沒看見薛允眼中的煩躁，抿了抿嘴唇，一字一句道：「當時全村的意思都是如此，是薛家忌憚縣老爺的勢力，主動提出每月給我家銀錢，直至二郎及冠的。」

薛瀛一聽她提到了「忌憚」，更是當即想起了事情發生那時對方的氣勢洶洶，下意識地腿軟，好不容易稍稍回過神來，眼前臨著梁玉琢看自己的眼神，頓覺羞愧。

上一任的縣老爺本就是個地痞出身，因為裙帶關係，才捐了個縣官的職位，在任那些年，搜刮了不少民脂民膏，更是和縣中各地的鄉紳地主聯合起來，欺壓百姓，橫行霸道。

薛瀛年紀輕，正是氣焰旺的時候，無意間得罪了人哪裡會想得那麼清楚，等對方出手的時候，才發覺大事不好，偏生對方橫行慣了，根本不把人命放在眼裡，梁先生就那樣活生生地在他面前被打趴下，最後只剩一口氣，還沒等找來大夫，已經嚥氣而去。

事後薛老太爺大怒，下川村的百姓也氣憤不已，紛紛決定去說理，還是大伯他們怕招惹是非，才將事情草草了結，並應允梁秦氏，日後月月給他們孤兒寡母送上銀錢。

想到這裡，薛瀛抬頭就要開口求情。「大伯……」

「閉嘴。」薛瀛被吼得愣怔。薛允皺眉看著梁玉琢，梁文的這個閨女，過去遇見的時候大多靦覥少言，可如今……當真是家裡遭了變故，於是長大了不成？

「琢丫頭，妳阿爹的死，的確是我們薛家的過錯，可四郎為此已經將自己關在家中一年有餘，我們薛家也給了妳阿娘一年多的銀錢，真要說起來我們已經做足了誠意。」

梁玉琢不說話，沈默地看著薛允。

「再說，妳阿爹的死，到底不是我們薛家動的手，倘若妳阿爹自己沒有逞英雄，如何會被四郎連累？」

如果說前面的話，薛允是在推卸責任，到最後這一句，簡直已經是無恥之極。薛瀛是讀書人，自然聽得明白其中的意思，當即睜大了眼睛就要開口反駁，薛家二房突然一把將人拉過，捂著嘴不許他再說話。

梁玉琢微微瞇起眼，將正廳內的薛家人都掃了一眼，笑道：「我記得薛家和里正爺爺他們是同宗。」

薛允皺眉，不解其意。

梁玉琢道：「我阿爹是先生，雖是個落第的秀才，可學問還是有的。阿爹從前常說『天地君親師』，又說『一日為師，終生為父』，想來，薛家並不懂這個理。」

不等薛允暴怒，她抬眼續道：「我阿爹當年為救誰而死，薛伯伯不妨摸著良心問問自己，是有人衝著薛四郎揮了拳頭，還是我阿爹衝著別人的拳頭迎上去故意找死的。」

她說話的時候，臉上的表情仍舊笑咪咪的，可一雙眼睛裡盛滿怒意。講真的，她和梁文沒什麼感情，便宜爹對閨女的疼愛她一點都沒感受到，可心底湧出的憤怒，她是知道的，這些都來自於這個叫做梁玉琢的女孩。

「我今日來，本不是向各位長輩追究當年之事誰對誰錯，我如今也有能力不去依靠旁人，單憑一雙手養家餬口，可阿娘想要討一個說法，作子女的自然還是要出門一趟，幫著問一問。我原本打定主意，無論薛家履不履行這個約定，今日只要將話說明白，倒也罷了，畢竟殺人者的確不是薛四郎，也不是薛家任何人；可眼下看來，這事還真不能如此了了。」

話講到這裡，薛允手裡的茶盞「砰」一聲砸碎在梁玉琢的面前。

「妳這丫頭，好狠辣的一張嘴。」

第十四章

茶盞砸碎的瞬間，正廳裡猛地陷入寂靜當中，掙扎的薛瀛也被震住，愣愣地看著離梁玉琢的鞋面不過一指距離的碎茶盞。

梁玉琢停下話，眼微垂，視線看著自己的鞋面，被濺開的茶水弄濕的鞋面上，滲出難看的茶漬。

「這事不能了，妳又該如何了？不過是個落第秀才教出來的小丫頭，沒規沒矩，還想如何？」

「老爺息怒，就像梁趙氏說的，到底是商戶出身的娘教養出來的，沒什麼規矩，對著長輩都可以大呼小叫。」

薛允的話就像是在梁玉琢呼之欲出的怒火上，對著頭澆了一勺油，而薛允媳婦說的話更是讓她的火又往上冒了三丈。

「梁趙氏？」梁玉琢抬眼，雙手握成拳，藏於袖中，抬腿邁過面前碎裂的茶盞。她報出一個名字，唇角微勾。「嬸子說的梁趙氏，可是我那同宗伯母？」

見薛允媳婦臉上的神情，梁玉琢就知自己剛才說對了，這個梁趙氏不是別人，正是先前那位想著過繼自家小兒子的梁趙氏。

「嬸子說的規矩，可是攛掇小兒子把二郎丟下水，趁著人不注意把二郎丟到誰也不會經過的廢園子，打著二郎一死阿爹斷後，然後好過繼小兒子侵占我家五畝良田？」

下川村和縣城畢竟有一定的路程，自從出事後，薛大戶搬到縣城便極少叫人回村，加上這段時間停了給梁玉琢家的銀錢，更是沒讓家中下人返鄉過，又怎麼可能聽說村裡頭近來發生的那些事情。

而薛允媳婦會碰上梁趙氏，還是因為一次在成衣店偶遇，這才說了兩句。梁趙氏本就盯上梁玉琢家的地很久，自從那次丟了臉面後，心裡惱怒得不行，在城中遇見薛家人便添油加醋說了一番。

梁玉琢不知梁趙氏說了些什麼，左右不會是什麼好話。「嬸子說的規矩，如果是這種，我還真就不懂這個規矩了。」

「胡說八道，妳家二郎自己調皮搗蛋往河邊跑，差點溺水死了，妳竟然還將這事栽贓到別人頭上。妳阿爹好歹是個先生，難不成沒教過自己閨女怎麼說話嗎？」

薛允媳婦開了腔，薛家的男人就都不說話了。

梁玉琢見她一臉惱怒，冷笑道：「二郎當時才多大？兩歲多，兩歲多的小娃娃，沒人帶著他，他能跑多遠？我阿娘恨不得把二郎拴在褲腰上，怎麼可能放任他一個人亂跑？便是不說落水的事，梁同上回騙二郎去廢園，我們滿村地找，他卻心安理得跑到別處去玩，將二郎一個人丟在廢園，若不是廢園如今住了位老師傅，只怕二郎餓死在廢園也沒人會找到。」

下川村的廢園薛家人都是知道的，如今聞言，都有些吃驚。

「小丫頭片子，黑的、白的張口就來。」薛允媳婦啐了一口。

梁玉琢看著一屋子的薛家人，心底發寒，她本就不是為了那點錢來的。梁秦氏念著那些銀錢，是因為心底還記著男人的死是為了救薛瀛。梁玉琢過去一直覺得，薛家肯出這筆錢，是出於人道主義層面給予梁家的補償，多少都是個心意，可如今，聽薛允的那一番話，只覺得心冷。

「我阿爹若是泉下有知，知道自己當時救了白眼狼，不知會不會懊悔。早知會落得今日的田地，想來我阿爹也不會衝上去救人，不過是打死個小輩，薛家這麼多人，估計多一個人、少一個人是毫不在意的。」

梁玉琢這話其實已經發狠了，薛家的冷血，在她看來，已經到了令人髮指的地步；可當初兩家不過是口頭上的一個約定，梁家也拿不出什麼實質性的證據要求薛家給錢，一切只能憑著對方良心。

既然有人良心被狗啃了，那就算了。梁玉琢把話丟下，不再去看薛家人的表情，直接轉身走人。正廳外頭的下人這會兒瞧見她出來，一個、兩個都不敢輕視，低著頭在前頭引路，實在忍不住了才回頭看了她一眼。

梁玉琢沒在意，滿腦子只想著，契書這種東西真是太有必要了，以後但凡和人做什麼約定，能寫則寫，免得日後出了類似的岔子，到時候哪怕一張嘴再能說，也只是唾沫星子的事。

她前腳邁出薛家大門，後腳薛瀛就掙脫爹娘的禁錮追了上來。

「梁家妹妹。」薛瀛摸遍了身上，終於摸著一個小巧的荷包。「這點錢，妳先拿著，回頭我再把欠著的銀錢給妳送去。」

壓根兒沒去數荷包裡有多少銀錢，梁玉琢抓在手心裡掂了掂，轉身走的時候卻順手拋進了薛瀛的懷裡。

「我如今能憑本事賺錢了，用不著再向薛家拿這筆銀錢。我阿爹日後要是托夢怪罪，我當女兒的自會說明，左右不過是薛家的叔伯們欺負我們孤兒寡母罷了，與你有什麼關係？」

話雖如此，薛瀛的臉上還是臊得通紅，趕緊追上幾步。「可是先生是因我而……」

梁玉琢突然停下腳步，回頭道：「薛四郎，你說，我阿爹是不是好人？」

「先生大善。」

「嗯，你能唸我阿爹一句好就夠了，方才我說阿爹救了白眼狼是故意氣他們的，你別惱。阿爹如今是徹底絕了出仕的夢，你是阿爹教授過的學生，待你日後參加科舉，可莫要辜負了我阿爹救你的這一命。」她將話說完，邁開步子往前走的時候，順帶著舉起手擺了擺。

薛瀛雖然不懂這動作的意思，心底卻隱隱覺得，先生的這個女兒當真和從前不一樣了。

梁玉琢給二郎買回了心心念念的糖，又給湯九爺捎帶上一卷灑金的箋紙，因做工的問題還叫她砍了價便宜了不少。

出城前，梁玉琢尋思了一會兒，見真沒要買的東西，這才往城外走。

她來得早，到縣城的時候天剛亮沒多久，城門不過剛開，這會兒一晃眼日頭已經掛在了當空，梁玉琢在城門外的一個簡陋棚子裡坐下，隨口叫了一碗麵。

攤主是個老婆子，佝僂著身子，動作也不甚快。

爐灶在棚子底下升騰著白煙，灶頭上的鍋子裡熱水沸騰。老婆子慢吞吞地拿著一把鐵勺在鍋子裡攪拌，拿了案板上已經做好的生麵就要往鍋裡放。

旁邊咻咻跑來幾個小孩，一個不留神撞翻了灶頭旁邊的簍子，裡頭本就不多的雞蛋滾了一地，好些還摔碎了，蛋黃被小孩踩著帶遠，髒兮兮得叫人倒胃口。老婆子也沒叫嚷，反倒是旁邊賣餛飩的棚子跑出來個婦人，舉著鐵勺去追小孩。

老婆子彎腰要去撿雞蛋，梁玉琢見狀忙低頭幫忙。「婆婆，妳煮麵，這裡我收拾。」

她動作索利，不多一會兒工夫已經把雞蛋都收回簍子裡，地上也都收拾得差不多了。等直起腰來，梁玉琢才發覺，老婆子正拿著菜刀瞇著眼貼近了在切菜。

旁邊有常來吃麵的大叔見她這副驚疑的表情，隨口道：「章婆子家裡窮，可憐一把年紀了，還得出來擺攤賣麵，雖說眼睛不太好，可這麵做得還是可以入口的。」

梁玉琢在一旁瞧了一會兒。「老婆婆的子女呢？」

「兒子前些年被招去當兵了，還沒回來呢，也不知是生是死。女兒嫁了人，生頭胎的時候難產死了，生了個閨女，夫家不要就丟給章婆子照顧，要不然這把歲數了，章婆子也不必出來吃苦，還不是為了給外孫女攢嫁妝。」

大叔呼嚕幾口吃完大碗公裡的麵，回頭瞧見章婆子顫顫巍巍地端著碗放到梁玉琢面前，忍不住又嚷了一嗓子。「章婆婆，差不多就回家吧！妳一把年紀了，不如歇歇。」

端上來的麵熱氣騰騰的，上頭撒了白菜絲還有蔥花，梁玉琢一筷子下去，從底下意外翻出顆荷包蛋來，轉頭去看，章婆子沒生意，這會兒正在慢吞吞擦著灶頭。

「婆婆，吃完這碗麵，我幫妳做會兒生意吧！」

章婆子抬起頭來，眯著眼睛，有些遲疑地望向梁玉琢。

「我沒騙妳，吃完這碗麵，我幫著妳做回生意，不收工錢。」

梁玉琢自問不是什麼聖母，可看著這樣的老人，心底總是有些記掛。她家老太太也差不多是這個年紀，早些年退休之後就一直在家搓搓麻將、聽聽越劇，日子過得美滋滋的，哪裡像章婆子這樣眼睛都看不清楚了，還要出門擺攤給外孫女攢嫁妝。

想到家裡的老太太，她越發心疼章婆子，學著方才大叔的動作，呼嚕幾下吃完麵，燙得忍不住吐了吐舌頭，忙擱下碗去給章婆子幫忙。章婆子拗不過梁玉琢，被按在一邊坐好，眯著眼睛往灶頭上張望。

梁玉琢扠腰站在灶頭前，將棚子裡的食材都看了一遍，確認沒有錯漏的，洗了把手，開始拿刀幹活。

「喲，章婆婆，妳家外孫女……欸，這不是妳家外孫女？」方才舉著勺子去追小孩的婦人回來了，抬眼瞧見章婆子坐在旁邊，灶頭前低頭幹活的換了人，還以為是她的外孫女，剛開口說了一句話，看見抬頭看過來的是個十來歲的小子，婦人愣了愣。「嘿，這誰家小子，模樣倒是俊俏，就是瘦了些。章婆婆，妳請了小工？」

章婆子搖頭，將梁玉琢方才的話說了一遍。

「這世道，也是怪了。」婦人念叨了兩聲，回到自己攤上，時不時往章婆子這邊瞧上兩眼，見灶頭前的小子果真動作索利，下麵、上麵的速度比章婆子快了不知多少，下刀子的動作也是又快又準，忍不住咋舌。

正是大中午，不過半個時辰的工夫，章婆子的棚子裡來來回回就做了二十來趟生意，最忙的時候，章婆子也坐不住了，幫著在旁邊揉麵。

「小子，你還真不收工錢啊？你這半個時辰的工夫，可給章婆子賺了好幾天的銀錢了。」等進出城吃東西的人少了，婦人歇了活，揉著發疼的肩膀往章婆子的棚子探頭。

梁玉琢洗了把手，笑了笑。「嬸子妳那餛飩賣得也挺快的。」

婦人笑了笑，正擺手想叫梁玉琢也給自己幫著賣些，旁邊忽然傳來一陣唏哩嘩啦的動靜，沒等梁玉琢去看，婦人棚子裡的小工已經從前頭打量完慌裡慌張回來，嘴上還嚷著。

「老闆娘，咱們趕緊收拾東西走人，別被砸了攤子。」

「走什麼？」沒等婦人招呼章婆子收起棚子，帶著一路驚呼，三個市井混混模樣的男人走了過來，語氣不善地威嚇。三個混混裸著上身，肩膀、胸前都是縱橫交錯的疤痕，一看就是鬧事的主，領頭的那個剃了個光頭，眼瞼上還有刀傷，看著就不好惹。

梁玉琢拉著章婆子往後退了兩步，就看見還擺在灶頭上的鍋被人掀開蓋子，熱氣冒出來熏了人一臉，那人惱怒，抓過旁邊的鹽罐子就往鍋裡砸。

「嘩啦」一聲，熱水濺了出來。

「孩子，手燙著了沒？」水花濺開的時候，章婆子被護著又退了兩步，雖然眼睛看得不太清楚，耳朵還是靈著的，梁玉琢的一聲悶哼雖然壓在喉嚨裡，到底還是叫她聽見了。

「哦，燙著了？」那人抬眼，瞧見梁玉琢，只當是個細皮嫩肉的小子，唾了一口。「長得跟娘兒們一樣，你帶不帶把？」

他話音一落，旁邊兩人跟著大笑起來。

城門外的所有攤子一時間都不敢出聲，生怕惹上煞神，有認出他們身分的，這會兒都低著頭不敢去看。上一任縣官還在的時候，這三人已經在縣城裡橫行霸道了，後來縣官出事，三人也隨即被關進牢裡，當時滿城百姓大快人心，可這才多久，就被放出來繼續禍害人了。

「這小子的臉瞧著陌生。」

「外頭來的吧！瞧這大眼睛瞪得，不認識你爺爺我？」

梁玉琢不語，章婆子拽著她往後躲了幾步。

「老太婆，我記得妳就一個外孫女，怎麼，什麼時候多了個孫子？」領頭的男人皺著眉頭，伸手就要去抓梁玉琢的胳膊，見她躲開，哎喲一聲就要往下伸手。「這臉越看越不像個小子，該不會是姑娘假扮的吧？」

梁玉琢今早出門為了方便，是穿著男裝出來的，可女扮男裝只能蒙得眼前一時的樣子，真要下手去摸關鍵部位，傻子才分辨不出男女。男人的手伸過來的時候，她幾乎要彎腰去抄旁邊的椅子。

這時，遠處突然傳來一陣熟悉的馬蹄聲，沒等城外眾人回過神來，站在棚子外的兩個混混突然一聲慘叫，棚子裡的這個當即回頭，被人一刀砍中沒來得及收回的胳膊。

整條胳膊就這麼甩在了地上，噴出的血濺了一地，也濺上了梁玉琢的臉；而棚子外的兩個混混，此時也躺在地上，一個斷了掌，一個削了耳朵。

棚子裡外，一時間，除了躺在地上打滾慘叫的三個男人，沒有任何的聲音，所有人都被嚇得說不出話來，離斷掉的胳膊最近的章婆子直接跌坐在地上。

梁玉琢站在原地，看著坐在漆黑大馬上的男人，背後是正午的日頭，看不清面孔，只有一雙漸漸回暖的眸子，和他手中淌著血的刀。這是她第一次這麼近距離地看到被割斷的胳膊和噴湧的鮮血，一瞬間，她甚至覺得那把刀再往前一點就可以割到她的身上。

「琢丫頭，沒事吧？」老三和薛荀從旁邊擠進棚子，一邊蹲下把地上的男人抓起來，一邊不忘抬頭去問梁玉琢的情況。

「我沒事……」梁玉琢吞了吞口水，有些後怕地往章婆子身上靠了靠。等到三個男人都被捆起來，看見薛荀和人一起把三個男人拖回城，看著遲來的縣城官差滿臉蒼白地對著他們鞠躬道歉，梁玉琢有些後知後覺地發現，這些男人的身分可能不僅僅是鍾府護院、僕役這麼簡單。

尋常的護院怎麼會出手這麼狠戾？

「妳還真是個女娃子啊！」章婆子握著梁玉琢的手，一時間百感交集。

「出門在外，穿男裝方便點，婆婆別見怪。」梁玉琢摸了摸口袋，從荷包裡掏出二十來枚銅板放進章婆子手裡。「我也沒什麼錢，婆婆拿著這個，看看有沒有被砸壞的東西，買個好的補上。」

章婆子哪裡肯要她的錢，說什麼都要往回塞。推推攘攘間，梁玉琢往旁邊退了幾步，直直撞上後面進棚的人。

一雙寬厚有力的手掌扶住她的肩膀，低沈的聲音響起。「走了。」

梁玉琢一愣，抬頭瞧見鍾贛的臉，忙喊了聲下回再過來吃麵，說著就要把手裡的銅錢塞進章婆子袖口裡，背後伸來的手卻直接拋了一個荷包給章婆子，順手拉過她，轉身帶走。

老三喊琢丫頭的時候，旁邊的人大多都在注意被砍傷的三個混混，沒幾人聽見這聲喊，這會兒見給章婆子做麵的小子從棚子裡出來，被人一把送上了馬背，只當是有人來接，多看了兩眼，倒也沒往別處想。

見踏焰的馬蹄踩中一灘血跡，梁玉琢冷不丁打了個顫。

鍾贛低頭。「怕了？」

「那三個人會怎樣？」

「關進牢房。」

鍾贛垂下眼。他沒告訴她，這三個人本身就是戴罪之身，當初就是錦衣衛順帶送進縣城大牢的，如果老老實實在牢裡待滿幾年，或許還能早點放出來，可既然莫名被放了出來，後頭的事，就由不得他們三人了。

第十五章

扭送那三個混混去縣衙不用多少人，餘下的人留了兩人在城外，幫著把混混們搗亂過的攤子復原。

章婆子捧著荷包，雙手發抖。「這……這怎麼能拿……怎麼能拿……」

錦衣衛多是矜貴出身，也有尋常人家裡出來的，但入了錦衣衛面上總是風光無限，能叫他們乖乖聽話，給這些貧苦百姓掃地、擺桌子的，也只有鍾贛了。

老三被留下，聽見章婆子的話，杵著掃帚笑道：「這錢婆婆妳就收下吧！回頭置辦些新的桌椅，或者拿著錢進城開家鋪子，也比在這兒擺攤強。」

被鍾贛一刀砍斷的胳膊，已經和人一起送去了縣衙。地上的血，足足用了四桶水才沖刷乾淨，想著掃過血的掃帚大概沒人敢再用，老三思量著要不要回頭直接扔了。

「你們……你們是什麼人啊？」隔壁的婦人壯起膽子，探過頭來問。

老三咧嘴一笑，摘了掛在腰間的腰牌，晃了晃。「識字嗎？」

婦人唸過一點書，認得幾個字，探頭仔細打量了兩眼，頓時白了臉。「錦……錦衣衛?!」

四個蹄子的馬，總是比兩條腿的人速度要快一些。

梁玉琢坐在馬背上，不多時就遠離了縣城。經過下川村的時候，她原想著鍾贛這會兒該放自己下馬了，卻發覺踏焰的速度絲毫沒有放慢，四蹄飛奔，一眨眼的工夫，已經離開了下川村，徑直往山上去了。

「鍾叔……」她抬頭要問，卻只看得到男人的落腮鬍。這一路上，鍾贛始終坐在她身後一拳距離的位置上，不貼近，也不遠離，兩手拉著韁繩，也將她護在了中間，不至於遇上意外摔下馬背。

「妳打算帶一身血跡回村？」

梁玉琢當然不想，她不過是一時忘了此事，如今聽他再度提起，臉色刷得白了，下意識緊緊抓住韁繩。「那……那……我先去擦一擦……」話剛說完，踏焰突然提起前蹄越過橫倒在路上的樹幹，她被顛得撞進了鍾贛的懷裡。

梁玉琢驚叫了一聲，只覺得心跳有一瞬的停頓，回過神來的時候，腰側已經被人扶住，而身下的踏焰則噴了個響鼻，撒開四蹄繼續往前。她回頭向後看，身後跟隨的幾匹馬也陸續越過樹幹，搖頭甩尾地跟上踏焰的速度。

「這山裡有許多打獵用的陷阱，你們在這裡騎馬，都不擔心嗎？」

臉上的血跡已經乾了，還有不少因為路上用袖口擦臉的關係被抹開的印子，說話間那雙眼睛裡的驚懼一覽無遺，鍾贛將視線從她臉上收回。「受過訓練的馬，懂得避開各種障礙和陷阱。」

梁玉琢似懂非懂地頷首，腦子裡想到的都是奧運會上馬術比賽的畫面。

大概，意思是相通的吧？

馬在鍾府門前停下，門口的護衛見鍾贛翻身下馬，扶下馬背上的人，忙迎上前來牽住韁繩，將馬從邊門拉進馬廄。

入了鍾府，之前在書房有過一面之緣的校尉上前來等待吩咐。

「去給姑娘找身替換的衣服。」鍾贛開口。「男裝吧！」

上回來過府裡的小子是個姑娘，這事，府裡的錦衣衛們都知道，畢竟他們平日裡要做的事情，就是緊盯目標，不放過任何細節上的東西。往常送到鍾贛手上的本子裡，若非沒必要，他們就是連對方上茅廁用的是左手還是右手，翹不翹蘭花指都能查出來。

可是說到給姑娘家找身替換的衣服，哪怕是男裝，還是覺得有些為難。

鍾贛顧不上底下這幫人為難不為難，領著梁玉琢進了漱玉軒內空置的廂房，有僕役端來水盆和乾淨的帕子就退了出去，替換的衣服也很快送了進來。

「擦把臉，把衣服換上，不要帶著血跡回村，免得讓村裡人提心弔膽。」

「好。」房間內立著一面銅鏡，雖有些看不大清楚，但到底比沒有強。梁玉琢拿起帕子擦了擦臉，已經乾掉的血跡有些不容易擦掉，她又用了點力氣，直擦到臉皮生疼，才長舒了口氣放下。

倒不是血跡真有那麼難擦除，只是越擦越容易想起那一刀落下的時候，從斷臂處噴湧出的鮮血。和上輩子電視裡看到的古裝片不一樣，影視劇拍攝用的血漿噴射出的效果，根本不是真實的噴血可以相比的。

近在鼻尖的血腥味，到現在回憶起來，還是那麼令人作嘔。

梁玉琢撫了撫胸口，好不容易壓下不適感，關上的門被人輕輕敲響。「換好了嗎？」是鍾贛的聲音。

「還沒有。」梁玉琢趕緊應了一聲，丟下帕子，抓過衣服就往屋內屏風後躲。

得到回應後的鍾贛沒有再敲門。漱玉軒內的這間廂房原先是女眷的住處，後來改建時底下負責此事的校尉自作主張將這間廂房留下，振振有辭地說是為了鍾府日後的女主人留的。校尉雖挨了一頓揍，但廂房最終還是留了下來。

空置了這些時日，如今還是頭一次有人進去。

想起在縣城外撞見的場景，鍾贛目光微沈。換了一任縣官也不過如此，重罪之人竟也能放出牢獄？守城護衛眼盲至此，生生看著眼皮底下的百姓受難也不動分毫……如果他們稍晚一點經過，是不是那些穿著官服，頂著官帽的人就當真一動不動地放任不管？

他動了動手指，忽然覺得，似乎該寫一封摺子了。

正在思考摺子的時候，身後的房門「咯吱」一聲推開，鍾贛轉頭，看著從屋內出來的梁玉琢，微微瞇眼。

衣服是校尉從同屋準備回家探親的同僚包裹裡翻出來的，對方要帶給家裡十歲的兒子，特地買了一身成衣。然而這給十歲孩子穿的成衣，到了她的身上，不見小，反倒還有些寬。只是，比起衣服，她明顯被擦得發紅的臉頰更引人注意。

「回去吃些清淡的。」鍾贛頓了頓。「夜裡早些睡，若是怕，就和妳阿娘一屋。」

他說得平淡，說完了也沒講些別的，直接邁開腿往漱玉軒外走。

梁玉琢小跑幾步，趕上他的步子。「鍾叔，你家主子是什麼人？」她聲音清脆，語畢，就見鍾贛的腳步有一瞬的停頓。

「武官。」

經他一說梁玉琢哦了一聲，似乎是想明白了為什麼從鍾府裡出來的這些人個個看著不像普通人，還有方才的事，那三刀俐落地下來，只讓人少了身上的部位，卻沒當場要人命，也的確是有本事的人。

「鍾叔，你應該也不單單是這裡的管事這麼簡單吧？」

「校尉。」

校尉是幾品啊？梁玉琢跟在鍾贛身後緊趕慢趕了一陣子，原本想著再細問一些，卻發覺自己的腳步始終追趕不上鍾贛的步子，只得邁腿小跑。

盛夏的鍾府，正是花紅柳綠的時候，山裡又多鳥雀，她從漱玉軒到鍾府正門，一路只聽得鳥雀啾啾，仰頭就能看見蹲在瓦楞上的幾對黃鸝，只是這會兒她卻沒心思去看黃鸝了。

「小豆種得如何了？」

「正在長。」

「新稻種呢？」

「四畝田換種了新稻，還不清楚產量如何，若好，明年可以把村裡的稻種都換了。」

「進城要辦的事也解決了？」

「……算是吧！」

這個回應有些勉強，鍾贛回頭看了一眼，直到梁玉琢跟上來，他才追問了句。「究竟何事？」

「是這樣的……」

目送著放慢了腳步，並肩和人走出鍾府的指揮使，門口的護衛面面相覷，又抬頭望了望天。這太陽……沒打西邊出來呀，怎麼指揮使的話，變多了？

和縣城的繁華相比，下川村哪怕在白日裡，也不過是雞鳴狗叫、你來我往的喧鬧。

梁玉琢下了山，回頭往身後山路看了眼，鍾贛已經轉過身一個人往回走了。

村裡薛婆婆的聲音在後頭響起。「琢丫頭，妳這是看什麼呢？山裡頭危險，妳怎麼跑山上去了？」

村裡的女人大多都不往山裡去，偶爾有也是結伴同行，一是怕歹人，二是擔心遇上山裡頭的野物，畢竟都是畜牲，萬一撞見了，說不定就出了什麼事。

梁玉琢熟悉這山裡頭的條條道道還只是這半年多的事，她不像村裡的女人守著規矩，加上徐嬸的照顧，進山已經是常事。

看著慌裡慌張跑過來拉自己的薛婆婆，梁玉琢想起城門外煮麵的章婆子。「婆婆，是不是出什麼事了？」

薛婆子滿臉驚恐，拍著梁玉琢的手就道：「是出事了，妳家隔壁的俞家出事了。」

「怎麼了？」一聽說是徐嬸家出事，梁玉琢心裡一驚，忙跟著薛婆子往村裡走。俞家是獵戶出身，要說出事，怕也跟打獵有關，想著徐嬸家裡的情況，梁玉琢有些擔心。

「俞當家帶著兩個兒子上山察看前幾天布下的陷阱，好好地走著去的，回來就變躺著了。哎喲，那一身的血，看著太嚇人了。」薛婆子一邊說著，一邊比劃。「俞當家那胳膊，妳說多粗壯，卻硬生生被畜牲咬下來了，胸前還被捅了個大窟窿，血一直往外流。大郎的肩上受了傷，二郎好點，就是擦破點皮，兄弟倆把他們爹抬回來，這會兒大夫正在看，也不知道能不能救。」

梁玉琢越聽越覺得心驚，顧不上薛婆子走路慢，丟下人直接往俞家跑。

柴門外，梁秦氏抱著二郎滿臉擔憂地往院子裡張望，然而俞家的院子已經擠滿了村民，就連院子外頭，婦人們也都丟下手裡的活，跑過來看看情況。

梁玉琢剛到，還沒能擠進院子裡，就聽見裡頭徐嬸突然一聲號啕。

下川村這半年多來也辦過幾次喪事，但辦事的對象無一例外都是五、六十歲的老者，年紀大了，無疾而終，或是帶著病痛過世，這都是再自然不過的事情。

在聽到從屋子裡傳來的哭號聲時，不光是梁玉琢，哪怕是親眼目睹了俞當家是怎麼被人抬回來的村民們，這會兒心裡也都咯噔了一下。

張氏從屋裡送大夫出門，看見院子裡圍滿一大堆的人，咬了咬唇。

「大郎媳婦，妳公公究竟怎樣了？」

人多口雜，你一句、我一句地反倒問不出個所以然來，大夥兒推出里正上前探問，一個個掛心地望著重新關上了的門。

張氏搖頭，旁邊的大夫幫著回答了。「身上的傷都是讓畜牲弄出來的，血流得太多了，又傷到要命的地方……只能讓家裡人準備後事了。」

張氏身上還沾著幫大夫給公公止血時候蹭上的血，裙襬、袖口，連腰上都沾了大塊的血跡，因為衣服顏色深，血跡乾了之後，看起來更是發黑。

「婆婆一輩子要強，和公公的感情也很好，現在公公……當兒媳的心疼極了。」

張氏這話不是作偽。俞家夫妻倆在村裡的感情那是相當好的，少年夫妻，如今人到中年，大郎娶了媳婦，二郎也差不多到了該相看的時候，夫妻倆都盼著過幾年就不再上山打獵，專心留在家裡給兩個兒子帶孫子、孫女，哪裡想到，會突然出現這樣的意外。

「當家的，你死了，我怎麼辦啊？」徐嬸的聲音從屋子裡傳出來，哭號聲聽得人心痛。

「你連孫子都沒看到，你怎麼捨得丟下我們走啊！」

「這後事……還是準備起來吧！」薛良聽著這動靜，嘆了口氣。張氏忙點頭答應。後頭的門這時候又開了，俞二郎從屋裡出來，身後跟著半個二郎高的三郎，兄弟兩人的眼眶都是通紅的，強忍著才沒掉下眼淚來。

「麻煩各位鄉親了，我阿爹……可能撐不過今晚了，大夥兒都回去吧，讓我阿爹好好走，慢慢走。」三郎喉嚨哽著，說不出話來。俞二郎紅著眼睛，抬手拍了拍三弟的後腦勺，出了聲。

「你們兄弟三個好好照顧你們娘……」薛良有些說不出話，只好這麼安慰。「回頭料理後事的時候，要是有麻煩的地方，就找我們，都是一個村的，能幫都會幫你們一把。」

俞二郎點頭。

院子裡外的人陸陸續續散開了，邊走還邊議論人被抬進村子時候的慘狀。一個、兩個描述得栩栩如生，就好像自己親眼看到一樣，甚至連傷口的模樣都說得清清楚楚。

說的人多了，再怎麼輕，總還是能鑽進俞家兄弟的耳朵裡。三郎年紀小，有些聽不下去，俞二郎拍了拍他的肩膀將人推向灶房，自己轉身準備進屋的時候，一抬眼，撞見站在柴門旁邊的梁玉琢。

「俞二哥。」梁玉琢往他跟前走。這半年多裡，徐嬸一家一直對她呵護有加，往常家裡吃的肉大多是徐嬸送過來的野味，徐嬸人好，俞當家為人也豪爽。

俞家有三個兒子。

老大長相像娘，可性格像爹，豪爽是豪爽，卻有些木訥，儘管如此上山打獵卻是好手。

老二長得像爹，性格像娘，主意大，有點憨，但更多的是果敢，自小跟著父兄上山打獵，一直被認為是最能繼承俞當家衣鉢的。

老三性格機靈，俞家對他期望較重，望他讀書識字，將來參加科舉，光耀門楣。

總的來說，俞家老小的願望一直很樸素，平平淡淡過日子，平平淡淡到老，再平平淡淡死去，這是徐嬸說過最想要的生活；只是如今……

「我聽說，俞叔是被野豬……」

俞二郎點頭。「旁邊這座山上雖然偶爾能看到野豬，但是體形都不大，阿爹也遇見過幾次，不會有多大危險。這次咱們上山也不是衝著野豬去的，就想看看前幾天設的陷阱有沒有被破壞掉，或者夾了什麼獵物。」

這樣的事情過去梁玉琢也跟著上山見識過。俞家設下的陷阱通常不大，不會傷到上山的其他村民，也不會利用陷阱去捕捉體形較大，容易因為受傷導致發怒造成破壞的大傢伙，只有到特定的時候，俞家父子才會對山上的大傢伙們下手。

「那頭野豬個頭比以往在山上遇見的都要大，應該是從附近山上過來的。我們上山的時候，發現路上很多陷阱都遭到破壞，便一路走一路修復，但到後面越來越覺得不對勁，等發現不對準備往回走的時候，那傢伙出現了。」

傷害俞當家的野豬體形巨大，哪怕是經驗老道的獵人，也不敢憑著幾個人的本事就嘗試去制伏牠。但發怒的野豬是根本沒有理智的，只會憑藉本能去衝撞旁邊的東西來平息怒火。父子三人都受了不同程度的傷，受傷最嚴重的就是為了救兩個兒子，被野豬咬掉整條胳膊的俞當家。

在俞二郎的講述中，梁玉琢彷彿親臨了那個令人生畏的事發現場。

院子裡，徐嬸養的雞鴨都安靜得沒有聲音，門外的梁秦氏抱著二郎臉色發白地聽著俞二郎的描述。死寂只靜默了幾秒，屋子裡，突然響起了徐嬸飽含崩潰絕望的哀號。

這一次的哀號，比之前更加悲涼，彷彿要把漸漸聚攏陰霾的天空撕裂，梁玉琢微微抬頭，就看見一直強忍著淚水的俞二郎站在自己面前，眼淚從眼眶中接連滾落。

俞家在一番哭號聲中，開始為俞當家正式料理起後事來。當天晚上，村子裡家家戶戶都能聽見徐嬸的哭聲，那聲音穿透了房舍，叫人聽了都無法安心睡下。

俞家沒有什麼旁的親戚，出了事只能靠著左鄰右舍的幫忙。棺材是附近村子裡，平日跟俞當家一起上山打獵的幾個獵戶湊錢買的，梁秦氏也難得將二郎丟給了女兒，一直陪在徐嬸的身邊。

俞大郎把堂屋收拾出來，棺材就擺在裡頭，院裡、院外掛上白幡，三兄弟穿著孝衣跪在堂屋裡頭給阿爹守夜。

弔唁的人陸陸續續來了不少。俞家的三個兄弟一日一日憔悴下去，就連張氏，也飛快地消瘦了。到出殯那天，張氏的娘家人前腳剛出村，後頭大概是心裡放下了一樁事，張氏當著俞家兄弟的面，直接昏了過去。

第十六章

俞家滿院的白幡還沒來得及摘，身上的孝服都還穿著，一樁喜事突然砸到了頭上——張氏懷孕了。

下川村的村民們都說，張氏肚子裡這娃娃是俞當家走了之後，見家裡頭孤兒寡母的，特地託觀音娘娘給送來的。

梁玉琢心裡頭明白，張氏肚子裡這孩子，起碼有一個多月的時間了，跟俞叔叔的去世沒什麼關係；可徐嬸顯然是願意相信這話的，張氏在確診懷孕後，就被徐嬸當作寶貝一般供了起來，就連俞三郎經過張氏的身邊，也都屏著呼吸小心翼翼，生怕將大嫂碰著了。

有人捧著，就有人噎著。當初張氏嫁進俞家，其實驚著不少人家。俞家不算什麼大富大貴的人家，可當獵戶的，平日肉是不嫌多的，就是自己吃不了，也能帶上皮毛一起進城換錢。

俞大郎還沒成親前，是村裡一些三姑六婆們作媒的對象，後來張氏進門，面上大夥都是一個村的，挑不出大毛病來就不會說三道四；可如今，俞當家沒了，張氏被診出身孕，加上如今俞家對張氏的態度，難免叫一些人心生妒嫉。

漸漸地，下川村裡開始有了流言，說俞當家會那樣，就是被張氏肚子裡的這個孫子給剋死的。

「呸，說話也不怕閃了舌頭。」徐嬸拍了桌子。

俞三郎在桌上抄書的手一抖，紙上畫了長長一條。梁玉琢在旁邊看了一眼，抽了張紙遞過去示意重抄。

「嬸子別生氣，那些愛嚼舌根的人就讓她們說去，嬸子心裡明白嫂子就好。」

張氏就坐在旁邊抹眼淚，聽見梁玉琢這話，心裡忽地就躥了火苗，忍不住駁斥道：「這話挨不到妳身上，妳說得好聽，換作妳試試，要是那幫老婦在背後說妳家二郎剋死了妳阿爹，我看妳還說不說得了這話。」

張氏這話說得有些過火，不等徐嬸呵斥，俞大郎先出了聲。「瞎說什麼呢？」

「我怎麼瞎說了？」張氏橫眉豎目地嚷嚷。「我都聽說了，秦嬸肚子裡剛懷上二郎的時候，她男人就出意外死了，左右都是懷在肚子裡死了長輩，怎麼到她家風平浪靜，沒什麼聲響，擱我這就成了命硬剋死爺爺了？」

俞大郎被她這話嚇了一跳，張口就要訓斥，見張氏挺了挺肚子，一臉無畏，不得已咬牙，硬著頭皮壓下聲音勸道：「妳少說兩句行不行？家裡出事的時候，秦嬸一直幫襯著，琢丫頭也常過來搭把手，外頭那些風言風語本來就和她們家沒關係，妳抽什麼風非把人家給扯進來？」

對於張氏突如其來的針對，梁玉琢微微驚異，可轉念一想，卻也多少明白她的意思。

張氏本就對徐嬸一家對自家的幫助不大樂意，尤其對自己和俞家兄弟走得近這事盯得比誰都牢。如今公公沒了，當家做主的擔子落到了俞大郎的身上，她也不必再當什麼小媳婦，自然就有了更大的說話聲音；再加上孕婦的情緒本就多變，又被村裡那些難聽的閒言碎語氣著，張氏會在今天爆發出來，梁玉琢倒是不覺得意外。

她垂下眼，想著等張氏脾氣發完了再說兩句話，外頭卻突然跑進一個漢子，身上沾著血，嘴角不知道被什麼弄破了。

那漢子跑過來，抓著門就要往地上倒，嘴裡嚷著。「野豬……野豬又傷人了。」

下川村的獵戶因為俞當家出了事沒再往山上打獵，卻不代表附近其他村子的獵戶們也跟著在家不上山。

這次出事的獵戶是上川村的，因膽大、自認為不會碰著那頭殺了人的野豬，帶上村裡的漢子們就上了山，準備打點野味進城換錢。

哪裡知道，才進山沒多久，那頭惹事的野豬卻突然出現了。

這一次，上山的八個人裡頭，死了三個，兩個重傷，一個輕傷，還有兩個跑得快，連跌帶爬下山求救，最後村裡男人都上了山，才發現野豬已經走了。死了的那三人屍骨不全，不是被咬斷了胳膊，就是少了條腿，最慘的一個似乎是被小山一樣的野豬活活壓死。

跑來俞家報信的人，是那個受輕傷的獵戶。

這麼大的消息，很快附近幾個村子就都知道了，俞大郎顧不上媳婦，跟二弟一起很快去了上川村。

梁玉琢也沒在俞家多留一會兒，匆匆忙忙就往廢園方向跑。

剛找人做的籐搖椅擺在園子裡，湯九爺靠著籐搖椅，蹺著二郎腿，享受著臨近初秋的夏風。

「九爺。」梁玉琢進了園子，張口就喊。「最近山裡頭不太平，不如你搬到我家去住一段日子？」

九爺懶洋洋地睜開一隻眼睛。「不去。」

「九爺，這山上有大野豬，已經接連死了四個人了，說不定什麼時候就下山來，廢園就在這山腳下，我是怕你出事。」

「九爺知道妳好心。」湯九爺搖了搖椅子。「妳家孤兒寡母的，我一糟老頭子住進去，妳讓妳阿娘怎麼辦？」

梁玉琢一時愣住，等回過神來，才嘆了口氣。「是我忘了……」

眾口鑠金，就連張氏都會因為村裡那些閒言碎語發怒，她娘那性子要是被人戳著脊梁骨說多了話，只怕鑽了牛角尖，抽繩子便上吊了。

湯九爺手指停在扶手上，看著梁玉琢一臉頹喪，屈指敲了敲。「現在是夏天，山裡頭吃的多，野豬不見得會下山。」

他說到這裡，梁玉琢的眉頭似乎有些舒展開。

湯九爺看了她一眼，又道：「但，凡事都有萬一。下川村就在山腳下，要是野豬真下山來找吃的，頭一個就是進咱們村子。」

聽到這裡，梁玉琢眉頭皺起。「那怎麼辦？」

她上輩子工作的村莊雖然在山區，但村裡老一輩自有驅趕野獸的方法，以至於那幾年工作裡，她也沒看見有什麼野獸給村子帶來損失。

「驅逐野豬的法子有好幾個。」湯九爺神色不快。「但都太勞神了，那頭野豬一天不除掉，村裡人就一天睡不好安穩覺。」

籐搖椅旁邊擺了張小茶几，梁玉琢拉了把凳子過來坐著，看湯九爺拿手沾了茶水在茶几上寫字。

「頭一個，是讓村裡的男人們都出來，每晚輪流來巡邏，防著野豬下山進村。」茶水到底不是墨，在桌上寫了兩個字，很快就乾了消失不見。「第二個，就是鞭炮。」

「鞭炮也得讓人看著，只有野豬下山了才能點來用，不然平白放鞭炮，吵著村裡人。」

「還有在田裡做些假人，用來恐嚇野豬。」

「稻草人？」

湯九爺手一頓，抬眼。「稻草人？」

「對，稻草人。」梁玉琢頷首。「拿稻草編成個人形，在外頭套上衣裳，往田裡一插就行了。」

湯九爺點頭，這樣的東西倒不難做，插在田裡頭，夜裡防野豬，白天驅飛鳥。

野豬傷人的事情，一下子傳遍了平和縣內所有的村子。

老三從山下回來，將下川村內如今正在做的事和鍾贛仔細說罷，撓了撓後腦勺，有些不解。「指揮使，標下不明白，讓家家戶戶出男丁輪流在村裡巡邏，怎麼有那麼多人不樂意？」

鍾贛的旁邊還站著其他幾人，老四瞧了眼悶不吭聲的鍾贛，咳嗽兩聲回答老三。「這事得問老薛。」

「薛荀回來了？」鍾贛抬眼。

「先前聽到動靜，該是回來了。」

「將人叫來。」

老四應了一聲，不多一會兒工夫就將薛荀帶來書房。

老三在旁邊喝水，看見薛荀進屋，牛飲完一茶盞，擱下杯子就開了口。「老薛，你大哥就這麼由著村裡人胡鬧？」

薛荀剛準備開口說話，老三突然來這一下，頓時讓他噎住，瞪圓了眼睛看了一會兒，這才低聲道：「大哥他……也是沒辦法。」見坐在書案前的男人抬眼看來，薛荀忙躬身行禮。

「指揮使。」
「野豬之禍，下川村準備如何？」
「標下大哥是村中里正，如今已著村中每家每戶出男丁，入夜後輪流在村中巡邏，只是村裡之前才出了事，大多……大多人家不願意讓家中男丁冒這個險。」
山下幾個村子的事，有老三和其他同僚在，薛荀心裡明白鍾贛大多都已經知情了，叫自己過來也不是衝著再聽一遍這些事來的。
「這主意是誰出的？」
薛荀恭恭敬敬。「是琢丫頭。」
鍾贛眉目不動，只是聲音低啞，目光微沈。「她的主意？」
「是，除了這個，琢丫頭還找人一起做了些草人插在田裡。」
「我就說田裡那些怪裡怪氣的是什麼東西，敢情是草人。」老三猛一拍大腿，一臉恍然。「不過那東西能幹麼？」
薛荀噎住沒回答。
「白天可以用來驅散飛鳥，晚上恐嚇進村的野豬。」鍾贛點點頭，一邊說著一邊從書案前站起身吩咐道：「傳令下去，府中校尉分三組巡山，由老四負責，發現野豬就回府稟告。另外，老五、老六。」
「標下在。」

「你們下山，去村子裡借宿，就說是過路的旅人，等野豬的事情解決了再走。」

聞訊出列的老五、老六拱手稱是。

「指揮使，那我呢？」連標下也顧不得自稱了，老三丟下又牛飲掉的一杯茶，趕緊表示忠心。「我對附近幾個村子都熟，指揮使你說一句我就立刻……」

「老三留在府中。」鍾贛抬眼。「當心野豬闖進府裡。」

下川村，里正薛家。

梁連氏癱坐在地上號啕大哭，不斷地拭淚。消息傳回家時，她正在跟男人商量女兒出嫁的嫁妝，得知里正要每家每戶都出男丁組織夜裡巡邏防野豬進村，當場就表示不行。來傳話的婦人和梁連氏關係不錯，見她這樣，也搭腔說村裡好些人家都不樂意。

這話一出來，梁連氏沒在家裡頭多待，丟下男人直接就跑到了里正薛家，進門沒說三句話，癱坐在地開始號啕。「我苦命的男人啊，腿腳本來就不方便，這是要他的命啊……這村裡頭沒有好人啦，竟然要我男人的命。」

梁連氏的幾嗓子，吼得旁邊的幾戶人家都圍了過來。對於夜裡巡邏的事，村裡人多少有些擔心，過去那些年，山上不是沒野豬下來過，大多進村拱了地，吃了東西就走了，那會兒的野豬可沒這麼大，回山上沒幾天就叫俞家父子給獵回來了，一頭野豬分了皮肉，家家戶戶都還能得到一些。

可這一回不同，這次惹事的野豬聽說巨大無比，又因為這事接連死了人，村裡哪還敢隨隨便便叫家裡的男人出來巡邏，萬一運氣不好，輪到自家男人巡邏的時候碰上野豬進村，可不是要人命？

薛良能理解村民們的擔心，可野豬不得不防。看著坐地上大哭的梁連氏，薛良一臉無奈地抽了口旱煙，院子裡的議論聲紛紛，他聽得有些心酸，猛抽了一口煙，把自己給嗆著了。

「里正？」梁連氏被嚇著了，顧不得擦眼淚，趕緊抬頭打量薛良的臉色，見他只是抽菸嗆著，瞪了瞪眼，張口又開始哭號。「我苦命的男人啊，這主意不定是哪個壞心眼的東西出的，這是要害死你啊……」

「胡說八道什麼。」薛良一邊咳嗽，一邊敲桌子。「這是大事，大家一起受點累，只要能守住田裡的東西，日後才有得吃、有得用；妳讓野豬進了村，拱了地，回頭妳半年的糧食怕是都收不齊了。」

梁連氏的男人梁通腿腳不好，趕到薛家的時候，看見妻子坐在地上耍賴的樣子，有些丟臉地上前道歉。「里正，我這婆娘性子急，嘴巴快，您別跟她計較……」

「你個沒良心的，我幫著你說話，你在說什麼。」

「別鬧了，回家去……閨女就要嫁了，妳這麼鬧，傳出去了閨女還要不要做人？」

「你家閨女跟人廝混的時候，怎麼不見你跳出來吼兩聲？啊？我這是在幫你啊！」

梁連氏鬧得梁通臉色有些不好看，見薛良一直垂著眼不往這邊看，心裡越發著急，可媳婦鬧起脾氣來一向厲害，梁通咬牙，想要使勁去拽。

但他腿不好，這一拽，非但沒把梁連氏拽起來，梁通竟然被反拽得摔了一跤，一個前撲，「砰」一聲趴在了地上，呸了兩口進嘴的沙塵，梁通睜開眼，入目的卻是一雙腳底沾了泥、灰溜溜的小鞋。

再往上看，他三弟的閨女正彎下腰要扶他，一邊扶一邊說：「伯母妳若是擔心大伯的腿，不如讓堂兄替大伯巡邏。」

他被扶起後，姪女還幫他輕輕撣去灰塵。

「左右堂兄的年紀也不小了，若是大伯腿腳不方便，可以讓堂兄出來替一下。」

梁玉琢直起身，看著目瞪口呆的梁連氏笑了笑。「伯母，妳說呢？」

第十七章

梁玉琢出現得突然，梁連氏臉上的眼淚還掛著忘了抹，看著她把梁通扶起來，忙嚷嚷著爬起來。「妳這是要幹麼，要幹麼?!妳想害我男人不成，還要害我兒子嗎？」

抬眼看見門邊的人比剛才更多了，梁連氏頓時底氣更足，拍著自己的大腿就嚷。「哎喲怎麼有這麼狠的人啊！自己爹死了，還要逼死大伯啊！現在居然還要害死堂兄……」

梁連氏話還沒說完，梁通窩火得很，掙脫姪女的攙扶，上前啪啪就是兩巴掌。「妳閉嘴，在這裡鬧騰，妳還要不要做人了？妳要是不想做人就走遠點，不要害得家裡幾個娃也在村裡丟人現眼。」梁連氏被自家男人打得懵了，捂著臉有些愣怔。外頭的鄉親們看見他們夫妻這動靜，只咋了咋舌，沒人進來勸一勸。

在村子裡，男人打自家婆娘，女人打家裡男人都是常事，只要沒出人命，也沒人去管；只不過村裡人都知道，梁通是個憨脾氣的，很少生氣，這才慣得梁連氏在村子裡無法無天，把梁家的親戚都得罪得差不多。

「你打我？」梁連氏回過神來，放下手，半邊臉上的紅掌印清清楚楚，惹人發笑。「我嫁給你這麼多年，你現在為了個賤蹄子居然打我。」

梁連氏是個潑辣的，梁通一巴掌打過去的時候心底就有些後悔了，老夫老妻這麼些年，他從沒動過粗，這回實在是一時衝動才甩了巴掌；可這會兒見梁連氏怒氣衝衝撲過來要打自己，梁通想著身後圍觀的鄉親，當即一把將人推開。「鬧什麼鬧，只是輪流巡邏妳鬧騰什麼。」

梁通的一雙兒女這會兒都不在身邊，要是在，看見阿爹、阿娘這副模樣，大概也都不好意思露面。

梁連氏沒被自家男人這麼對待過，又急又氣，淚珠是嘩嘩地掉，被推開之後直接就坐回地上，開始哇哇大哭，哭來哭去喊的還是那些話，怎麼也說不出新的來。

薛良自梁玉琢進屋後，就一直抽著旱煙不說話。

當初這丫頭來他這說聽聞了幾個防野豬的法子，薛良原本只是隨便一聽，卻覺得其中的確有些道理，忙讓人把村裡的老人都召集過來，一起商量了下那些法子，最後定下來的法子裡，第一個就是夜裡巡邏。

這是全村的大事，自然要村裡每家每戶都出人輪流做，雖然也料到會有人不樂意，可梁連氏為了這事跑來大鬧一場，實在出人意料。

梁通見媳婦這個模樣，實在丟臉。「薛伯，巡邏這事就照著你們說的來，我腿腳是不好，可不是殘廢，能走……」

「不行，你不准去。」梁連氏大吼。

「那就讓堂兄去。」梁玉琢的聲音響起。「伯母，既然說了每家每戶都要出個男丁，伯母既然心疼大伯，就該讓堂兄替大伯去巡夜。」

「不行不行，那不行。」梁連氏這回沒再堅持哭號別的，撲到薛良腳邊就喊。「里正，你可不能讓我家三郎去啊！我家只有三郎這一個兒子，萬一死了那老梁家可就斷了香火了，讓我男人去，我男人願意去的。」

原先梁連氏不喊這話，旁邊的鄉民們只當她是掛心丈夫，捨不得腿腳不便的丈夫夜裡跟著巡邏；可她這麼一喊，周邊頓時一陣唏噓，敢情自家男人跟兒子比起來，還是兒子重要。雖說香火向來是鄉親們最看重的，可為了兒子，把自家男人推到前頭，這事還真不是一般人幹得出來的。

一時間，外頭圍著的婦人們紛紛咋舌，就連梁通的臉色也難看了不少，雖然沒吭聲，卻已經氣得渾身發抖。薛良也被梁連氏這話給震到了，旱煙磕到了桌上，掉下來的煙灰還把撲到他腳邊的梁連氏燙了一下。

「伯母。」梁玉琢也被她這動靜給氣笑了。「每家每戶都要出個男丁，伯母的意思是同意讓大伯巡邏了？」

「巡、巡，讓妳大伯巡。」

「那好，既然伯母同意讓大伯巡邏，伯母就起來吧，地上髒，別髒了這身衣裳。」

梁玉琢笑著就要伸手去扶她，梁連氏這會兒卻自個兒爬了起來，像是根本沒看到自家男人的臉色，蒼白著臉跑了出去，生怕兒子被拐走。

門外頭的人見熱鬧沒了，也就散了，邊走邊笑話梁連氏的鬧劇，聲音不大，卻剛剛好能讓屋子裡的人都聽見。

梁玉琢看了眼梁通的臉色，接過薛高氏端出來的茶給他斟了一杯。「大伯，說實話，巡邏這事是危險，那野豬既然已經傷了那麼多人，定然是不懼人的，咱們夜裡的巡邏也只是提防著野豬進村，好讓鄉親們都當心。」

見梁通低垂著頭，捧著杯子不說話，梁玉琢又道：「大伯的腿腳不方便，若是回頭伯母想通了，讓堂兄來，大伯你就別硬撐著。」她頓了頓，像是有些難過。「若是我阿爹還在，只怕第一個就要站出來巡邏，他最見不得這種事了。」

梁通愣了一下，臉上臊得通紅，眼淚都快出來了。「三弟……妳阿爹是個好人，要不是這樣也不至於……姪女，妳放心，大伯這腿不耽誤事。」

梁玉琢頷首，等梁通喝完水離開，才長舒了口氣。

「妳大伯是個好脾氣的，要不是娶了妳伯母這麼個婆娘，也不至於這麼難堪。」薛良吞吐了口旱煙，搖頭。

梁玉琢笑。「當初我奶奶要大伯娶伯母的時候，只怕也沒料到會是這麼個脾氣。」她知道梁連氏疼兒子，但對方會為了兒子把丈夫推出去這事，梁玉琢想想都替梁通覺得委屈。

夫妻、夫妻，到頭來，活生生成了冤家。

從薛家回家的路上要經過一大片稻田，再過幾個月，這些田裡的稻子又到了收割的時候。稅收每年春天繳，下半年的這一期稻子收穫就都是鄉親們自己的糧食，多的還能送到城裡米行賣錢。

可天災人禍都是意外。

梁玉琢心底擔心野豬會不會真的就闖進村子，雖然村裡幾戶人家的地裡種的不是稻子，而是番薯一類的作物，可野豬下地是不會怎麼挑的，這塊地拱一下，那塊地睡一睡，就怕到時候好幾畝地都被破壞掉。

梁玉琢越想心裡越放不下，到了夜裡更是在床上翻來覆去難以入眠。

一連好幾夜，她都睡得不踏實，夜裡巡邏的鄉親們漸漸地開始鬆懈下來，越是這樣，梁玉琢越覺得不安心。到這晚，在床上翻來覆去幾個來回，最後她只好掀了被子，推開窗戶，盯著外頭的月亮發呆。

她穿越到這個世界已經半年多了，再過上幾個月，就快一年，雖然習慣了這兒的生活，但她不想回去嗎？

當然想，畢竟那個世界才是她最熟悉的世界，電腦、手機、電視機、銀行、酒店……這些都是她想念的東西。

可是穿越亙古不變的道理是來了就走不了。

時間一長，除了對月思故人，她已經找不到其他懷念從前的方法；也不知道泥石流發生後，救援人員有沒有把她的屍體從泥石流裡挖出來，不知道屍體完整不完整，別被砸爛了害得爸媽哭暈過去。

梁玉琢不知道泥石流發生六個小時後，參與救援的人員徒步跑進大山，將僥倖逃脫的村民全都轉移到安全的地方，之後又花了三十六個小時，日夜不間斷地在受災地區反復尋找可能存活的村民。

就在她出事的那個位置，機器感應到了微弱的生命力，在挖開的泥石流下，救援人員最終把背朝天的她挖了出來；可活著的人不是她，而是在泥石流襲來的一瞬間，被她護在身下的孩子。

這些事情，如今的梁玉琢全然不知情，她現在想更多的，是怎麼應對那頭隨時都可能下山引起大麻煩的野豬。

湯九爺給的主意裡還有一個，是讓家家戶戶門前都掛上個燈籠，點上蠟燭，夜裡頭蠟燭亮著，多少能讓野豬避開一些；但里正他們沒同意這個主意，大概是因蠟燭的費用。梁玉琢從房間裡摸出一盞湯九爺送的燈籠，又找到蠟燭點上，推開房門往院子裡走。

旁邊的屋子裡傳來二郎哼哼的夢囈，梁玉琢踩著月色走到房門前，伸手就要開門，前頭忽然傳來了大叫。

「野……野豬……野豬來啦！」喊話的人嗓門很大，幾聲之後，又是一連串的大吼聲，聽到動靜驚醒過來的人紛紛點燈起床。

梁玉琢幾乎是下意識抄起院子裡的掃帚，開了門就往聲音傳來的方向跑，和她一起的，還有不少前幾天巡邏過的男人，個個手裡都拿著傢伙。

今晚巡邏的男人們幾乎是連跌帶爬地跑進了他們的視線，梁通就在其中，沒奈何腿腳不便，逃跑的速度最慢。

「野豬在哪兒？」匆匆趕來的薛良大喊。

「往……往田裡去了。」

聞言，眾人抄著傢伙就往田邊跑。梁通好不容易被人扶起來，抬眼就看見跟在人群後，提著燈籠的梁玉琢，嚇得趕緊喊她的名字。

身後傳來的呼喊，對梁玉琢而言根本不重要，她只盼著，趁現在大夥兒情緒高漲的時候，能齊心協力把那頭野豬拿下，這樣，不管白天、黑夜，所有人就都能安心了。

然而，離田地不遠的地方，人群停了下來，不斷有人膽怯後退，而梁玉琢，也終於在這個時候，看清了那頭屢次傷人的野豬究竟長得什麼樣。

看清楚正在田地裡橫衝直撞的野豬究竟有多大後，她的心跳驟然加快，雙手陡然間冰冷起來。梁玉琢知道自己是怕了，可害怕並不是什麼丟臉的事情。

她上輩子的時候不是沒見過野豬，大部分比家豬看起來要粗壯一些，長著獠牙，背脊上還有灰黑色的鬃毛，看上去就讓人畏懼，更別說眼前這一頭的個頭大得有些驚人。

「這……這麼大個，是成精了嗎？」有老者遠遠看見野豬，嚇得一屁股坐在地上，還是旁邊的後生趕忙伸手攙扶，才沒叫人群給落在了最後面。

「可不是成精了，不然怎麼能長這麼大。」

「這可怎麼辦？就由著牠糟蹋田地嗎？」

「造孽啊造孽……」

往年山裡頭不是沒下來過野豬，可個頭哪有這麼大，如今俞當家和上川村的幾個獵戶都折在這頭野豬嘴裡，他們這些老實種地的漢子哪裡懂怎麼制伏野豬。

這人啊，只要有一個人害怕後退，就能接二連三帶著其他人往後。注意到身側的村民都在後退，話語中對野豬充滿了畏懼，梁玉琢冰冷的四肢慢慢回暖，握著掃帚的手動了動，咬牙就要往前邁出一步。

「琢丫頭。」梁通從後頭撲上來，拉住姪女的胳膊，說什麼都不讓她往前走。「妳可別胡來。」

這半年來，梁通發現，自家這個姪女自從生了場大病之後，膽子就越發大了，一個人打野豬的事，說不定還真幹得出來，可這樣上去就是一條命啊！

「大伯，我只是……」

梁通哪裡管梁玉琢「只是」什麼，連俞當家都折了，這麼大的野豬哪裡是個小姑娘對付得了的，這麼一拉一拽，匆匆忙忙趕來的俞家兄弟，已經帶著打獵的傢伙從後頭跑了過來。

到底是獵戶出身，俞大郎和俞二郎一出現，很快就給村裡的年輕人鼓足了勇氣，在兄弟倆的指揮下，十餘個年輕漢子開始圍攻野豬。

梁玉琢的胳膊還被梁通拽著，視線卻緊緊盯著田地。

那頭野豬遠遠看去就像是田裡突然多了座小山包，而圍攻野豬的年輕人看起來一個個都那麼小。野豬一個衝撞、一個轉身，就有人慌了手腳跌倒在地上。

田裡的莊稼已經不能救了，此時也沒人顧得上那塊地是誰家的，都盼著早些把野豬趕出去，免得糟蹋了其他田地。

可野豬凶狠，大嘴一張就要去咬俞大郎的胳膊，好在俞二郎就在旁邊，一把將兄長推開，手裡的長矛被一口咬斷，人也站不住跌倒在地上。

梁玉琢看得清楚，野豬這會兒是徹底被激怒了，可旁邊的人根本沒辦法拿下牠，心裡一急，掙脫開梁通的手，抓著燈籠就往野豬旁邊跑。

梁通吃了一驚，大喊她的名字，沒奈何腿腳不便根本追不上姪女，心底越發覺得假若這時候他家兒子在就好了。他想著便回頭掃了眼身邊的人，村裡的男丁出來得不少，可怎麼也找不到他兒子，心下頓時涼了一截。

「琢丫頭怎麼跑過去了？」有老漢認出梁玉琢叫了一聲，話音才落下，旁邊忽然跑過幾道黑影，倏忽又有幾道亮眼的白光劃過。

梁玉琢並非不怕，可眼下，與其在旁邊一邊看一邊驚慌失措地大叫，倒不如衝到旁邊幫上一把，興許還能分散一下野豬的注意力，好讓俞家兄弟能想出制伏野豬的方法。

跑得近了，梁玉琢才對野豬的個頭有了真實的感覺。野豬的個頭和一個成年男子的身高差不多，身體健壯，橫衝直撞間發出粗重的呼吸聲，獠牙鋒利，有個年輕的漢子被獠牙劃到，胳膊上頓時劃拉開好長一道口子，血流了一胳膊。

俞大郎順勢一滾，躲過一劫，可起身的時候野豬已經朝著他衝了過去，俞二郎來不及去救，吼了一聲大哥就要去拽野豬的尾巴。

梁玉琢一把將手裡提著的燈籠往野豬臉上甩。

湯九爺說過，亮光也是能驅趕野豬的，燈籠雖小，趕不走野豬，但應該能讓牠有一瞬間的躲閃。

梁玉琢甩出去的燈籠直接往野豬臉上而去，野豬下意識轉頭後退，這時，白光乍現，「叮噹」一聲，有刀刃撞擊的聲音傳來。

而梁玉琢，一個翻天覆地，被人抱著在地上滾了一圈，回過神來，她睜眼就著月光，看清了壓在自己身上的人。

第十八章

「鍾叔……」

鍾贛抬手遮住她的眼睛，一下把人拉了起來。「倒是膽大。」他說完，鬆開手。

梁玉琢轉身去看，田裡不知何時多了些陌生人，幾人拿刀，幾人牽繩。

比起俞家兄弟打獵的手法，以及村裡年輕漢子們有些慌亂的配合，這些陌生人動作果敢、配合默契，手起刀落間，有女子手腕粗細的麻繩已經勒住了野豬的大嘴，四蹄更是被人直接拉倒在地，而那些拿著刀子的人，幾下砍中野豬的脖頸、胸腹，刀刀快狠準。

整個下川村，到最後只餘下這頭龐然大物斷氣前的嘶吼。

「死……死了？」

「野豬死了！」

有人開始歡呼，漸漸地，所有人都開始興奮地大喊。俞家兄弟還呆愣愣地站在田裡，當渾沌的目光終於在野豬身上凝聚，梁玉琢看到兄弟倆撲通跪下，朝著他們阿爹墳墓的方向跪拜叩首。

燈火在野豬周圍點亮，村子裡的兩個屠戶拿著傢伙來到旁邊，和突然出現搭手幫忙的陌生人一起給野豬放血、剝皮，然後分肉。

野豬肉比家豬要結實，因為個頭大，制伏的過程中又損了皮子，幾個人費了好一番工夫終於把豬皮剝了。往日裡俞家兄弟時常會帶回些野豬肉，屠戶們想著已經死了的俞當家，下意識割了最好的部分叫人捧著送去俞家，哪知俞大郎卻突然把人叫住。

「我們不要肉。」俞大郎搖了搖頭。「給我們豬心吧！」

里正薛良就站在旁邊，聽見俞大郎的話，長長嘆了口氣。「那就豬心吧！餘下的每家每戶照分，順帶給上川村的獵戶家也送去。」

這野豬割了肉，薛良原打算給那些跳出來幫忙的陌生人，可看見其中有薛荀，心裡頓時明白他們都是什麼身分，少不得要多給些，還是薛荀攔下，這才只需分給村裡的人家。

「你們怎麼會過來？」

薛荀擦了把臉，野豬皮雖厚，可刀子下去，照樣能砍出一臉血來。「上回聽說野豬的事，指揮使讓我們滿山遍野地找，可大傢伙沒遇見，小野豬倒是碰上不少，正好開了幾天葷，今天這事也是湊巧趕上，沒別的意思。」

薛荀話裡的「湊巧趕上」，不過是隨口一句，可薛良哪裡會相信這事這麼趕巧，只怕是他們聽說野豬的事情後，就一直在山上、山下守著，怕牠進村子傷了人。

因為野豬已經死了，原先躲在家裡不敢出來的老弱婦孺，這會兒也紛紛出了門，尤其聽說田裡頭正在分野豬肉，更是匆匆往出事的地方趕。

梁連氏拖著兒子出來，才走近了些，就被撲面而來的血腥味熏得差點吐了出來，看見梁通捧著一塊鮮紅的豬肉過來，梁連氏捂著鼻子拽了他一把。「身上怎麼髒成這樣子了？」

「野豬進村的時候摔了一跤，沒什麼事。」梁通搖頭，看見自己不長進的兒子站在梁連氏旁邊打哈欠，忍不住數落道：「晚上這麼大的動靜你都沒聽到嗎？別人家都出來幫忙了，你卻在家裡安安穩穩睡大覺。」

見兒子平白無故遭數落，梁連氏臉上頓時不好看。「發什麼脾氣？咱們家就這一個兒子，你還想他往野豬旁邊湊啊？」

「往野豬旁邊湊怎麼了？琢丫頭這麼個小姑娘都敢往前衝，他比琢丫頭大了幾歲，怎麼就不能了？」

梁連氏好一頓生氣，張口就要痛罵梁通，卻看見他回頭四下在看，梁連氏心裡堵著火，提著燈籠沒好氣道：「瞎找什麼？」

「怎麼不見琢丫頭了？」

在梁通還在找她的時候，梁玉琢已經踏上了回家的路。

從分野豬肉的田地到她家，有著很長一段路。因為野豬死了，家家戶戶都出門去趕這個熱鬧，一路上走來，屋子裡大多亮著昏暗不明的燭光，不時還有犬吠、貓叫。

梁玉琢走在後頭，就著月光，看著走在自己跟前的高大背影。她幾次和鍾贛碰面，對方不是坐在樹上，就是騎在馬背上，哪怕是那回下山，看起來也是一身威武，哪裡像今天，方才握刀的手上這會兒卻拿著她的掃帚。

這一路上，他們倆誰也沒說話。

鍾贛的腳很大，梁玉琢微微低頭，看著在地上留下的腳印，抿了抿唇角，踩上去。一腳一個印，踏著前面的腳印，她慢吞吞地走著，絲毫不知跟前的身影突然停下，等到反應過來，腳步已經邁出去收不回，直接撞上了他的後背。

撞得有些疼，梁玉琢趕忙往後退了兩步，鬢髮有些亂，蓋住了眼尾。

鍾贛微低頭，看她抬起頭來衝自己笑，左手下意識地伸到了她臉旁，只一瞬的停頓，他轉而抬手拍了拍梁玉琢的腦袋。「到了。」

梁玉琢一愣，見鍾贛把掃帚遞了過來，這才發覺已經到了家門口。

院內一片安靜，梁秦氏的房內點著燈，怕是在等她回家。

「進去吧！」

梁玉琢點頭，推開柴門，聽見身後的腳步聲，忙轉身喊了聲。「今天……謝謝你們。」

鍾贛回神，腰背挺直，那雙平日裡如同帶著刀子的眼睛，在月光下卻意外透著溫和。

「要怎麼謝？」

要怎麼謝？這是個問題。梁玉琢翻來覆去想了一個時辰，突然有了主意，下床又往田裡跑，不多一會兒工夫帶回些東西在灶房裡搗鼓了一晚上。

第二天起床的時候，梁通過來送豬肉，看見放在一旁姪女洗乾淨了的豬下水，得知她的打算，心裡一陣發毛。「妳當真要去山上給他們做這個？」梁通有些遲疑。
豬下水這東西往日裡還真的沒多少人會去碰，到底都是些骯髒物，屠夫們殺了豬，下水都是直接丟棄餵狗的東西，有時候連狗都不一定會去吃這些。
俞家兄弟倆昨晚要了豬心，為的是他們被野豬害死的爹；可梁玉琢要拿豬下水去給人致謝，梁通想想都覺得腸胃有些不適。好在這會兒梁秦氏抱著二郎出來，梁通看見姪子心裡頭有幾分難過，抱著姪子和弟妹說了幾句話，放下豬肉跟雞蛋走了。
梁秦氏看著籃子裡的豬肉，後怕道：「妳這丫頭膽子是越發大了，昨晚那樣的境況，妳怎好往外頭跑？妳大伯說，妳當時還往野豬跟前去，妳……妳這是不要命了嗎？」
梁玉琢愣了一下。她一向只當梁秦氏重男輕女，不要女兒了，可眼下這話聽起來，卻也是心疼她的，一時間，百感交集。
二郎站在梁秦氏的腿邊，看看阿娘，又看看長姊。「阿姊，阿娘要哭了。」
得了二郎的提醒，梁玉琢再看梁秦氏，果真看見她眼眶裡蓄著淚水，眨一眨眼就要掉下來，梁玉琢看著心慌，忙上前安撫。「阿娘，妳看，我這不是好著嗎？只要阿娘日後不想著賣了我，咱們家的日子總歸能好的。」
「妳是我閨女，我怎麼捨得賣了妳。」
「只要有阿娘這句話就夠了。」
梁玉琢心底舒了口氣。說實在的，她如今不怕窮，窮家富路，早晚能賺著錢；可倘若梁秦氏哪日又軟弱了，受了別人的攛掇要逼她嫁人，或是拿著讓家裡生活好當藉口把她賣了，那才是讓她擔心害怕的事。

眼下得了梁秦氏的這句話，她算是放下心來，可以捲起袖子賺錢發家了。

將梁秦氏的眼淚止住，梁玉琢帶上豬下水直接上山。

鍾府門前的護衛認得她的臉，見人出現，忙在前頭帶路領了進去，經過練武場，老三正和人切磋，手裡的刀被打飛出去。

梁玉琢站定，鼻尖貼著刀面，瞪圓了眼睛。前頭領路的護衛被割破了後衣領，抬手捂著後頸。「姑娘沒事吧？」

和老三切磋的是老四，一眼看見站在刀前面的梁玉琢，登時心呼不好，抬手給了老三一拐子，壓低聲音道：「你慘了。」

老三見著人，頓時也嚇得白了臉，趕緊三步併作兩步跑過去。「嘿，琢丫頭沒事吧？」

「沒事，只是嚇出了一身冷汗。」梁玉琢呼出口氣，看老三在面前一臉對不住地搓手，不禁笑道：「老三叔叔，灶房在哪兒？」

「梁姑娘找灶房做什麼？」老四湊過來。

梁玉琢托了托身後的竹簍。「昨夜鍾叔問我要怎麼謝你們的幫忙，我想著，錢財方面我才是缺的那個，只能給大夥兒做幾道沒見過的菜嚐嚐了。」

昨晚分野豬肉的時候，指揮使送小姑娘回家的事，大家都知道；可不苟言笑的指揮使向小姑娘討要謝禮的事情，卻是剛聽說，況且，那畫面似乎不容易想像……

老三顧不得其他，一聽說有沒見過的菜可以嚐，當即亮了眼睛。「琢丫頭，灶房這邊走，我帶妳過去。」

見老三嘿嘿笑著領人往灶房走，老四翻了個白眼，轉身朝漱玉軒去了。

鍾府到底是大戶人家的宅子，灶房的配備比普通百姓家要好上不少。

灶房裡的廚子姓高，早年也是錦衣衛出身，後來出任務負傷，腿腳不便，加上年紀大了，就退了下來。如今跟著鍾贛當廚子，日子倒也過出了樂趣，只顧著把跟在指揮使身邊的這些後輩們當豬玀養活，平日裡的菜，除去給指揮使的，大多色香味只能勉強算有。

看著老三帶著個小姑娘進灶房，高廚子手裡握著鍋鏟敲了敲鍋邊。「嘿嘿嘿，牛得勝，這是哪裡來的小姑娘，怎麼往灶房裡帶？」

「丫頭，妳看要不要留幫手？」老三沒理高廚子，幫著梁玉琢放下竹簍問道。

梁玉琢打量了眼灶房裡的工具和擺放調味料的小陶罐，搖了搖頭。「老三叔叔，留個人幫忙燒火就行，其他放著我來，若是有找不著的東西，我再喊你。」

「行咧，那灶房就留給妳了。」老三說著，一把勾住高廚子的脖子，把人連拖帶拽地從灶房裡帶了出去。

高廚子原先還皺著眉頭掙扎了幾下，聽見老三在自個兒耳邊說的話，頓了頓，低聲道：

「不成，那東西做出來指揮使是肯定要吃的，我得去門口盯著……」

「盯什麼門口，旁邊不是有小窗戶嗎?!」

站在灶房裡開始挽袖子幹活的梁玉琢，絲毫不知外頭老三跟人說什麼，逕自洗乾淨了手，吩咐旁邊高廚子的小徒弟燒火，低頭從竹簍裡把東西拿出來。

從灶房旁邊的小窗戶裡，老三和高廚子看不見梁玉琢拿出來的是什麼東西，只見她翻了翻竹簍，從裡頭拿了什麼出來就開始索利地動刀，菜刀的聲響聽著就知道刀工不差。

不多一會兒工夫，食材準備得差不多了，將鍋子燒熱，梁玉琢伸手掀開蓋子，熱氣直直往上冒。小徒弟在旁邊好心拿了把蒲扇搧散熱氣，殊不知好些都給搧到了窗戶外。

「你帶的好徒弟……」

「沒大沒小，那是我徒弟，但是跟你同一個輩分。」

「好看嗎？」

老三光顧著跟高廚子說話，耳朵忽然被人吹了口熱氣，再聽著聲音，登時嚇得叫了起來，回頭看見是老四，他拍了拍胸脯。「乖乖，這是要嚇死我啊……」

「這樣就嚇死，回頭錦衣衛那身衣服你也別穿了，脫下來吧！」老四笑了笑，轉頭道：「指……鍾管事，梁姑娘在裡頭呢！」

這時老三才發覺背後還站了鍾贛，慌忙從地上爬起來，也不再蹲窗口，老老實實低頭站一旁，等到人從身邊走過往灶房去，這才舒了口氣。「指揮使過來你也不吱一聲……」

「吱聲了哪裡能看到你的老鼠膽子？」

「……」

灶房裡，梁玉琢自然是聽見了老三的那一聲叫，原先還想出去看看，不過旁邊的小徒弟說了句「該是在耍著玩」，這才繼續低頭做菜。

鍋裡下了足量的油，梁玉琢把切好的食材往鍋裡一丟，鍋鏟趕緊動了起來，過一會兒再撈出來的東西已經變了色，小徒弟湊近看了兩眼，一時半刻沒認出是什麼，又見她往鍋裡丟蔥薑再混著炒剛撈出來的東西，只覺得鼻尖聞著香極了。

「姑娘，這炒的是什麼？」

「是豬肝。」鍾贛的聲音突然從灶頭旁冒了出來，小徒弟嚇了一跳，張口就要喊指揮使，卻見他眼神一冽，當即僵住發不出聲音來。

梁玉琢抬眼笑了笑，起手間，鍋裡的這一道菜已經起鍋了。盤子裡盛著黃綠色的胡瓜塊，赭色的豬肝切成片，配著黑亮的木耳和綠色的蔥，油亮油亮的，顏色分明。

胡瓜跟木耳都是在灶房裡發現的，梁玉琢就地取材做的第一道菜就是溜肝尖，光是用來泡豬肝去味就用掉不少醋。

鍾贛看著盤子裡的豬肝，挪開視線，望了望另一邊。「那邊燉的什麼？」

「白蘿蔔豬肺湯。」

蘿蔔豬肺湯的味道很好，可惜梁玉琢在灶房裡找到的蘿蔔是去年貯存的。古代吃不到溫室種的蔬菜，新鮮的時令蔬菜雖然更健康，只不過豬肺這東西，她一時半刻找不到其他材料做別的，只好將就用著做湯了。

除了這一菜一湯之外，梁玉琢又在灶房裡搗鼓了一陣子，方才喊來小徒弟，陸續端上菜送了出去。涼拌豬舌、白蘿蔔豬肺湯、溜肝尖……林林總總做了好幾道菜，虧得野豬個頭大，內臟不小，不然也不夠做上一桌，只是……

梁玉琢看著圍著桌子坐了一圈的人，面上雖還掛著笑，心底卻有些懊惱。她忘了，鍾府裡頭人不少，光是昨晚來幫忙的就有十餘人，豬下水再多，也不夠這麼多人分的。

心裡頭正惱著，只見小徒弟又領了人端著另外的菜上桌。

這時，鍾贛遞了雙筷子放到梁玉琢的面前。「吃吧！完了就沒了。」

鍾贛平日裡雖看著冰冷，吃飯卻總是和府裡弟兄們一道，相比起其他人面對用豬下水做出來的菜有些猶豫，他下筷子卻比任何時候都要堅定。

一片涼拌豬舌放到嘴裡，所有人的視線都看了過去。第一口、第二口，吃到第三口，一桌子的人才開始開動。

梁玉琢端著碗，看著狼吞虎嚥的錦衣衛們，只覺得自己像是走錯了地方。

「原來豬下水也能做出好吃的東西。」老三反應最大，嘴角還抹著湯汁，一雙眼睛發亮。「我原先只當豬下水是骯髒東西，要丟掉的，原來還能做菜。」

第十九章

梁玉琢扯著笑，低頭趕緊扒兩口飯。一片豬舌這時候放進了她碗裡，她抬頭去看，鍾贛垂著眼，低頭吃飯，彷彿什麼也沒發生。

她看著他一臉的落腮鬍，忽然問道：「鍾叔，你為什麼不剃鬍子？」

「讀書人說，嘴上沒毛辦事不……」老三的話突然被人捂住堵在了嘴裡。

「妳要我剃鬍子？」鍾贛擱下筷子，舀了半碗湯擱在她面前。「吃完後，去書房等我。」

身體髮膚受之父母、男兒嘴上無毛辦事不牢……

饒是不剃鬚的理由已經到了嘴邊，只等著指揮使一個眼神示意過來，就趕緊幫忙解釋，但在鍾贛的話音落下後，旁邊吃飯的一眾錦衣衛頓時陷入沈默。

捂著老三嘴的老六愣愣地看著正在喝湯的兩人，直到覺得手心裡濕答答的，這才嫌棄地收回手，再在老三胳膊上擦了兩把。

「姑娘吃完飯可先在漱玉軒逛逛，或者直接去書房？」

梁玉琢和老三更熟悉一些，和老六之前沒怎麼碰過面，聽了這話擱下碗忙道了聲謝謝，直言要去書房。

漱玉軒和上回來時差不多，沒什麼變化，只是書房的桌案上，比上回堆了更多東西。梁玉琢謝過老六，自個兒摸上了二樓。二樓的窗子開著，夏末秋初的陽光灑進房間，曬著半邊書架，墨香混著陽光的味道，比點那勞什子香料要好聞得多。循著記憶，梁玉琢找到了上回看的《齊民要術》。

書到用時方恨少，這是她穿越過來之後才發現的道理。以往都覺得網路多方便，看那麼多書做什麼，真要用到了，隨便用個搜尋引擎都能召喚出神獸來；可穿越後，沒電、沒網路，連書籍的流通都比不上後世。

家裡那五畝地，一畝種了紅豆，四畝種了新的稻子，村裡人都不看好她，只當是小孩子脾氣，私下裡沒少找她娘勸說。她也知那些人是好心，怕他們母子三人吃不飽、穿不暖，可梁玉琢心裡的打算，卻不僅僅只是隨便種兩塊田、填飽肚子這麼簡單的事情。

翻開的書頁上，留著幾行字，仔細辨認，是書中提到的稻種的特性。

梁玉琢盯著那幾行字微微發愣，良久，聽到從樓梯口傳來的腳步聲，捧著書繞過書架抬頭便問：「鍾叔，這上頭的字是……」

話音未落，看著從樓梯走上來的男人，梁玉琢愣住，當初看的言情小說裡，用來形容男人長相的都有什麼詞？

龍章鳳姿？君子如翡？俊逸雅致？看到捧著書站在身前不遠處的梁玉琢，男人嘴角微彎，眼底劃過淺淺笑意，半張臉映上陽光，越發顯得容貌俊朗，眉如遠山。

「想問我什麼？」聲音還是一如既往微沈，說話間他伸手拿過被捧著的書，看著上頭自己留下的小字，彎了彎唇角。「書中提及的種子種類繁多，我過幾日要出任務，可有想託我帶回來的？」

如果說剃了鬍子，讓人一時認不出身分，可聲音總歸是沒有變化。梁玉琢頓覺羞赧，咳嗽了兩聲，應道：「不用麻煩鍾叔了。」她抬手，輕輕撓了撓臉頰，有些不大好意思。「家裡到底只有那五畝地，種了稻子和小豆，就種不了其他了。」

老三自從被派去村子裡盯梢，就日日傳回些消息。今日是梁家閨女下地除蟲去了，明日變成她去了廢園幫那姓湯的老爺子做燈籠；到了第三日，又有她得了菜和肉，下廚做了些吃的，香味撲鼻，引得人口水直流的消息。

從老三的描述裡，梁玉琢就是一株野草，出身尋常，卻難能可貴地有顆向上的心，腦筋也靈活。再者，幾次接觸下，他也發覺這姑娘是個好的，即便有野心，那也是為了生活，憑著自己手腳去拚的野心。

如果不是這樣，他也不會幾次出手相助，哪怕他如今卸了這指揮使的腰牌，也不會為了入不了眼的人浪費時間。

和上回一樣，從二樓借了書，梁玉琢下樓到書案前謄抄。早有校尉將書案上的東西整理乾淨，鋪好的宣紙手感順滑，看著就不尋常，梁玉琢摸了把宣紙，有些猶豫。

然而，旁邊一方青石綠的硯臺內，黑墨一點一點地被研磨開，末了，鍾贛抬手，遞過一支沾好墨的筆。「寫吧！」
梁玉琢的字還是有些醜，每落筆一次，她的臉上便滾燙一分，沒奈何身旁的男人卻好像沒看見她的窘迫，一直微微垂著頭，看她將一張宣紙謄抄滿。
這手字，雖然沒什麼特色，好在基礎沒癱，多練練就能寫成一手好字，回頭，倒是可以給她找一些字帖來臨摹。
「小豆何時成熟？」
「鍾叔你為什麼留鬍子？」
同時的發問，讓梁玉琢驀地尷尬，握著筆的右手緊了緊，趕緊低頭抄兩個字。
反倒是鍾贛，似乎只覺得有趣，眼底劃過笑意，答道：「躲麻煩。」
躲麻煩？梁玉琢微愣，抬頭再看他的容貌，也覺得還是留著鬍子的時候安全些，好歹能躲開些狂蜂浪蝶，這張臉……著實容易惹麻煩。
梁玉琢心裡多少明白，鍾贛的身分應當不只是錦衣衛校尉而已。老三他們也不只是校尉，看他們對鍾贛馬首是瞻的模樣就知，他的身分不只是校尉，只是，鍾贛不說，她便也本分地不去過問。
「小豆幾時成熟？」鍾贛沒忘記自己剛才的詢問。
「就快了。」梁玉琢笑。「等鍾叔回來，我就拿小豆做些吃的過來。」
話說完了，她才想起來，鍾贛興許出身不低，又是錦衣衛，還有什麼東西是沒見過、沒嚐過的，心下洩氣，有些慚愧。「小豆這東西，也不是什麼稀罕物，鍾叔只怕早嚐過了……」

「妳做的我沒嚐過。」

梁玉琢抬頭。她不是十幾歲的小姑娘，身體裡的這個魂魄到底是成年人，如果是在之前，面對年紀可能比自己大上兩輪的大叔，聽到這些話，她只會當成是長輩對小輩的疼惜。可如今，看清了鬍鬚後頭的這張臉，分明不過二十餘歲的模樣，再聽這話，她心底難免會覺得有些怪異。只是，鍾贛的眼神太過正直，裡頭並沒有其他情緒，波瀾不驚如同深淵潭水，看不穿、瞧不透。

「小豆能做許多吃的，除了常用的粥，還能與山藥一同做成糕點，和糯米粉一起做成年糕，還有紅豆酥一類的點心。」

看著扳著手指在說話的少女，鍾贛頷首，隨意應了兩聲。他出身並不尋常，小豆在府中不過是尋常的吃食，算不上稀罕物，可看著梁玉琢認真的模樣，他卻有些不捨打斷，只聽著她一個一個地報出名字，再仔仔細細說一遍作法。

等到門外的校尉進來換茶，她才想起抄書的事，懊悔地拿起筆，低頭繼續謄抄。狗爬一般的字抄滿了幾張宣紙，梁玉琢盯著跟前攤著的紙，想到鍾贛要出任務，猶豫了片刻，想要將書借走一段時間。

話還沒說出口，老三的大嗓門就在書房外響起。「指……老大，韓公公來了。」

鍾贛聽到喊話，伸手按住準備起身的梁玉琢，微微搖頭，旋即出了書房順便帶上了門，腳步聲從外頭傳來，有些急促，卻不慌亂，當中還有漸漸遠去的對話。「老四，傳令下去，府中留十人，其餘跟我走。」

「是。」

「老三，你留在這裡。」

「咦？為什麼又是我……」

聽著聲音越來越遠，似乎已經出了漱玉軒，梁玉琢坐在書案前，看著攤開在手邊的書，最終嘆了口氣，將書合上，重新放回二樓書架。

塞滿書的幾個架子，帶著墨香，將她緊緊包裹，從窗子外吹來的風，透著夏末漸起的涼意，將躁熱的兩頰漸漸降下溫來。

梁玉琢靠著書架，長長吐了口氣。「這麼張臉……真是作弊。」

與書房內的情形不同，鍾贛此刻接了聖旨，正微微低頭，和韓公公說話。

今上身邊得臉的幾個太監中，韓非最有人望，平日裡幾乎是今上的半個影子，就連皇后也要給他幾分臉面，更不用說後宮的那些妃嬪，哪一個不是上趕著拍他的馬屁。

只可惜，韓非雖是個太監，卻一不貪財，二不戀色，只忠心於今上一人，往常有什麼重要的旨意，今上也都會囑託韓非親自去傳。

韓非今日會到鍾府，其中頗費周折，只是看見鍾贛，難免流露出嘆息。「鍾大人，許久不見，清瘦不少。」

「讓韓公公費心了。」鍾贛拱手行禮，道：「陛下可有說，要臣等當即出發？」

韓非點頭。「因六王之亂的牽連，令鍾大人不得已退居山野，陛下心裡也是不好過的；更何況，大人如今雖卸了錦衣衛指揮使之職，卻依舊操著這一份心，領著陛下的密令，陛下更是覺得無法向老侯爺交代。陛下說了，鍾大人領旨之後，可稍作整頓再出發南下。」

鍾贛本不姓鍾。祖父鍾閔與先帝起義時隨駕左右，之後一路坎坷，直至先帝在楠山稱帝，改國號大雍，才得了國姓「鍾」。

之後，先帝封賞袍澤功臣共一百餘人，其中祖父鍾閔封侯，世襲三代。鍾贛是第三代，如今的開國侯鍾軼是其父，父子之間卻劃開了溝壑，誰也不願靠近彼此，就這麼僵持著。開國侯府至今未立世子，哪怕嫡子、庶子皆有，卻依舊只有一位侯爺和一位侯夫人，而沒有世子。

而鍾贛，撇下開國侯府的豪門貴胄生活入錦衣衛，一路從普通的校尉爬至錦衣衛指揮使之位。他不光是大雍開國以來，最年輕的錦衣衛指揮使，也是得罪人最多的一位。

不然，今上也不會為了保他，假意將人撤職，命其歸家不得詔令不可入宮。只不過，韓公公苦笑，這一位卻是撒手跑得太遠，遠到今上每次想要動用他的時候，都要頗費周折才能把密令送到他手上。

看著跟前雖有些清瘦，可看上去心情不壞的鍾贛，韓公公想起除了聖旨外的另一件事。

「陛下命老奴前來，還有另一事須問過大人。」

鍾贛抬眼。

「老奴出宮前，皇后娘娘在宮中設宴招待京中三品大臣家的女眷。宴上，開國侯夫人幾番對人提及大人的婚事，故而，陛下命老奴過來順帶問一問，大人心底可是有打算，若是有，便叫老奴帶回話，省得皇后哪日下了懿旨亂點鴛鴦譜，好叫陛下也準備準備。」

韓非的聲音是太監一向尖細的調子，往日裡鍾贛會覺得這聲音有些不喜，可眼下，他聽著韓非的聲音，下意識想起了那張看到自己剃了鬍鬚後，有些愣怔的臉。

彷彿是一夜之間，夏和秋進行了交接。田間的水稻已經長出了稻穗，又過些日子，金黃的稻穗沈甸甸地垂下了頭，又到了一年收割季。

梁秦氏帶著二郎從縣城回來，路過家裡的五畝田，看見田裡的梁玉琢，有些猶豫，反倒是二郎，掙開她的手，邁著短腿朝田裡跑，一邊跑還一邊喊阿姊。

聽到聲音從地裡直起腰，梁玉琢一眼就看見朝自己這邊跑過來的二郎。

「城裡好玩嗎？」隨手折了一段稻穗插在二郎的腦袋上，梁玉琢笑咪咪地伸手掐了把弟弟的胖臉頰。

這段時間，她不光侍弄田裡的稻子和紅豆，還抽空幫湯九爺往縣城裡賣燈籠。燈籠的提成並不多，可九爺的手藝太好，搭上她的嘴上功夫，漸漸拿下了縣城裡不少生意，有些大戶人家更是直接託她預訂各式燈籠裝點在府苑當中，如此一來，她拿到手的提成就漸漸多了起來。

靠著這些銀錢，她把家裡的伙食改善了不少，二郎正在長身體，更是天天吃得小肚子圓滾滾，如今梁秦氏已經不大能抱得動他了。

「阿娘給我買了糖人。」二郎有些難過。「可是糖人一會兒就被我吃完了，我想給阿姊嚐嚐的。」

在二郎眼裡寶貝一般的糖人，對於梁玉琢來說，那都是小時候的回憶，味道也不是特別美味，她笑笑，在二郎的臉上香了一口。「那讓阿姊嚐嚐剛剛吃完糖人的二郎甜不甜。」

二郎被逗得格格笑，直接倒在她懷裡，抓過自己腦袋上的稻穗，插在了梁玉琢的鬢間。

「阿姊好看。」

「嗯，好看。」

把二郎送回到梁秦氏身邊，梁玉琢隨口喊了句「阿娘」，回頭就要繼續割稻，梁秦氏卻在這個時候叫住她。「我也來幫妳吧！」

沒等梁玉琢回話，梁秦氏便挽起褲腳下了地，雖然動作不熟練，可怎樣也比一個人勞作強。梁玉琢沒再拒絕，只低聲說了幾個注意的地方，隨即割了一束稻子下來示意。

「妳每日在看的那些，就是種地的內容？」想起每夜，女兒在房中點起蠟燭翻看的東西，梁秦氏有些遲疑。

梁玉琢沒說太多，只應了聲是，又割下一束。

梁秦氏的聲音這時候卻有些低啞。「書真是好東西。」

她的聲音透著古怪，梁玉琢皺起眉頭，等著她後頭的話。

第二十章

「妳阿爹還活著的時候，盼著能有個兒子，將來讀完他留下的書，說不定能考中舉人，當個官什麼的，結果生下了妳……妳三歲的時候，就喜歡坐在妳阿爹腿上看他唸書，六歲能背《千字文》，八歲能背出《論語》，可怎麼就是個丫頭……」

梁玉琢沒去打斷她的話。便宜娘重男輕女又不是一朝一夕的事情，相似的話她已經在明裡、暗裡聽過不少次了，耳朵生繭，不過是左耳進、右耳出的事情，不往心裡去就行。

「過了年，二郎就四歲了，妳阿爹當初說過，如果生個兒子，三歲就該上學堂讀書識字；可上回妳在薛家鬧得太過，村裡的學堂不願意收他了。」

聽到梁秦氏提及薛家，梁玉琢一口氣堵在胸中，實在是憋著不能發出來。

上回她從薛家出來，本是覺得徹底斷了和那家的關係，什麼恩啊、怨啊的都已經一筆勾銷，再不往來便是；哪知，梁秦氏竟瞞著她，找了梁趙氏去了趟薛家，跟薛家人求來一筆銀錢。

這筆錢原是足夠二郎上學堂的，可村裡的學堂是薛家砸的錢、請的先生，薛家有說一不二的資格，哪裡還會同意先生收下二郎？現在埋怨她在薛家鬧得太過，卻不知是自己的卑躬屈膝讓薛家覺得可以盡情欺負。

「那阿娘想送二郎去哪兒上學？」梁玉琢閉了閉眼，壓下心口的火氣。
「我想再去求求先生，」梁秦氏遲疑道：「先生畢竟是讀書人，興許是覺得我們給的束脩太少了；若是妳阿爹還活著就好了，他能親自教導二郎讀書識字。」
先不說她阿爹已經過世了，單是學堂先生，就不是束脩多少的問題。
梁玉琢深呼吸。「阿娘想給先生多少束脩？」
「聽說縣城裡的學堂，每年要給先生三兩銀子……」
「阿娘，薛家最後給妳的也不過十兩銀子，妳拿出三兩給先生，求他收二郎入學堂；妳可知，人心貪婪，今年妳給了三兩，明年便可能是四兩，再加上逢年過節還要送給先生的禮，阿娘以為，咱們家是大戶不成？」
她賣出一盞燈籠，不過收一成的提成，加上零零碎碎的其他收入，幾個月下來不過才一兩銀子，梁秦氏這一出手就是三兩，根本就是拿她一年的收入在做打算。
更何況，先生是薛家的人，既然不肯收二郎，她完全相信那是薛家的意思，如果薛家知道她們願意出三兩銀子送二郎入學，明年要四兩，後年要五兩也完全有可能。
然而，真正讓梁玉琢心裡發寒的，卻不是梁秦氏對兒子的偏疼，而是她硬生生地收回了幾個月前親口說過的話。
她說：「要不，阿娘託人給妳找戶人家吧！」她眼低垂，握著手裡的鐮刀，似乎有些掙扎。「妳生得好，若是找戶好人家嫁過去，也能拿些聘禮回來……」

二郎年紀還小，聽不懂他娘話裡的意思，只知道「嫁過去」意味著可能會見不到阿姊。看著站在稻田裡，滿臉悲涼的長姊，他突然扔下手裡的稻穗，哇哇大哭。「不讓阿姊嫁、不讓阿姊嫁！」

梁秦氏到底寶貝兒子，扔下鐮刀趕緊去哄，等她回過頭來，卻看見長女丟下鐮刀，從身邊逕自走過。

「阿娘，妳說不過不會賣了我的。」她眼神冰冷，透著失望和怨恨。「如果阿爹在，知道妳動了這樣的心思，妳猜，他會怎麼做？」

只是一盞茶的工夫，下川村的人就都知道，梁文留下的寡妻跟女兒吵架了。

村子畢竟就這麼大，又是秋收的季節，附近幾塊田裡都有人，梁秦氏和梁玉琢說話的時候根本沒防著旁邊，叫人把話都聽了去。這一傳十、十傳百，就從「梁秦氏想嫁女兒」傳成了「梁秦氏想賣女兒」。

饒是如此，也沒見梁秦氏從家裡出來解釋，梁家的閨女更是幾天冷著張臉出門，冷著張臉回來。

徐嬸最後看不下去，拉住剛要出門的梁玉琢就要聊聊，卻聽見「嘎吱」一聲，梁秦氏開了門。

母女倆視線一對上，梁玉琢直接轉頭就走，根本連句話也不肯說。

徐嬸嘆了口氣。「妳們這到底是怎麼了？日子才剛好過一些，母女倆怎麼吵成這樣了？」

她如今也成了寡婦，加上當家的剛死的那段時間，梁秦氏一直對自己十分照顧，徐嬸自問和她的心意也算是相通的，卻始終搞不懂好端端地母女倆怎麼能吵成仇人。

梁秦氏聞言，搖了搖頭。「女兒大了，不聽話了。」

「我瞧著琢丫頭是個挺好的孩子，怎麼就不聽話了？」徐嬸皺起眉頭。她向來把梁玉琢當親生閨女看待，聽不得別人說一句不好，哪怕這人還是梁玉琢親娘。

「她嬸子，妳說，二郎轉眼就要四歲，早到了該開蒙的年紀，之前家裡沒錢，窮得連束脩都交不了，我做娘的只好委屈兒子沒能去學堂；可如今，家裡寬裕了一些，該送二郎上學了，學堂卻不肯收。我想著城裡學堂的先生每年有二、三兩銀子的束脩，不如就給先生三兩銀子，求他收了二郎；可玉琢她……她卻惱了。」

聽了這話，徐嬸瞇起眼睛，仔細打量梁秦氏。「妳這話說得好笑，要不是咱們兩家當了這麼多年鄰居，我是親眼瞧著琢丫頭從妳肚子裡出來的，我還真要以為妳是梁兄弟他後娶的婆娘。這後娘管教前頭婆娘生的閨女，也不像妳這麼下得了手的。」

梁秦氏愣住。

「妳男人死的時候，除了攢下來的一些銀錢，家裡只剩這棟房子和外頭的五畝地。妳男人的後事料理完，妳手頭上就沒多少銀錢了，大夥兒知道妳們母女倆苦，肚子裡又懷著一個，一直幫襯著，後來二郎不知怎麼落了水，妳可記得，是妳家閨女跳下去救的？」

見梁秦氏眼眶微紅，徐嬸嘆氣道：「妳那時候，為了照顧二郎，花了多少銀錢在他身上。村裡的大夫妳說信不得，還是託我家大郎去城裡請的大夫，大夫請回來給二郎看了病，順帶給琢丫頭也看了；可妳呢，真當我不知道呢！大夫開的兩副藥方，妳只配了二郎的那副。後來我問妳的時候，妳說錢不夠。妳和我說句實話，那時候妳是不是想生生熬死琢丫頭？」

梁秦氏握著拳頭，身體發抖，臉色有些蒼白。

看見她這副模樣，徐嬸頓時氣惱，顧不上二郎還睡在屋子裡，狠狠罵道：「琢丫頭是造了什麼孽，投胎到妳肚子裡？妳這般心狠，就是為了梁兄弟的香火，妳就不曉得妳男人有多寶貝妳家閨女？」

「寶貝又能怎樣？」梁秦氏捂臉號啕。「那到底是個丫頭，二郎才是香火，二郎要是沒了，我也活不下去了。我眼下不過就是想要她早些嫁了，拿聘禮給家裡補貼家用，我得送二郎讀書，以後二郎是要考狀元、當大官的。」

梁秦氏哭得大聲，徐嬸也氣得不行，看著從門後出來揉著眼睛沒睡飽的二郎，徐嬸直搖頭。

「妳也不看看，妳家現在能過得寬裕一些，都是琢丫頭的功勞，妳不多留著她照顧家裡，只想著把人嫁出去拿那點聘禮，妳眼孔怎就針眼這麼大呢？」

實在是氣不過了，徐嬸一甩手，丟下人直接回了隔壁屋子。大郎媳婦迎出來好奇地往旁邊探了一眼，被徐嬸一把拽了回去。

不大的院子裡，出籠的大小雞咯咯叫著，二郎揉著眼睛，看見梁秦氏蹲在地上哭，拖著步子走近。「阿娘，阿姊呢？」

沒人給他回答，只有梁秦氏哭聲更加重了。

山上，鍾府。

人走了大半後，鍾府顯得有些空蕩蕩的，因此，柴火噼哩啪啦的聲響聽起來有些大。

螃蟹的香味從院子裡飄出來，燒得旺盛的柴火堆旁，坐了一圈僕役、家丁打扮的錦衣衛，一個個如狼似虎地盯著架在柴火堆上的一口鍋。

有忍不住的，伸手就要去抓，「啪」一下，叫人拿筷子打了手背。

「老三叔叔，你就不能忍忍嗎？」

梁玉琢一手扠腰，另一手拿著副筷子，斜睨了老三一眼。

老三嘿嘿一笑，揉了揉手背。「太香了，忍不住。」

梁玉琢往鍋裡看了一眼，先前還極力掙扎的螃蟹，這會兒已經紅通通地躺在鍋底，散發出誘人的香氣。鍋裡除了螃蟹，還倒了不少粗鹽，這會兒有些黏在螃蟹的身上，鹹香撲鼻。

「差不多了，老三叔叔，取出來吃吧！」

她話音剛落，老三連同旁邊其他幾個校尉，伸手就把鍋給拿了下來。幾個人從鹽堆裡抓出螃蟹，燙得不停左右手輪換，皮糙肉厚如老三者，只一會兒工夫，已經拆開蟹殼，開始低頭啃螃蟹了。

「好吃、好吃。」

看著這幫大男人狼吞虎嚥吃螃蟹的樣子，梁玉琢的心情總算好了許多。

自從那天在地裡聽梁秦氏說了那些話後，她心裡頭始終堵著不太高興。地裡的活做完之後，想去廢園坐會兒，見湯九爺正專心做燈籠，怕影響了他，只好上山在河邊捉了一簍子的螃蟹撒氣。

準備下山的途中，梁玉琢遇到了正領頭打野味的老三，想起漱玉軒的書房，索性就跟著回了鍾府。

螃蟹離水活不了太久，梁玉琢進灶房找了半天材料，找到一大罐鹽，問過老三可以隨意用後，就有了現在他們在吃的這鍋鹽焗螃蟹。

「梁姑娘，妳這手藝真絕，妳要是去當廚娘，一定能讓酒樓賓客滿座。」有讀過幾本書的校尉一邊啃著蟹腳，一邊誇獎。

老三吃完了一隻螃蟹，嘴裡還叼著螃蟹殼，伸手一巴掌打到那校尉的後腦勺上。「瞎說什麼呢！琢丫頭怎麼能給人家當廚娘去。」

沒洗過的手上還帶著腥味，梁玉琢看著那糊在後腦勺上的巴掌，微微皺了皺眉頭。「等下還有兩隻雞，我去給你們打盆水，吃之前先洗把手。」

因為熟悉了，梁玉琢說話便隨意了一些，老三扔下螃蟹殼，跳起來就喊。「別別別，我去打水，琢丫頭妳坐、妳坐。」

等老三打來水，看見高廚子蹲在梁玉琢旁邊，兩人正聊著什麼，咳嗽兩聲走過去，輕輕往他屁股上踹了一腳。「水來了。」

「吃完螃蟹再吃雞，這日子過得賽神仙。」老三有些得意地伸手要去扒埋在柴火底下的東西，半天扒拉出一團黑漆漆的土來。「呃，琢丫頭，這東西要怎麼吃？」

梁玉琢頷首。「早年叫花子偷了雞，去掉內臟之後，隨便糊上泥巴就這麼扔火裡烤出來的，等泥巴乾了、雞熟了，把外頭的泥敲掉，裡頭的雞肉就好了。」

她動手之前問過老三吃沒吃過叫花雞，當時不光是老三，就連高廚子他們都一頭霧水表示沒聽過這名字。等到她讓校尉找來泥巴糊上兩隻山雞扔火堆裡，這幫人還一臉暴殄天物的表情；可這會兒，吃過從沒嚐過的鹽焗螃蟹後，再看叫花雞，怪是怪了點，但心裡頭他們已經相信能吃到美味了。

「要把泥敲掉是吧？」老三問著，沒等梁玉琢讓人去找錘子，就看見他一把抽出腰間的刀，刀背向下，朝著泥巴猛地敲下去，泥巴乾脆俐落地被敲下來，果真從裡頭露出了光潔的一整隻山雞。看見熟透了的山雞的瞬間，老三把刀一收，樂呵道：「嘿嘿，這雞真香。」

梁玉琢捂臉。繡春刀啊，拿繡春刀當錘子砸叫花雞，這要是叫那位她還未曾謀面的錦衣衛指揮使或者皇帝知道了，會不會怪罪她……

一竹簍河蟹和兩隻山雞，對錦衣衛來說，大概只能算是開胃小菜，高廚子丟下雞骨頭，還是進灶房做飯去了。幾個校尉滿心感激地幫忙收拾地上的殘骸，倒是老三，坐在旁邊的臺階上，懶洋洋地摸著肚子。

「琢丫頭，妳還在跟妳阿娘生氣呢？」他這話一說，看見梁玉琢猛地轉過身來臉上的表情，頓時心下大叫不好。

果不其然，梁玉琢幾步走到跟前，扠著腰，瞇起眼睛問：「老三叔叔，這事你怎麼知道的？」鍾府雖然和下川村離得不遠，可這幾日梁玉琢沒在村裡看見老三，突然聽到這明顯知情的問話，心裡頓生疑竇。

老三尷尬地撓了撓臉頰，視線往旁邊跑。「這不是……這不是聽說嗎？不過具體怎樣沒顧得上問，所以才問問妳。」

梁玉琢哦了一聲，算是終於找到可以傾訴的人，往臺階上一坐，把事情從頭到尾說了一遍。

聽到梁秦氏為了填補家用的打算和花高價送兒子上學堂的事，老三猛地拍了屁股底下的石階。「這事妳娘做得不厚道。」

「嗯？」

「說是把妳嫁出去，可拿聘禮添補家用，那跟賣閨女有什麼差別？」

「我也覺得沒差別。」之前才答應不賣女兒，轉頭過了沒多久卻又動了嫁女兒的心思，說來說去，不過是換了名頭。不過說到底，當初她娘為了照顧兒子，不給發高燒的女兒抓藥救治，那時候只怕原主已經心寒到極致了。

「妳放心，這事有老三叔叔在，絕對成不了。」老三拍著胸脯，心裡盤算著要怎麼給指揮使寫信傳消息。

「謝謝老三叔叔。」

「我阿娘當初生了七個娃，我是老三，其餘都是姊妹。上頭的大姊跟二姊，從我出生的時候就沒見過，聽說那幾年正好大旱，地裡沒糧食，我阿娘為了肚子裡還不知道是兒子、是女兒的我，把大姊、二姊都賣了。」

「那你後面的四個妹妹呢？」

「四妹跟我是雙生，生下來沒百天聽說就讓我阿娘賣給了一戶想要閨女的人家。後來我懂事了，知道我阿娘以前賣女兒的事，也知道為啥村裡人都看不起我們一家，我就守著剛出生的五妹妹，不肯讓我阿娘帶。」

「後來呢？」

「五妹八歲的時候，六妹七歲、七妹四歲。趁我去幫人砍柴的工夫，我娘把五妹賣給鄰村的寡婦當童養媳；六妹小時候被打破了相，就拿去給一個瘸腿的男人換了三十斤糙米；七妹……」

「她怎麼了？」

「七妹差點被賣掉，幸好我回來了，才把七妹保住。後來我就帶著七妹出了村子，剛進錦衣衛那年出任務，因為得罪了人，七妹被連累到，沒了。」

話說到這裡，梁玉琢不知道自己該說些什麼。老三的臉上除了回憶，並沒有太多悲傷的表情，也許是因為錦衣衛當久了已經對這些人情冷暖感到麻木，也可能是對這些已經徹底放下，他說話的時候就好像是在講述別人的故事；可等到他回頭咧嘴笑的時候，梁玉琢還是發現了他眼角發紅的痕跡。

梁玉琢胸中發緊。「老三叔叔……」

「妳阿娘要妳嫁了拿聘禮貼補家用，妳可別答應。」

沈默了會兒，梁玉琢深吸一口氣，點點頭。「我不嫁人。」

「不成、不成，姑娘大了不嫁人怎麼行。」

「……」

「妳要嫁，就是得睜大眼睛看仔細，別嫁給什麼混不吝的。妳看像咱們指……鍾管事，妳看他多好，剃了鬍子那臉長得多俊，身手也好，身體也好，妳要嫁就得嫁這樣的。」

老三嘀嘀咕咕地說了一堆話，高廚子從旁邊過來，看見他們倆一塊兒在臺階上坐著，把端過來的兩碗湯水遞了過去。「喝點水。」

「謝謝高師傅。」

鍾府的灶房裡，常年煮著各種湯湯水水，最近梨子上市，灶房裡的湯水就換成了冰糖梨水。錦衣衛都是大老爺們，對這種甜絲絲的東西向來是敬而遠之，高廚子索性舀上一大罐讓梁玉琢帶回去。

老三跟在後頭，等把人送到了村口，才返回鍾府。

「快快快，快幫我寫封信。」

剛換崗下來的校尉被老三揪住後衣領。「寫……寫啥？」

「琢丫頭她娘要把閨女嫁人換錢咧。」

第二十一章

從瓦罐裡舀出來的冰糖梨水，顏色清透，氣味帶著一絲絲的甜意，二郎坐在凳子上，蹺著兩條腿，仰頭把碗裡最後一滴梨水喝完。

「好喝嗎？」

見梁玉琢笑盈盈地看著自己，二郎不迭地點頭，伸手遞過碗道：「好喝，阿姊，二郎還要。」

「梨子涼，只准你再喝一碗，不然要拉肚子了。」

「可是真的好喝，阿姊，妳也喝一口，以後還能再喝到這個嗎？」

看著被二郎捧在手裡缺了口的碗，梁玉琢心底輕輕嘆了口氣。「能，阿姊以後給你做。」梁玉琢將瓦罐放進灶房，轉身的時候，撞上了不知何時從隔壁回來的梁秦氏。

「梨水是從哪兒來的？」對於女兒她雖然心有愧疚，可心底想著母女之間沒什麼隔夜仇，這才由著梁玉琢這幾天的沈默和躲避；只是想起梁趙氏的話，再看著如今已經十五歲的女兒，梁秦氏的心底說實在的總是有些惴惴不安——她怕女兒主意太大，抓不住。

「別人送的。」梁玉琢轉了身。

她腦海裡的原主記憶到如今已經有些淡薄，記憶中梁秦氏一直是那個對女兒淡淡的，很少會去管束她的樣子，反倒是阿爹始終把女兒捧在手心裡，恨不得出門都揣在懷裡。

梁秦氏沒有出聲，許久方道：「妳趙嬸子幫妳相看了戶人家，阿娘打算明日進城瞧瞧，若是好，就給妳應承下來……」

「阿娘妳就這麼急著想讓我嫁出去？」

「妳這說的什麼話……」

「幫忙相看人家的是不是趙嬸子？」

「妳趙嬸子也是好意。」

「好意？」梁玉琢回頭，笑道：「阿娘是不是忘了，幾個月前，趙嬸子還在謀劃把兒子過繼給咱們家，阿娘就這麼相信趙嬸子跟妳說這些，又是建議妳閨女該嫁了，又是幫妳相看女婿，是出於好意？」

梁秦氏沒說話。梁玉琢見狀，壓下心頭怒意，握緊了拳頭。

她穿越一遭，沒穿成什麼豪門貴冑，也沒穿成富家小姐，就是穿成了一個農家姑娘，她也沒什麼怨言，不過是面朝黃土，重來一次罷了，左右她上輩子也在地裡做了不少事。

徐嬸將她視為親閨女，里正夫妻疼惜她幼年喪父，村裡的叔伯、嬸娘們個個樂意搭把手拉拔她，她感念周圍的善意，但不代表，她就能忍下別人得寸進尺的舉動。

灶房裡陷入沈寂。

梁玉琢雙目低垂，藏在袖口中的雙手握著拳頭，只等著梁秦氏開口。

「明日，阿娘會先幫妳去看看。」

「父母之命，媒妁之言，就算對方不好，阿娘如果急著要嫁女兒，只怕也不會問過我的意思。」梁玉琢這話，說出口後才發覺自己有些過了，語氣上的冷嘲熱諷並不是關鍵，字裡行間的怒意才是真正激怒人的原因。

梁秦氏的眼睛幾乎瞪圓了，雙肩不斷顫抖，臉上的神情滿滿都是難以置信。

灶房內再次陷入沈默，母女兩人這一回，誰也沒再打算先開口。

未料，二郎卻在這時候邁著小腿跑了過來，抱住梁秦氏的腿喊了聲「阿娘」，回頭衝著灶房裡笑開。「阿姊，我還想喝梨水。」

梁玉琢心下舒了口氣。「不行。」瞧見二郎瞬間垮下的小臉，她無奈地搖了搖頭。「你已經喝了兩碗，再喝晚上說不定就要尿床，還可能會拉肚子，到時候你又要不舒服了。」

當著梁秦氏的面把這話說了，梁玉琢原先以為二郎再貪梨水，也喝不著了，哪裡想到，只是一個不留神，梁秦氏背著她給二郎又倒了兩碗。

到了夜裡，果不其然出事了。

家裡的收入稍稍多了一些後，灶頭上的伙食，早就不再是之前的米糠、野菜。

二郎晚餐吃得肚皮滾圓，眼睛卻還時不時往灶房瞧。梁玉琢屈指敲了敲桌子，哼哼兩聲，二郎的視線隨即收了回來，老老實實地低頭喝了口水。

收拾完灶房，梁秦氏給二郎洗好澡就把人抱上了床，梁玉琢也沒在外頭待太久，不久便回房睡覺。

這一覺本來睡得還挺踏實的，可到了半夜，隔壁的房門開開關關好幾次，顯然是梁秦氏在進出。梁玉琢沒太在意，翻了個身繼續睡，突然啪嚓一聲，有東西摔破了。

「所以，你把瓦罐裡的梨水都喝完了？」

看著躺在床上因為拉肚子拉到虛脫，整張臉雪白的二郎，梁玉琢簡直是又氣又笑。

「二郎，阿姊說沒說過，不許再喝了，喝了晚上不僅會尿床，還可能拉肚子？」

「說了……可是真的很好喝……」

到底是小孩，這會兒病懨懨地躺在床上哼哼，梁玉琢實在不好衝著他發脾氣，只坐在床邊伸手給他揉了揉肚子。

臨睡前，她還去灶房裡察看過瓦罐，確定那裡頭的梨水沒少，可睡到一半，突然聽到啪嚓一聲，將梁玉琢直接從睡夢中驚醒。她跑到隔壁房間才發覺，原本放在灶房裡的瓦罐在桌邊碎了，梁秦氏滿臉蒼白地抱著二郎匆匆忙忙往床上放。

一看這情景，梁玉琢也不用問了，大抵是梁秦氏心軟，拗不過二郎的苦苦哀求，把瓦罐裡的梨水給他喝了。

梨子性涼，就算煮成了湯水，那裡頭也是有梨子的。成年人喝多了倒是無妨，至多不過是多跑兩趟茅房解手而已，但對於腸胃不適的人以及老人、小孩來說，吃得多了，最容易拉肚子。

二郎才多大的孩子，雖然懂事，但小孩子性情，有時候對喜歡的東西總是沒個節制，當著梁玉琢的面，還怕阿姊發脾氣悶著點頭答應，可等人一轉頭，在梁秦氏跟前，央求著就要東西。

梁秦氏素來對這個丈夫死了以後才出生的兒子疼愛至極，知道女兒約束著不讓二郎多喝梨水，心下有些不太樂意，就去灶房把瓦罐抱回了屋子。

瓦罐裡差不多還剩下幾碗的量，梁秦氏只抿了一口，就把剩下的梨水分幾次讓二郎喝了，喝完沒什麼事，可睡到半夜，二郎的肚子還是鬧了起來。

拉了幾趟肚子，二郎的臉色變得越來越難看，身上冷汗不斷，不光身上的衣服，連被子都濕了。

梁秦氏這時候真的怕了，抱著二郎又拉了次肚子後，匆匆忙忙要把他放回床上再去找大夫，一時沒留神，踢到了擺在桌子旁邊的瓦罐，這才有了讓梁玉琢驚醒的啪嚓一聲。

梁玉琢忙讓她去請大夫，自己抱著二郎擦了遍身子，換下了被冷汗浸透的衣服。

「阿姊，梨水喝多了真的會鬧肚子。」二郎在床上打了個滾，捂著肚子咕噥道。

梁玉琢伸手捏住他的鼻子，呵呵兩聲。「阿姊說的話不聽，你看，阿姊沒騙你吧！」

二郎嘿嘿笑兩聲，縮在被子裡拉著梁玉琢的手搖著。「我下回一定聽妳話，不多喝梨水了。」

說話間，梁秦氏帶著老大夫匆匆忙忙趕回來了。

村裡的老大夫姓孫，不過是個尋常的老頭。年輕的時候在藥鋪當學徒，學了些辨識草藥的本事，會開簡單的藥方，會診點脈象，上了年紀之後回到村裡，憑著這些功夫當起了大夫，可仔細說起來，本事卻是不大的。

如果不是三更半夜不能進城，二郎的情況又有些急，梁秦氏更願意去縣城裡請大夫。如今將老大夫請來，也只能盼著他開副藥先止了二郎的腹瀉，等天亮了再送去縣城看看。

梁玉琢瞧見梁秦氏進屋，忙從床邊站起來，見跟在後頭的老大夫是平日相熟的，可這回過來，老大夫的身後卻意外地跟了一個十來歲的小姑娘。

小姑娘揹著藥囊，看上去有些瘦弱，進了屋也不隨便亂看，垂著眼跟著走到了床邊。

「二郎，孫大夫來了，咱們馬上就不難受了。」梁秦氏說著話，眼淚就流下來了。

二郎的情況不複雜，孫大夫給診了診脈，又瞧了舌苔，瞇了瞇眼睛從藥囊裡拿出一小瓶藥，叮囑母女倆按時給二郎服下。

梁秦氏拿著瓶子哭哭啼啼，梁玉琢心底嘆了口氣，送孫大夫出門。

「煩勞孫大夫大晚上出診。」梁玉琢行了行禮，很是客氣。

孫大夫笑得親切。「琢丫頭太客氣了。」

梁家的孤兒寡母這些年的事，村裡人心裡都清楚，瞧見被生母這麼折騰不但沒長歪，反倒越長越精神的梁玉琢，孫大夫心裡頭也是別有感觸。

「琢丫頭，老頭這兒有件事想麻煩妳。」

「孫大夫請說。」

孫大夫摸著山羊鬍，臉上似有羞愧，搖頭晃腦，好一會兒才把事情原原本本說了出來。

原來，今晚跟著他出診的小姑娘，是孫大夫遠房親戚家的小孫女，因為家裡遭了難，就叫小姑娘一人出來投奔孫大夫；可孫大夫這些年來無妻無子的，年輕時候攢的那些錢這些年都花出去了，住的還是兩間瓦房，一間擺了床和其他櫃子，另一間小瓦房放滿了草藥。

小姑娘來投奔，卻沒地方住，孫大夫心裡實在覺得不好受。在小瓦房裡擠了幾夜，孫大夫瞧著小姑娘是個懂事乖巧的，就生出了給孩子找個能住的地方的主意，正巧，今晚到了梁家。

孫大夫的話說得意切言盡，臉上滿滿都是為難和愧疚。梁玉琢笑笑，答應下來，只是說空的房子沒有，只能和她擠一張床。

孫大夫滿心歡喜，主動提出每月補貼給梁玉琢母女一定的銀錢，就當是小姑娘的住宿費和伙食費。

當晚，小姑娘先跟著孫大夫回家，梁玉琢回頭把這事和梁秦氏說了下。

梁秦氏本是有些不願意的，畢竟關上門一家人的日子過得好好的，突然要來一個陌生人，雖說是個小姑娘，到底不知根底，生怕會出什麼問題，直到梁玉琢提起孫大夫說的銀錢，她心下一頓，才點頭答應了這事。

到第二日，小姑娘帶著一個小包裹上了門。

梁玉琢領著人進了自己的屋子，床上已經擺了兩床被子，枕頭並排靠著，房間裡的擺設很簡單，小姑娘進屋後只看了一眼，便收回了視線。

「妳往後就和我住一屋。」梁玉琢幫著把包裹裡的幾件衣裳放進了櫃子裡。「我叫梁玉琢，大概比妳大一、兩歲，妳要是不介意，喊我阿姊也行。」

小姑娘點頭，話不多，只說了自己叫鴉青，便再沒吭聲。

梁玉琢只當她是內向，新來乍到有些放不開，也不勉強她，之後幾日出門做事總把人帶在身邊，漸漸地，兩人之間的話就多了起來。

前朝設置十二個親軍衛，太祖皇帝開國後，沿襲前朝十二親軍衛制，將其中的錦衣衛提拔為最重要的一衛。

錦衣衛下設南北鎮撫司，掌直駕侍衛、巡查緝捕。其中，南鎮撫司掌錦衣衛內部事務，北鎮撫司掌詔獄，只聽命於天子，可不經刑部大理寺對犯罪官員直接進行追查、逮捕、刑訊等事。

六王之亂因牽涉甚廣，都指揮使司、承宣布政使司、提刑按察使司三司均不敢出頭，今上龍顏大怒，暗中命錦衣衛直接調查此事。鍾贛就是在六王之亂中，升任錦衣衛指揮使一職。

雖上任不到半年便被撤職，暗地裡他卻依舊以指揮使的身分在為今上做事。這次南下，也是今上的密旨，調查南下衛所與海寇勾結一事。因是密旨，錦衣衛北鎮撫司一行人南下，皆未著飛魚服，喬裝成普通商隊的模樣出入南方各地。

老三的密信送到鍾贛手上的時候，他正與同行的錦衣衛副千戶商議政務。錦衣衛之間的密信都有特定的火漆，老三不識幾個大字，往常傳信的事都是老四他們在做，此番南下老三留在下川村，突然送來密信，所有人都以為一定是出了什麼事。

然而，拆開信封細看，指揮使臉上的表情好像……不太對勁。

「指揮使，可是老三出了什麼事？」老二沈默寡言，是鍾贛的影子，一向比其他幾人要更懂鍾贛的心思，只是此刻，卻有些猜不透。

老四眉頭皺起。「難不成是盛京那邊有什麼動靜？」

鍾贛不語，反手將信一摺，放到手邊。「無事。」

屋內眾人面面相覷。

老三的信裡沒寫別的，找人洋洋灑灑寫了一大堆關於梁玉琢的事，義憤填膺中又帶著怒其不爭的語氣，還不斷地示意他快點想辦法。

正經的事情談完後，一屋子的人陸陸續續出了門，老四走得最慢，前腳才邁過門檻，後頭就傳來鍾贛的聲音。「老四。」

「標下在。」老四回身拱手。

鍾贛沈默地敲著桌面，手邊還放著老三送來的那封信，想著信裡的內容臉上的表情越發顯得晦暗不明。

第二十二章

鍾贛不說話，老四也不敢追問，只低著頭等他開口。

過了一會兒，鍾贛收回手，抬眼看向老四，道：「鴉青呢？」聲音沒有起伏，就連詢問的時候，也語調平平。

「這會兒鴉青應當已經到了梁姑娘的身邊。」老四想了想，仔細道：「梁姑娘聰明，鴉青若是突然出現在身邊，只怕梁姑娘會有疑慮，但鴉青原本就是訓練當探子的，事情應當不會辦砸了。」

想起離開鍾府前，鍾贛突然提出讓老四從盛京將鴉青調過來，安置到梁玉琢身邊，老四心底有些吃驚，是老五、老六提點他，這才有些明白其中的蹊蹺。

可明白是明白了……老四壯起膽子，稍稍抬眼去看鍾贛。

他們的這位大人，怕是對人上心了，只是他們的身分差距……怕是梁姑娘日後只能進府當個妾室。

院子裡的雞大清早就打鳴了，梁玉琢從床上翻身起來，外頭天光還沒亮，屋子裡黑漆漆的。

梁玉琢摸著黑下了床，跟她睡一床的鴉青也跟著爬了起來。

「妳再睡會兒吧！」梁玉琢回頭，鴉青正穿著一身打了補丁的衣裳，聽見她說話轉頭看了過來。

「姑娘要去哪兒？」

這幾日住在梁家，鴉青跟梁玉琢幾乎形影不離，不管是下地、上山，還是去廢園那兒幫湯九爺糊紙燈籠，就像是後頭跟了一條小尾巴，村裡人都說，孫大夫給琢丫頭找了個貼身的小丫鬟。

梁玉琢推開門往外走，站在院子裡擦了把臉，鴉青已經搬了凳子出來讓她坐下幫著梳頭。

聽著隔壁屋子裡傳來的呼嚕聲，梁玉琢笑了笑，輕聲道：「之前收了小豆，我打算想法子做出點東西送到城裡賣錢。」

「小豆能做啥？」

「很多，做好了讓妳頭一個嚐嚐。」

大概是聽見院子裡頭的聲音，隔著圍牆伸出一顆腦袋。梁玉琢閉著眼任由鴉青梳頭，聽見牆頭上的動靜，睜開眼去看，瞧見那顆腦袋頓時笑了。「俞二哥。」

她瞧見俞二郎回頭像是和人說了什麼話，再轉回頭來時，梁玉琢笑問道：「俞二哥是要進山嗎？」

「嗯……」俞二郎點頭，瞥了眼被鴉青握在手裡的烏髮，喉結滾動。「回頭能留些吃的嗎？」

俞二郎的話，叫鴉青聽了怔了一會兒，隨即抬眼看過去，梁玉琢倒是笑了笑隨口應承下來。話才說完，就聽見隔壁院子裡傳來了張氏的聲音，俞二郎不迭地應了聲，當即腦袋就從牆頭上消失了。

梁玉琢收回視線，唇邊還帶著沒停歇的笑，心底盤算起晚點要做多少東西。

鴉青給她梳了個方便幹活的頭。「姑娘帶上我吧！」她像是擔心被拋下，伸手拉住了梁玉琢的袖子。「姑娘別嫌我礙手礙腳，姑娘給我找些活，我在旁邊打下手就成。」

這幾日和鴉青相處，梁玉琢發現這冷冷淡淡的小姑娘，性子有些古怪；倒不是說不好相處，她說話做事穩妥得很，只是言語間有些卑怯。

梁玉琢私下找過孫大夫，孫大夫似有難言之隱，半晌才嘆氣說鴉青是叫老家的那一場災難給嚇著了。

梁玉琢過去工作的時候，也見過因為家裡的一些突發情況導致自卑的小孩，儘管這具身體的年紀和鴉青差不了多少，但她心理上總是自覺經歷得更多一些，如此一來，梁玉琢對鴉青只剩心疼，自然更不願讓她成日獨自一個留在村裡。

「當然要帶著妳。」梁玉琢瞇眼笑。「我一個人也忙不過來，妳跟著幫忙我樂得輕鬆。」

鴉青聞言，笑盈盈地去洗漱，梁玉琢看著她這副模樣，嘆了口氣。

種的那些小豆種前頭全收穫了，老三正好在村裡幫著收了幾袋子小豆，紅通通的，瞧著喜人。梁玉琢早就打算要拿紅豆做些吃食賺錢，思來想去想到了豆團。

她本來打算做的是歡喜團，可歡喜團需要糯米，還得熬糖漿，萬一沒做成就浪費了。梁玉琢輾轉反側想了一晚上，最後決定做豆團。

紅豆自家就有，白麵也買了不少，她這會兒鑽進灶房，彎腰往灶裡塞了把柴，洗乾淨手，把昨晚泡的紅豆倒進鍋裡，再倒進水燒煮，一會兒的工夫，身後傳來了噔噔噔的腳步聲。

沒等她回頭，背上就撲上了個軟乎乎的身子。「阿姊，鴉青姊姊說妳在灶房，是要做好吃的嗎？」

二郎睜眼起來才出房門就跑去找長姊，在院子裡看見正在餵雞的鴉青才知道，阿姊進了灶房要下廚。

梁玉琢轉頭瞧了眼背上的二郎，小子的眼角還藏著眼屎，一臉沒睡醒的樣子。她伸手拍了拍二郎的小腦袋，騰出一隻胳膊托住他屁股，揹著人從灶房出來。「待院子裡去，等會兒阿姊給你做好吃的。」

二郎踢著腿嘿嘿笑，轉頭聽見門外有村裡的小孩喊他的名字，眨巴眼睛就想往外跑。

「邋遢鬼，先把臉洗了，再跟阿娘說，阿娘要是同意你出去玩再去，不然我打斷你的腿。」梁玉琢說罷揮了揮拳頭，二郎知道她只是在嚇唬自己，笑嘻嘻地吐了吐舌，轉頭往屋裡跑，一邊跑一邊喊阿娘。

天已經徹底亮了，梁玉琢在灶房裡一待就是半個時辰。二郎擦過臉後一陣風似地跑出了家門，隔壁院子裡還能聽到徐嬸和張氏說話的聲音，院子裡的雞咯咯咯地叫著。

鴉青進灶房就看見梁玉琢蹲在灶頭前發呆。

鍋裡飄出紅豆的香味，鴉青忍不住多聞了兩下，接著跑到梁玉琢旁邊一塊兒蹲下。灶頭下火燒得旺，梁玉琢或許是發完呆了，從裡頭挾出幾塊沒燒完的柴。

「姑娘要做什麼？」

「吃過豆團嗎？」

鴉青搖頭。她自小父母雙亡，被叔叔賣給人牙子，要不是被賣進開國侯府後讓大公子挑中，她可能這輩子就是個伺候人的丫鬟，最多日後成了通房再開臉做妾。

可大公子那樣冷淡的性格，誰也沒那個膽量靠近，二公子屋子裡鶯鶯燕燕一大堆更是輪不到她；好在大公子挑中她，為的也不是什麼私慾，反倒教會了她不少東西。但開國侯府對下人一向嚴苛，主子吃的東西，下人一口都吃不著，梁家姑娘要做的豆團，她在開國侯府那幾年都沒聽過，也不知外頭有沒有。

梁玉琢聞言笑了笑，她打定主意要靠做吃的賺些錢，事前就跑到城裡轉悠過幾圈，確定幾個沒人吃過的點心打算先試一試，豆團就是其中之一。

等到鍋裡的紅豆都已經煮到軟爛了，她才盛到一口大碗裡，遞給鴉青一個篩子和空碗，叫鴉青到一邊幫著把水都給過濾乾淨。

趁著鴉青低頭忙碌的工夫，梁玉琢往灶房外走，梁秦氏正站在門外和人說話，梁玉琢一眼就看見門外說話那人是梁連氏，當下皺了皺眉頭。

梁連氏也看見了她，大抵是想起之前在梁玉琢面前丟了臉面的事，臉色頓時有些難看，等人走過，撇了撇嘴角道：「弟妹，也不是我這做嫂嫂的說話難聽，妳家沒了男人，閨女脾氣又大，哪家人肯娶這麼厲害的婆娘回家？薛家想納妾，正託人在找容貌好的，要不我幫妳去說說？」

薛家當年剛發家的時候，梁秦氏知道梁文有意跟薛家做這個姻親，畢竟那時候薛家口頭說得好聽，不看重門第，就想要個識字乖巧的媳婦。

可出事後，薛家的變臉叫梁秦氏再生不出心思，而且聽見是給薛家當妾，梁秦氏的臉色有些發白。「怎麼能是妾呢……她伯母，琢丫頭到底是正經人家出身的閨女，怎麼能當妾呢……」

「喲，弟妹啊，妳還嫌棄啊？」梁連氏一抹嘴，翻了個白眼。「妳也不想想，琢丫頭這一年鬧騰出多少事，哪家閨女有她這麼折騰自己名聲的？再說了，妳家男人過去不常說什麼，人往高處……」

「人往高處走，水往低處流。」

「對對對，就這話。妳總不樂意看著妳家閨女嫁給泥腿吧？當妾怎麼了？當妾也是大戶人家院子裡的，也是半個主子，穿金戴銀，出入有車馬、轎子，身邊還跟著婢女、僕從，萬一生下個帶把的，那下輩子可有福氣了。」

梁秦氏有些惶恐。

梁連氏翻了兩個白眼，見梁秦氏沒再說話，反倒一臉不安，哼了一聲，灑了香粉的帕子往她面前一揮。「妳就好好想想，回頭我閨女出嫁，妳可得過來搭把手，我今兒個是來和妳說這話的，行了，我走了。」

梁連氏說罷，揮著手裡的帕子扭腰走了。梁秦氏臉色發白，慢慢轉回身，一抬眼就對上了站在院子裡、面無表情的梁玉琢。

母女倆因為之前的事情，已經有段日子沒好好說過話了。梁秦氏又被徐嬸數落過好幾回，雖然知道有些不該，可心底總是覺得女兒的脾氣執拗了點，這會兒看見梁玉琢的神情，梁秦氏當下喉嚨一哽，一時不知該說些什麼。

梁玉琢收回視線，轉頭鑽進灶房。

「姑娘，妳看這樣成不……」鴉青看見梁玉琢進來，忙把過了水的碗遞過來，煮軟了的紅豆聞起來透著香，方才梁玉琢不在的時候，她偷偷挖了一些，嚐了一口，沒什麼味道，可也覺得滿嘴留香。

煮過紅豆的鍋已經重新洗乾淨了，梁玉琢壓下心裡的事，往裡頭倒了油和糖開始翻炒。炒過的糖透著甜香，鴉青聞了聞，見梁玉琢把過水後的紅豆都倒進鍋裡，又往灶下塞了柴火開始翻炒紅豆。

炒好的紅豆沙聞著香甜，梁玉琢拿筷子挑了一點出來餵給鴉青，等她把筷子上的紅豆沙吃進嘴裡，這才問：「甜嗎？」

噴香的紅豆沙在嘴裡一下子就化開了，香甜的味道在齒間瀰漫，鴉青不迭地搖頭，一向冷淡的臉上難得露出開心。「不會太甜，這個味道剛剛好。」

梁玉琢不敢往紅豆沙裡加太多的糖，怕的就是口味太甜，這會兒看見鴉青的神情，心底頓時鬆了口氣。

豆沙好了，後頭的事就容易了些，加糖、加白麵，揉成麵球，一顆、一顆嬰兒拳頭一般大小的擺放在盤子上頭。

鴉青洗了手，也在一邊幫著梁玉琢揉麵球，不多一會兒工夫就揉了兩盤子。鍋裡的油燒熱，把麵球過油一炸，手起手落，梁玉琢盛出所有豆團，一個個被炸得十分喜氣，還透著讓人難以拒絕的香氣。

「阿姊，香……」灶房門口探進一顆小腦袋，梁玉琢回頭，瞅見是玩夠了跑回家來的二郎，挑了挑眉。大概是玩得狠了，二郎額頭上滿滿都是汗，一雙小眼睛死死盯著灶頭上的盤子，連吸了好幾下鼻子，口水都快流出來了。

鴉青也發現了二郎，逕自洗了把手，伸手就要去抓盤子裡的豆團，梁玉琢皺眉。「還燙。」她說完回頭，看見跑進灶房來抱著自個兒的腿仰頭求餵食的二郎，搖了搖頭，重複道：「還燙，去找阿娘擦把臉，回頭我就給你送去。」

知道阿姊不會騙自己，二郎吞著口水，一步三回頭地出了灶房，喊著阿娘去找梁秦氏了。見二郎離開，梁玉琢低頭，看著盤子裡的豆團，拿筷子挾起一個，伸到了鴉青的嘴邊。

鴉青微微一愣，臉上發紅，想起梁玉琢說讓她頭一個嚐嚐的話，張嘴咬下一小口。剛過油炸出來的豆團有些燙嘴，她這一小口咬下去，嘴唇和牙齒果真覺得發燙，可饒是再燙嘴，豆團的香甜還是讓她覺得開心得不行。

「姑娘，這真好吃。」鴉青吹了吹還冒著熱氣的豆團，伸手推了下梁玉琢拿筷子的手。「姑娘，妳也吃。」

稍稍放涼的豆團已經不這麼燙嘴了，鴉青一個人接連吃了三個，回頭聽梁玉琢的吩咐裝了一小碗送去山腳下的廢園。

二郎再從屋子裡出來的時候，梁玉琢正端了碗過來。院子裡擺上小凳子，二郎坐在上頭，晃著腳，雙手拿著一顆豆團，一口一口往下嚥。

她低頭瞧著吃得津津有味的二郎，而後又抬頭道：「阿娘，我要是能賺到十兩銀子，妳就不要賣了我換錢好嗎？」她頓了頓，摸摸二郎的小腦袋，扯出苦澀的笑容來。「我要是走了，這個家就撐不住了。」

還聽不大懂阿姊話語意思的二郎，眨著眼抬頭去看梁玉琢，身後傳來嗚咽聲，他回頭，阿娘不知何時站在門口，捂著臉，眼淚一滴一滴順著指縫往下掉，哭得不行。

做出的豆團熱呼呼的時候味道最好，不光二郎吃得滿嘴都是，就連忙碌歸來的俞二郎也幾口吞完一顆豆團，臉上的神情寫滿了愜意。

鴉青從廢園回來，給梁玉琢帶回了湯九爺的一句問話。「九爺問，姑娘做這個豆團是不是想著要送到縣城去換錢？」

梁玉琢沒瞞著鴉青，將剩下的豆團放進灶房櫃子裡，回頭看著身邊穿了一身舊衣的鴉青，彎了彎唇角。「冷了就不太好吃了，要換錢也不能拿豆團直接換。」

她剛開始的確是打著在自家做豆團，再起早貪黑去縣城賣了換錢的心思，可豆團涼了之後味道就大不如前，而且工序也不容易，這麼一來，辛苦地送到縣城，反倒是有些得不償失。

「明日妳陪我進趟城吧！」梁玉琢打量著灶房，又看了眼鴉青身上的舊衣。「我打算把做豆團的食譜賣了。」

梁玉琢的話音才落，鴉青就睜大了眼。她沒讀過多少書，也知道殺雞取卵的道理，直接賣食譜那就是徹底斷了以後靠獨門手藝賺錢的路。只是想到梁家眼下的境況，鴉青深呼吸，咬了咬唇。

「姑娘，當真沒別的法子了嗎？」非要拚了命地賺那些錢？

「賺了，二郎才有書讀。」賺了，她也有條活路，不用想著被人當作物什一樣賣了換錢，再給別人做牛做馬像個奴才；而且……

梁玉琢笑。她已經決定了，賺了錢後，這個家和她的關係就只剩下血緣上的了；她既替被親娘擱置一旁病死的小玉琢委屈，也替她心疼，她占了這具身體，理當代替小玉琢照料梁秦氏和二郎。

古人向來重孝道，光是一本《孝經》，就能看到許多關於孝的故事，如果小玉琢還活在世上，也許不管梁秦氏怎樣忽視她這個女兒，小玉琢也一定會竭盡所能地為這個家付出所有她能付出的東西。

小玉琢是愛著梁秦氏，也愛著二郎的，不然又怎麼會在二郎出事的時候，不顧一切地跳下水去救人？也許那時候，小玉琢是知道的，如果二郎出事，梁秦氏會有多難過。

可她不是小玉琢，她出生在現代社會，雖然也是尊崇「百事孝為先」的道理；只是，現代與古代不同，孝順不意味著就要無條件地侍奉，無條件地付出，甚至將自己放在低入塵埃的位置。

她和小玉琢注定不同。

人都是自私的，如今她只願意等到梁秦氏百年後，回到這裡送梁秦氏一程，其他的就這樣吧！

天光還沒亮，梁玉琢就拉上鴉青出了門，昨天藏好的豆團成了路上的乾糧。

柴門才推開，就聽見後頭開門的聲音，梁玉琢往後瞧了一眼，二郎靠在門口，揉著眼睛，睡眼惺忪。「阿姊……」

「乖，回去睡。」梁玉琢幾步走回到房門前，蹲下身，摸了摸二郎的胖臉頰。「等阿姊回來，給你帶好吃的。」

她原本想說回來就可以送二郎上學，只是話到嘴邊，眼角掃見往門口走來的一雙秀足，將到嘴邊的話重新嚥了下去。

二郎還小，有吃萬事足，聽聞阿姊回來會給自己帶好吃的，當即哈哈笑，胖乎乎的小身體往前一傾，也不揉眼睛了，抱住他阿姊的腦袋，一聲一聲樂呵呵地喊「阿姊」。

他還在娘肚子裡的時候，就沒了爹，梁秦氏又是那樣看重這個遺腹子，從他還在襁褓裡的時候就捧在手心裡。

好在慈母多敗兒這話沒在二郎身上應驗。這孩子雖然沒爹，又被親娘這麼嬌慣著，卻難得是個懂事的，調皮歸調皮，從來不惹事，跟總是搗蛋的梁同比起來，簡直就是小天使。

第二十三章

梁玉琢穿來這麼久，最是疼愛這個弟弟，如今看他這副模樣，心下一軟，抱著二郎在他臉頰上親了一口才離去。

到村口，湯九爺坐在俞大郎趕的牛車上，正瞇著眼打呼，聽見腳步聲才懶懶地抬眼。

「來了？」

梁玉琢點頭，幾下就拉著鴉青爬上牛車。

俞大郎的媳婦張氏近來有些不舒服，大郎是個疼媳婦的，起早趕了馬車打算進城給媳婦抓些補藥養養身子。至於湯九爺，他做的那些燈籠又該賣了，早幾日就和俞大郎打了招呼，約定下回趕車進城的時候順帶捎上他。

梁玉琢和鴉青是突然多出來的兩個人，一時間牛車裡頭坐了三個人，還堆著為數不少的燈籠，稍顯擁擠了些，好在這條路本就不長，加上有牛車，進城的時候，天方亮。

進了城，梁玉琢和俞大郎約定好時辰就帶著鴉青往街市上走。上回她在門口幫著湯九爺賣燈籠的那家酒樓剛剛開始做營生，裡頭還沒多少生意，三三兩兩坐了幾人，正一邊交談、一邊吃著東西。

酒樓的掌櫃還認得梁玉琢這張臉，只是眼下看見她做一身女兒家的裝扮，愣了愣，隨即想到姑娘家行走不便，恍然大悟。

得知梁玉琢這回過來不是借地方賣燈籠，而是來賣點心食譜的，掌櫃的瞪圓了眼睛，笑道：「姑娘這是在說笑？」

食譜向來不是隨意會有人出手的東西，掌櫃的自然要懷疑這話裡的真假。上輩子，梁玉琢為了幫村子裡種植的那些經濟作物找買家，也是跑了很多公司和市場的，一張嘴為了能賺錢，只差沒把石頭給誇出花來。她不覺得單憑幾句話就能讓賈樓掌櫃的花錢買下豆團的食譜，只恭謹地詢問可否借廚房一用。

掌櫃的也想瞧瞧這小姑娘到底有幾分本事，趁著樓裡還沒多少生意，敞開了廚房供她用；只是看見梁玉琢讓身後跟著的小姑娘從包裹裡掏出個小瓦罐來，饒是見識過不少風雨的掌櫃，也睜大了眼。

等到知道瓦罐裡裝的是泡了一夜的小豆，掌櫃的一陣唏噓。「這小豆不多，是熬煮米粥用的嗎？」

梁玉琢在大雍這些日子，發現平和縣似乎沒有把紅豆當食材的習慣，用一小把紅豆煮紅豆湯，或是做些紅豆粥，已經是這裡人的極限了。

等她忙活了半個多時辰後，從廚房裡端出來一盤豆團，掌櫃的看著盤子裡揉得圓滾滾的麵球，不禁笑了。「這就是姑娘妳說的豆團？」

「掌櫃的不妨先嚐嚐。」鴉青見掌櫃的滿臉笑意，似乎擔心他覺得這豆團不起眼不願買食譜，忙催著掌櫃先吃兩口。

「好好好，我先嚐嚐。」掌櫃的原本只是賣梁玉琢一個面子，然而一口豆團咬下去，掌櫃的臉上的神色就變了，旁邊候著的小二跟廚子見狀，也忍不住伸手去拿。

剛出鍋的豆團還冒著熱氣，饒是皮糙肉厚的廚子徒手去拿，也被燙得有些愣怔，只是這豆團下了肚，嘴裡留滿了小豆的香甜味很是喜人。

梁玉琢也不急著催掌櫃的買食譜，又讓鴉青從廚房裡端出另一盤豆團。「掌櫃的，這是方才一道做的，您不妨讓外頭的客人嚐嚐，倘若覺得不錯，您再考慮這食譜的事。」

掌櫃的見她小小年紀說話做事自有一套，也不覺得奇怪。之前賣燈籠那會兒便發覺這人年紀小小，做事老成，想來是窮人的孩子早當家，這會兒更是替她家的父母心疼她。「端去前頭問問吧！」他向小二吩咐。

梁玉琢難得有這耐心，拉著鴉青在廚房待了一會兒，幾個廚子嚐過她的豆團後，對這小姑娘的手藝充滿了好奇，雖然不能窺探一二，但也樂意和她聊上幾句。

鴉青一直悶不吭聲地跟在旁邊，之後有些耐不住性子，匆匆忙忙就往前頭跑，不多一會兒工夫又跑了回來，臉上滿滿都是笑意，邊跑還邊喊。「姑娘、姑娘，那些豆團……都被客人搶完了。」

她話音落下，嘴上還在喘氣，可明顯看見梁玉琢長長吐了口氣，這下才知道，指揮使要她護著的這位姑娘，看上去冷靜得很，實際上原來也吊著心緊張著。

「梁姑娘，這豆團的食譜……」掌櫃的氣喘吁吁趕到後廚，看見兩個小姑娘正站在一處低聲談笑，想著前頭的境況心裡微嘆了口氣。「梁姑娘，妳這食譜打算賣多少銀錢？」

他這話說完，廚房裡開始忙碌的廚子們都停下手裡的活，抬頭看向他們。

梁玉琢眼微垂，似是考慮了一會兒，再抬眼時伸手豎起了一根指頭。

「一百兩？」掌櫃的皺眉，他還記得上回賣燈籠鬧出的事，小姑娘張口訛人的時候報的價錢可是不低。

梁玉琢見掌櫃的臉色，就知他是想起了上回的事，忍笑搖頭。「不用這麼多。」她眨眼收回手。「不過掌櫃的若是願意給，我也是願意收的。」她正經行了一禮，拿出先前寫好的食譜。「掌櫃的給十兩就夠了。」

她在家算過帳，三兩銀子通常是普通農家一年的收入，便是城中做工的一年至多不過二、三兩銀子，她若是貪心要個一百兩，興許賈樓狠下心會買，可日後的生意卻是斷了。

她一個豆團用的料，除了紅豆，還有糖跟白麵以及油，加起來成本其實並不低，十兩銀子的食譜對尋常人家來說算貴，但對賈樓這樣的酒樓來說，不過是小菜一碟。

「那就十兩吧！」一手交錢、一手交貨，掌櫃的只來得及掃了眼食譜，就被從前頭趕過來的小二催著叫人趕緊著手做豆團。

梁玉琢順水推舟，將帶來的瓦罐裡的紅豆也賣給了賈樓。

掌櫃的看著梁玉琢帶來的小豆看了半晌，猶豫了下。「梁姑娘，妳這小豆看起來好像有些不同。」

見梁玉琢抬眼看過來，他抓了一把廚房裡用的乾小豆，伸手叫梁玉琢看。「妳看這小豆和妳帶來的……」

「世間萬物多種多樣，就連人，雖分男女，還各有模樣，這小豆也是如此，豆種不同，產出的小豆也就有了差別。」梁玉琢淡笑道：「掌櫃的日後要用到小豆的地方想必會比過去多，若是城裡的小豆不合心意，或是不夠，掌櫃的不妨到下川村找我。」

掌櫃的見梁玉琢說話直來直往，也不遮掩，心下倒是對這小姑娘更喜歡了半分。「妳是姑娘家，我的年紀雖和妳叔父一般，但到底是個男人，就這麼往妳家去，說不定給妳招惹來麻煩。」他想了想。「不如這樣，妳找個信得過的人，在我這兒留個信，我若是需要小豆就聯繫那人，再由對方從妳那兒拿小豆。」

「掌櫃的……」梁玉琢愣住，從她下定決心要多賺銀錢開始，就已經沒去顧忌自己那點名聲，可聽到掌櫃的說這些話，梁玉琢突然覺得心頭微暖，面上忍不住浮現笑意。

得了十兩銀子，梁玉琢從賈樓出來，徑直帶著鴉青就進了附近的成衣店，得知梁玉琢要給她買新衣，鴉青慌得臉都白了，趕忙擺手。「姑娘，用不著新衣，用不著……」

「我不會裁衣、縫衣，只能買成衣給妳。」

鴉青愣愣地看著面前笑盈盈的梁玉琢，心知她賺的那些銀錢是為了給二郎進學堂用的，這會兒卻還在關心自己身上穿的是打了補丁的舊衣，當即眼眶就紅了。「姑娘，妳真好。」

她眼睛發酸，低頭忍住差點滾出眼眶的淚，心道等指揮使回來就去求他放了自己，好讓自己就這麼留在姑娘的身邊，寸步不離地護著、陪著，只為暖一暖姑娘那顆心。

梁文家的琢丫頭拿著食譜進城換錢的消息，下川村目前還沒人知道。

哪怕是在城門口和俞大郎碰了面，梁玉琢也沒和他說這事，只是當視線撞上湯九爺時，微微點了點頭。她沒打算瞞著湯九爺，畢竟第一筆錢還是藉著湯九爺的脾氣和手藝才賺到的，她缺錢的事湯九爺素來心中有數，更不會到處吵嚷著說她有賺錢的法子。

不過，即便梁玉琢心底敬著湯九爺，卻也不會什麼都說。

畢竟，任誰都會覺得，一個什麼都不懂的農家姑娘，突然會寫什麼食譜，還知道送去酒樓換錢可是件有些稀奇的事；更何況，梁玉琢並不覺得一張豆團的食譜，就是結束——她還得尋思別的生意。

回村後，從賈樓掌櫃那賺來的十多兩的銀錢，被梁玉琢擺到了梁秦氏的面前。

二郎讓鴉青帶出去玩了，屋子裡只留了母女倆，靜悄悄的，沒別的動靜。

「這裡不到十一兩，妳拿去給先生，餘下的收好。」梁玉琢垂著眼，她知道梁秦氏在看著她哭，可她心裡不快，實在不願抬頭去看。

「拿了這錢，就送二郎去讀書識字吧！以後每年，我會給妳三兩銀子，別的再多不會給妳了，二郎我來養活，妳的繡工養活妳自己應該夠了。」

梁玉琢頓了頓，終於肯抬眼看一看跟前坐著的梁秦氏。「只要我還在這裡，這個家我就會撐著，可再多的我給不了妳。」

見梁秦氏紅著眼眶張嘴要說話，梁玉琢毫不客氣地把話堵住，忍著氣說：「我是個沒本事的，在妳肚子裡的時候沒生成個男娃來；如今妳也別氣，我會這樣也是這幾年被妳弄寒心了。」

梁秦氏一口氣沒上來，捂著臉就開始哭。

她本就生得嬌柔，要不是這樣，梁文這些年不可能一個人撐著家中裡裡外外所有的事，說到底，男人愛嬌，梁玉琢她爹是個妻奴，把媳婦捧在手心裡生怕摔了，哪裡會讓她吃苦頭？這所有的苦頭，也都是梁文沒了以後，才終於嚐到了滋味。

看著明明不到三十出頭，眼角卻在這幾年內爬上了風霜的梁秦氏，梁玉琢心底嘆口氣，到底有些不忍心把話說得太狠；可她心底也明白，話要是不說得狠一些，只怕她這阿娘還會因別人的三言兩語又生出了其他心思。雖然不是什麼大奸大惡的事，可確實太戳人心窩了。

「妳生了我，等以後妳要是沒了，我總是會回來送妳一程的。二郎平日裡跟著妳，但他的吃穿用度從我這裡出，只要妳別把二郎教壞了，日後他總歸會孝順妳的。」

梁玉琢從回來開始就沒喊過一聲娘，梁秦氏臉上的神情越聽越慘白。她雖然對這個女兒不是特別喜愛，可到底是十月懷胎生出來的骨肉，眼看著女兒在母女之間劃開了楚河漢界，心底不難過才有假。

「我是妳娘，妳怎麼能這麼跟我說話……」

「不然怎麼說話？」梁玉琢抬眼。「妳都要賣了女兒換錢了，妳還想聽我說兩句好話哄妳不成？」

見梁秦氏面無血色，神情愣怔，梁玉琢心底有些不忍；可再不忍，她也做不到那麼無私地讓人發賣了，還聳聳肩當作無所謂。

她說完話就要站起來出門，梁秦氏卻突然發難，一把抓過桌上的銀錢直接砸到了梁玉琢的腳邊。

「我生了妳我就能管妳。」

掌櫃給的碎銀跟銅錢混在一塊兒砸過來，唏哩嘩啦地響了幾聲，還有銅錢在地上彈了兩下滾進了床底下。

梁玉琢沒吭聲，她知道，梁秦氏性子再軟，只要是個人都是有脾氣的，被親生女兒這麼直接地駁了臉面，會發火是再自然不過的事。

「妳伯母打算幫妳去薛家說說，要是成了，妳就能嫁去……」

「嫁去？伯母不是說薛家要的是妾嗎？」

「我怎麼捨得讓妳去給人家當妾？妳到底是我生的閨女，我難道不知道心疼妳嗎……」

梁秦氏掩面號啕大哭，像是要把在女兒身上受的委屈全都發洩出來，哭到後來聲音已經嘶啞，卻還有力氣往梁玉琢身上捶打。

被幾拳捶打到身上的梁玉琢全身僵著，到最後才漸漸放鬆下來。

「如果不是妾，那這門親事成不了的。」梁玉琢說話間，嘴裡苦澀起來。她突然慶幸自己想得明白，讓鴉青把二郎帶出去了，不然屋裡這情況，只怕二郎心裡也不好受。

「薛家雖然不是什麼大富大貴的人家，可在城裡已經算是有錢人了，那樣的人家，怎麼可能看得上我們？而且，我爹是怎麼死的妳忘了不成，我爹死後薛家是怎麼做的妳也忘了不成？」

梁玉琢閉了閉眼，努力壓下心口的酸澀。「妳想攀上薛家，為的不是我吧？」再睜眼的時候，梁玉琢果然看見梁秦氏臉上被人看穿的驚惶神色。「阿娘，妳是為了二郎吧？」

她活了兩輩子，加起來都是快四十歲的人了，怎麼可能還看不透一些事？在她工作的地方，類似的情況不是沒發生過，她要是再這麼天真地以為，梁秦氏想攀附薛家只是為了她能有個好夫家，那她就真該回爐重造了。

見梁秦氏不哭也不說話了，梁玉琢低頭勉強一笑，彎腰把地上的銀錢一點一點拾起來，重新放到桌上。

「這錢是給二郎上學用的，妳別丟了，以後我賺的錢我花，妳賺的錢妳花，每年我會給妳三兩銀子，二郎歸我養，五畝田不分，有了收穫我會給妳一些。」

梁秦氏躊躇了一下，看著女兒的臉，卻一時說不出話來。

「阿娘，我去忙活了，晚上我去別處吃。」梁玉琢沒再多說。

第二十四章

從屋子裡出來，聽到從屋內再度傳來的哭泣聲，梁玉琢垂下頭，看了好一會兒腳下的地，輕呼了口氣，才邁出腳步往廢園那邊走。

得知梁玉琢都跟梁秦氏說了什麼話後，饒是多吃了幾年鹽的湯九爺，也忍不住瞪圓了眼珠子。「妳腦子裡都藏著些什麼?!」湯九爺瞪眼，手裡的細竹竿直接抄起來打到了梁玉琢的手臂上。

二郎在門口玩，雖然旁邊跟著鴉青，但湯九爺這一嗓子吼下去，還是讓他丟下手裡玩的東西，噔噔噔跑了過來，臨進門的時候還被門檻絆了一跤。

摔倒了的二郎索利地再爬起來，抹了把手上的汗，直接跑到梁玉琢腿邊把人抱住就喊阿姊。

「喊什麼喊，你阿姊都快跟你分家了。」湯九爺氣得吹鬍子瞪眼睛，看了迷迷糊糊的二郎，再看垂著眼不吭聲的梁玉琢，更是氣不打一處來。「妳在妳娘面前逞什麼英雄？每年三兩？銀子是這麼好賺的？還二郎歸妳養？妳倒是先把妳自己養活了，再去管妳弟弟的事，妳娘瘋了妳也跟著發瘋？」

知道梁秦氏想給村裡的先生每年三兩銀子的束脩，湯九爺差點笑出聲來，只覺得這女人糊塗起來是什麼都不管，一心撲在兒子身上；可知道梁秦氏為了兒子，打算拿女兒婚姻做籌碼的時候，湯九爺頓時對跟前的這小姑娘心疼得不行。

「我能賺，也養得起……」

「難不成妳就不嫁了？」

鴉青在門口站著，聽到湯九爺的問話，當即想跟著問一聲。雖然那錢來得索利，畢竟不是長久之道，一次、兩次還可以，多了她也是不信梁玉琢能變出夠換幾十年銀錢的食譜。

大抵是因為「嫁」這個字最近聽得有些多了，而且有之前梁秦氏的刺激在，梁玉琢這會兒神情終於微微變了，慢慢地全身都顫抖了起來。

二郎原本抱著阿姊，眼睛已經往湯九爺擺在桌上的花燈上瞅了，當滾燙的眼淚落到他額頭上的時候，小小兒郎驀地一怔，抬頭才發覺，淚珠正從他家阿姊的眼眶裡滾出來，大滴大滴地往下掉。

「嫁？嫁給誰？她要拿我換錢，雖然還沒答應，可已經心動了。」梁玉琢擦了把眼淚。

穿越到這個地方已經快一年了，她原本還慶幸，下川村不窮，梁家也不是窮到揭不開鍋的地步，慢慢來總是能把日子過下去的；她也有自信，憑著手裡頭的那點本事和三不五時的好運，說不定家裡的生活能起色不少。

可到底窮人家賣女的事還是叫她碰上了。

梁秦氏沒有明著說賣女，可拿女兒的親事去換聘禮，和賣女又有什麼差別？區別大概不過是別人家賣女是喊了牙婆上門，而她則是放出消息託人打探誰家想娶媳婦。

她穿越至今還沒因為誰哭得這麼難受過，如今卻是全都受了，就連那個家也不想再踏進一步，她甚至害怕夜裡睡著的時候，會毫無知覺地被梁秦氏給賣出去。

大概是傷心過頭了，眼淚掉了也就掉了，擦乾之後就什麼都沒了。梁玉琢低頭，看見二郎貼心地抱著自己，胖嘟嘟的小臉上滿是心疼，眉眼一彎，將人抱起在臉頰上親了一口。

「二郎，以後阿姊養你。」

小小兒郎還不懂這句話的意思，然而不管是湯九爺還是鴉青都明白，梁玉琢這一回是打定主意要把二郎的事扛在自己身上了。

只是，她不過才十五歲，以後的路還有那麼長，又有誰知道前行途中會遇上什麼。

因為下川村都是腳踏實地的農民，有那個天賦讀書出人頭地的，這些年不過才出了一個梁文。只是梁文的學識也才考到一個秀才，就斷了，再往後，什麼都沒有，只能當個教書的先生。

因此，村裡唯一的學堂向來只是村裡人給自家孩子識兩個字的地方，至於光耀門楣什麼的，還真沒多少人這麼想。

二郎在梁秦氏得了銀錢後隔天就被帶到了學堂，沒奈何錢都捧到了面前，先生仍舊沒鬆口。梁秦氏抱著兒子在學堂哭了一場，這事很快就在下川村傳遍了。

雖然明面上沒人敢說什麼，畢竟學堂是薛家設的，薛家不肯收二郎，旁人也說不得什麼；可薛家跟梁文的那點事，村裡人還是清楚的，私底下都在說薛家這事做得不厚道。

可不厚道又怎樣？那是薛家的意思，薛家覺得自己在梁文死後為孤兒寡母做得已經夠多了，那就可以了。

然而這事還沒完，在學堂再次拒絕收二郎這件事過去半個月後，村子裡忽然開始傳話，說梁秦氏託人去薛家說親，想把梁玉琢說給薛家二房的薛瀛，也就是梁文救的那人。

這話說說也就罷了，薛家卻是藉著這話狠狠搧了梁秦氏一巴掌，直言薛家伺候不起梁家的姑娘，私下還放話說梁文的這個姑娘是個逞凶鬥狠的主，誰家娶了就得倒楣，便是做妾也是不夠格的。

消息在下川村傳開的時候，梁秦氏又狠狠地哭了幾天，饒是徐嬸陪著勸慰了好幾日，也不見梁秦氏臉上浮出一絲笑顏；反倒是梁玉琢，仍舊過著自己的日子，也不管那些話到底都是誰傳出來的。

接著不過是一個月後，村子裡新傳的消息，成了梁連氏家那位因為出了醜正在待嫁的閨女，被人發現在偷偷喝安胎藥。

如此，倒是再沒人盯著梁玉琢指指點點了。

畢竟她身上的事，最多不過是主動去說親的梁秦氏有些自不量力，多的倒是沒什麼；而梁連氏家裡的那姑娘，卻是實打實地又丟了一次臉，這還沒嫁就先失了身，失了身正在備嫁呢，又懷上了。

也許是因為上輩子活在現代的關係，梁玉琢對這種戀人之間有婚前性行為的事，倒不是特別厭惡，只要不濫交，情到濃處自然而然的發生又有什麼關係？可她不敢把這話放到明面上說，這裡畢竟是古代，思想陳舊，哪裡能接受姑娘家發生這種事，村裡的老人們沒提出浸豬籠已經是好的了。

因此，梁玉琢的大伯梁通這一回沒再把婚事拖下去，直接找道士算了個黃道吉日，打算草草把女兒嫁出去。

這日子，挑得有趣，正好挑到了大年三十。梁玉琢得知這個消息的時候，正坐在院子裡教二郎認字，梁連氏親自來找梁秦氏，為的是大年三十那天，她們母女倆能過去那邊喝杯喜酒。

「我是不樂意的，哪能就這麼草率地把閨女嫁出去，可她爹心狠，抄著棍子在家裡砸瓦缸，說是不嫁就把閨女跟她肚子裡的那塊肉一起打死。」

梁連氏拿著帕子擦眼淚的架勢擺得很足，只可惜到底不是城裡的婦人，模樣長得也不是太好，擺出這副舉止反倒讓人看起來有些倒胃口；更何況分明是假哭，哼哼唧唧乾號兩聲，也只有梁秦氏才會跟著掉淚珠。

「要是當初就嫁了，哪裡會有這麼多事。」梁秦氏忍不住勸慰。

「那怎麼成?!」梁連氏大叫。「那會兒我姑爺家裡窮得連點聘禮都給不起！」

「眼下呢？」

「眼下……眼下苦是苦了點，可孩子都懷上了又能怎麼辦……嫁就嫁吧……」說著，梁連氏又乾號了幾聲，抓著梁秦氏的手就道：「弟妹，從前那點事妳可別記在心裡，過來吃杯喜酒啊！」

梁家這事難聽，有些關係的人家都不願在大年三十這樣的日子去喝這種喜酒。梁通拖著不方便的腿走遍了認識的人家，可大多都不願意上門，梁連氏雖有埋怨，為了臉面還是求到了梁玉琢家。

等人一走，梁秦氏就嘆了口氣，回頭看見梁玉琢和趴在她腿上認字的二郎，心底有些難過。

自那日母女倆的談話後，梁玉琢當真狠心地沒再拿她當親娘看，進出客套得就好像是在跟陌生人說話，反倒是時常帶著二郎，有了什麼好的都記得給二郎也捎上一份；至於孫大夫那遠房親戚鴉青，更是客氣地對她行禮，家裡一下子就好像住進了兩個毫不相干的人。

梁秦氏想要重新拉攏女兒的時候，她託人上薛家說親的事情又冒了出來，現如今，她是又氣又悔，氣梁玉琢的心硬，也氣薛家的心狠。

饒是梁秦氏再怎麼心酸難過，後悔自己想攀薛家這門親事，都已經覆水難收，母女倆的關係在冰點維持了很長的日子，就這樣，大年三十到了。

下川村的年，過得比較簡單。

梁通家嫁女兒的事，因為丟臉，不敢大操大辦，起早送了閨女出嫁，梁家只簡單地喊了一、兩桌願意來的親朋好友吃飯，這場親事就算成了。

大年二十九那晚，梁玉琢跟鴉青陪著梁玉葵睡了一晚。大概是因為懷孕的關係，梁玉葵難得沒有再說些帶刺的話，只是神色懨懨的，不大能提起精神，偶爾抬眼看見鴉青，臉色又忽地發白，摸著肚子不敢說太多話。

到了出嫁那天，梁玉葵穿了身粗略趕工做的嫁衣就被送上了牛車。等到入夜，親朋好友們皆散去，梁連氏原本還想拉住梁秦氏說些話，卻被梁家老太太狠狠吼了一頓。

梁家老太太生了四個孩子，三男一女，梁玉琢她爹是最小的，也是最不受寵的。自從分家之後，老太太沒怎麼找過小兒子的麻煩，可每回小兒子帶著兒媳回家的時候，老太太向來都是對這小夫妻倆毫不客氣的。

就連這一回，孫女出嫁，大兒子把小兒子留下的孤兒寡母請過來喝喜酒，老太太一直在人前忍著，等到外人都沒了，才開始拍桌子。「你把她叫過來幹麼？丟人現眼嗎？」

老太太把桌子拍得震天響，梁連氏低著頭坐在一邊悶不吭聲，梁玉琢就在旁邊看著，懷裡抱著顯然被嚇壞的二郎，冷眼看著大伯匆匆忙忙走到老太太身邊安撫。

「都分家了，她就不是老梁家的人，你請過來幹麼？她幹的那些丟人的事情，你不知道嗎？」

換作從前，梁連氏早在這時候跳出來，在一旁攛掇老太太針對梁秦氏了；這會兒卻沈默著不敢開口，任憑老太太發了好大一通脾氣，也依舊低著頭，咬唇不語。

房間裡亮著油燈，興許是為了省那點錢，燈蕊挑得小小的，映著坐在上頭的梁老太太滿臉陰鷙。

梁玉琢聽村裡的老人說過，她的祖父年輕的時候生得不錯，可因為家裡窮，拗不過爹娘，只得討了嫁妝豐厚的老太太過門；之後藉著老太太的嫁妝買了田地，日子稍稍好過了一些，也因此，老太太一直被祖父敬重著，時間久了，養出了脾氣。

梁玉琢穿越至今，只和這位老太太見過幾次面，她無一次不是將梁秦氏從頭到尾罵了一遍，今日也是如此。

「妳個破落戶，養著我老梁家的兒子也不曉得給老梁家攢點臉面，憑啥跑去找薛家說親？」

老太太把桌子拍得越發響，梁玉琢看著梁秦氏臉色蒼白，懷中的二郎也滿臉惶惶，忙道：「奶奶，阿娘也是一時心急才做錯了事……」

老太太抓起桌上的一個粗陶茶碗，直接往梁玉琢身上潑。

那茶是滾燙的，裡頭還有茶葉梗，這一潑潑到了梁玉琢的肩頭，就連側臉也被燙著一塊。梁玉琢臉上一疼，本來有些忍不住，剛要張嘴，衣角卻被梁秦氏扯住。

她低下頭沒再說話，只聽著老太太拍桌子的聲響，和一屋子大氣不敢喘的沈默，等到老太太罵得累了，梁連氏趕緊扶著人回屋洗漱。梁通有些愧對弟媳，拉上兒子送人出門。

回家的路上，梁秦氏一直抱著二郎，沈默不語。

梁玉琢的腳步越來越慢，鴉青回頭看了她兩眼，見她雙眼微垂知她又在想些什麼，剛準備開口，或許是有小孩在院中放炮，「砰」的一聲將人嚇了一跳。

鴉青循著聲音看向正在放炮的院子，再回頭的時候，兩眼發直，忙不迭地福了福身，往後快走幾步，隱去身影。所幸此時梁秦氏抱著二郎走得有些遠了，加上天色已黑，不用避諱什麼。

梁玉琢絲毫不察鴉青的舉止，垂眼想著梁家的那些事，耳側俱是鞭炮聲，震耳欲聾。等到臨近的鞭炮聲停下，她才回過神來，只見一馬四蹄兜轉，停到了她的身側。

第二十五章

「為何入夜了還在此處？」

梁玉琢抬起頭，看向馬背上的男人。大約是一路晝夜兼程的關係，臨行前剃掉的鬍鬚已經重新爬滿臉，唯獨那雙眼睛，依舊能夠讓她清晰地辨認出來人的身分。

而鍾贛，因為突然炸開的煙花，看清了梁玉琢臉側及脖頸上看上去格外分明的紅色。鍾贛的眼很快在她的身上掃了一遍，沒發覺別處有什麼傷後，當即俯身一把將人拉上馬背，就著滿村爆竹聲，踏焰四蹄飛奔，徑直往山上去了。

山腳下，早有一行人騎著馬候著，談笑間聽到馬蹄聲轉頭看去，正提著燈籠和人說話的老三登時睜圓了眼睛。「指……」

就要脫口而出的話語，被鍾贛的一記眼刀掃滅。眾人靜默，目送著踏焰馱著馬背上的一對男女進了山，方才排列整齊、不遠不近地跟上。

前頭那一對一言不發，後頭的他們也不敢隨意談笑，唯獨老三，和老四共擠一匹高頭大馬，滿臉愣怔。

老四仔細一聽，才在爆竹聲中，聽見老三的喃喃自語。

「大年夜的把人家姑娘直接帶回府，晚些時候怎麼跟人家家裡交代……」

入夜後的鍾府，梁玉琢還是頭一回來。

門口早有人候著，看見踏焰飛奔而來，就要上前迎接，抬眼看見鍾贛身前的人，雖瞪圓了眼，卻當即低下頭，一言不發地牽過韁繩。

大約早得到消息，府裡的僕役已經備好了浴桶和熱水，然而鍾贛進漱玉軒後，卻徑直將人抱進臥房，轉頭命人拿來燙傷藥。

「誰潑的？」鍾贛的聲音有幾分低沈，拿過燙傷藥後，扭開蓋子，指頭沾藥就要往梁玉琢的臉上抹去。

梁玉琢下意識地避開。「是我自己不小心……」

鍾贛並未介意梁玉琢的閃躲，將手中藥膏扔進她懷中，一手抓住她的臂膀將人制住，另一手直接抹上她的臉側。

直到梁玉琢臉頰上的燙傷被厚厚塗上了一層燙傷藥，他才命她抬頭，把藥繼續往脖頸處塗抹。「這個位置的燙傷，難不成是自己喝茶手抖往肩膀裡頭灌水了？」

「……」想起跟前這男人是錦衣衛出身，自個兒的謊撒得有些低級，梁玉琢心底一陣懊悔，臉上的表情也下意識帶上了惱意。

鍾贛只掃了她一眼，便鬆開了手。「餘下的部分自己上藥。」他說罷，將梁玉琢一人丟在房中，徑直出了門，順手又將門給嚴嚴實實地帶上了。

聽到嘎吱門響，梁玉琢只覺得方才被塗抹過燙傷藥的部位滾燙發熱，也不知到底是藥膏的關係，還是那個男人手指的問題。

她抿了抿嘴唇，繞過房中屏風，將衣裳解下，果真看見從肩頭到手肘處一片燙傷；而那人，顯然是知道男女有別，不便幫忙上藥才合上門出去的。

「知道不能幫忙，剛才那是什麼意思……」梁玉琢嘴上嘟囔，握著燙傷藥的那隻手卻是緊了緊，唇角不由自主地微微上揚。

鍾贛帶著一行錦衣衛回府，命人各自退下後，廳中只剩近身幾人，他低頭不語，廳中幾人便也沈默無言。

老三是個忍不住的，實在是憋得慌了，一口喝掉杯中茶水，張口就問：「指揮使怎麼把琢丫頭也帶回來了？天都這麼黑了，她一個姑娘家晚些怎麼回去……」

老四抬手就是一個巴掌拍在老三的後腦勺上，表情卻是眼觀鼻、鼻觀心，只低頭喝著茶水，彷彿方才那一巴掌是別人打的。

「怎麼就知道打我，老四，你說我這話難道不對嗎？琢丫頭那名聲到底……」

「我命你留在村裡，可是讓你成日在府中偷懶的？」

茶盞擱下，不輕不重發出「咚」的一聲，老三一個哆嗦，當即抱拳行禮。「指揮使命標下留在此處，一是為了繼續暗中盯著如今新上任的縣官可有貪腐行徑，二是為了從旁幫襯琢……梁姑娘一二。」

鍾贛聞言，抬起眼，口氣淡淡。「那下川村中的傳言都是怎麼回事？」

老三愣怔。

老四實在見不得他這一副呆傻的模樣，輕輕咳嗽兩聲，壓低聲音道：「指揮使回程途中收到鴉青的飛鴿傳書，提及梁姑娘之母欲為梁姑娘說親，不想遭人譏諷，累及梁姑娘名聲一事。」

老三當下抬頭，看著坐在主位上的鍾贛，慚愧不已。「此事是標下失察。因鴉青在姑娘身邊，標下以為無事，故而那段時日皆在縣衙盯梢，不想竟會出了此事。」

他老實了不到一盞茶的時間，忽地又朝著鍾贛眨了眨眼，打趣道：「先前村裡頭忽地開始傳出，梁家大房的女兒婚前有孕的消息，可是指揮使的主意？」

這會兒，不光是老四想要再給他結結實實來一巴掌，便是廳中其餘幾人，都登時豎眼看向老三，恨不能把人拖出去打一頓，萬一惹惱了指揮使，他們這一幫人都沒好日子過。

然而，似乎是因為老三提起了這事，鍾贛身上方才還帶著的戾氣，竟瞬間煙消雲散，眼底也不似之前的冰冷，只屈指敲著桌面，一下又一下，良久才再度出聲。「鴉青的本事，比你大些。」

「鴉青一小娘兒們，論本事，怎能敵得過標下？」老三拍著胸脯。「標下身強力壯，一隻手便能將那小娘兒們丟到山溝裡，倘若下回琢丫頭又遇著這些事，標下定會將傳話之人揪出來，狠狠揍上一頓為姑娘解氣。」

一聽的人不語，只當他是個逗樂的，各自低頭喝茶，卻是錯漏了鍾贛眼底稍縱即逝的笑意。

梁玉琢的藥塗得很快，等洗過手後，還能感覺到燙傷的部分火辣辣的疼。

剛從梁家出來的時候，大抵是因為心思都用在了別處，反倒沒注意自己的燙傷，只是這會兒，塗了藥，疼得有些厲害。

梁玉琢忍不住瞇了瞇眼，呼了口氣。

她從臥房裡出來的時候，早有人跑去前院通報鍾贛，等到梁玉琢從漱玉軒出來，鍾贛已踢開湊到身邊來的老三，等在了漱玉軒外。

雖被她占用了臥房，男人卻仍舊換上一身常服，將之前穿來的那身染滿風霜的舊衣換下，簡單擦過臉，又剃了鬚，露出光潔的臉孔，此時正目光沈沈地看著她。

梁玉琢輕咳兩聲，別過臉。「鍾叔，謝謝你的燙傷藥。」

她在孫大夫那拿過燙傷藥，氣味刺鼻，效果也不甚好；倒是方才那一小盒，雖然不過巴掌大，但膏體色澤鮮明，氣味芳香，似乎不是什麼廉價貨。胳膊上的那些燙傷，一塗就用掉不少，她此刻心底不由有些難為情。

鍾贛得了謝，只微微頷首，邁出腳步，領著梁玉琢往前走。

入夜後的鍾府，沒了白日的鬧騰，老三也不知被拉去了哪裡，從漱玉軒到府門，一路無言，只有北風，將鍾贛手中的燈籠吹得微微晃蕩，燭光搖曳。

門外已有校尉牽著踏焰候著，另有一人手中捧著大氅，見鍾贛出現，忙迎上前，將大氅披上他的肩頭。

踏焰先前吃過草料，也簡單休息過了，此刻倒不累，噴著響鼻，搖頭晃腦地往梁玉琢身邊蹭，還張口要去咬她的頭髮。

鍾贛伸手，推開得寸進尺的草料，翻身上馬，順帶著伸出了手。

梁玉琢盯著眼前的手掌有些遲疑，她有想過怎麼回家，不外乎是找人送她下山，卻沒想到這個送她下山的人會是鍾贛。

之前上山的時候完全是被拽上馬背的，那時心裡發懵來不及反應，回過神來時已經到了馬上，匆忙叫喊只會引來村裡人的注意，這才一言不發地跟著上山。

這會兒卻是下山回家，再這麼同騎……

明知道她在猶豫什麼，鍾贛卻是一言不發，直接驅馬上前，彎腰一把撈過她的腰身，直接將人帶進懷中，調轉馬頭便往山下走。

山中北風吹得呼呼價響，兩側俱是在北風吹颳下簌簌作響的樹葉聲。

梁玉琢本是坐在馬前，踏焰的速度雖然不快，可北風迎面颳來依舊覺得臉頰生疼；身後一拳距離外坐著的就是鍾贛，男人的身軀硬朗，如一堵牆，雙臂放在她的臉側，大氅恰好遮住她的臂膀，稍稍帶來一絲暖意。

可迎頭颳來一陣風，吹得她頓時閉上眼，後背頃刻間靠上溫暖的軀體。

風聲仍在耳畔呼嘯，然而身體在那一刻起就不覺得寒冷——鍾贛直接把她攏進了懷裡，大氅雖是披在他的身上，卻也連帶罩住了她。

梁玉琢有些發愣，聽得頭頂一聲「失禮」了，踏焰的速度竟又提快了幾分，迎面而來的風吹得厲害，梁玉琢只得閉眼低頭，周身被暖意籠罩，鼻尖是男人身上淡淡的……血腥味。

「你受傷了？」梁玉琢猛地睜開眼，轉頭去看鍾贛的臉。

爆竹聲越來越近，月光、星光有些昏暗，只依稀看得見鍾贛的模樣，卻辨識不出他的神情。「無礙，只是小傷。」

男人的聲音雲淡風輕，似乎當真只是小傷，梁玉琢卻知，錦衣衛這樣的身分，哪怕只是底下小小的校尉、力士，出門執行任務，一不留神就會丟了性命，便是受傷也絕不會是小傷這麼簡單。

與老三相熟後，時常聽他提起出任務時的艱辛。老三常說，一同出任務的夥伴，不定哪日便會喪命；若是運氣好，受了重傷，留下一命，也可能斷了一臂，或是沒了條腿，少個耳朵，瞎隻眼睛都是好的。

她想著，一時鼻尖發酸，兩手揪住大氅，啞聲道：「鍾叔，其實你不必親自送我下山……」

鍾贛不語，只騰出一隻手，拍了拍她的腦袋。

踏焰尋了另一條僻靜的路進下川村，路經廢園時，裡頭還能看見亮堂的燭光，似是湯九爺將做好的燈籠都給點上了燈，屋內亮如白晝。

梁玉琢此時卻沒那心思關注廢園，只想著早些回家，好讓鍾贛回去養傷。

踏焰在孫大夫的門前停下，噴了噴響鼻，四蹄前後踏步。鍾贛先行下馬，梁玉琢仍坐在馬背上，身上的暖意頃刻散去，她忍不住打了個噴嚏。

「姑娘。」孫大夫家原本緊閉的柴門突然打開，鴉青從屋內疾步出來，手裡還抱著一件外衣，見人被扶下馬背，趕緊上前幫著披上。

「鴉青？」梁玉琢不解。「妳怎麼在這兒？」她先前遇上鍾贛時，鴉青分明走在前面，即便後來發現她不見，也不該在這時候帶著外衣出現在此處。

鴉青抿唇，看了一眼鍾贛，恭敬行了一禮。

如此，梁玉琢自然猜得出這裡頭的玄機。

她有些驚詫地看了看這幾個月一直跟著自己進進出出、形影不離的鴉青，又轉頭去看沈默不語的鍾贛，只覺得後者一雙眼睛漆黑如墨，眸中卻如深潭，定定地看著自己，不曾移開片刻。

回家的時候，梁秦氏還未睡下，聽到柴門關上的聲音，二郎穿著小襖從屋內奔出，迎面就要撲到梁玉琢的身上。

鴉青忙上前一步把二郎抱住，好生道：「你阿姊身上被茶水燙著了，一碰就疼，好二郎，過幾日再叫你阿姊抱好嗎？」

被茶水燙著的事，二郎還記得清楚，聽了鴉青的話，他轉頭去看梁玉琢，得到阿姊的頷首，眼眶頓時發紅。

從鴉青的懷中下了地，二郎慢吞吞地走到梁玉琢的面前，伸手抓著她的衣袖，仰頭問：「阿姊，妳現在疼嗎？鴉青姊姊之前說妳被燙著了，所以先去孫爺爺那上藥，現在還疼嗎？二郎給妳吹吹，吹吹就不疼了。」

能得到二郎的安慰，梁玉琢心頭暖洋洋，蹲下身和他平視。「好二郎，等阿姊不疼了，就多抱抱你。」她說罷在二郎的臉頰上香了一口，才把人送回梁秦氏的屋裡，自己和鴉青一道進了屋。

門才關上，鴉青卻「撲通」一聲，先跪了下來。

梁玉琢過去沒見誰在自個兒面前跪過，鴉青的這一下，把她嚇得不輕，慌忙伸手就要把人從地上拉起來。「妳好端端跪什麼，我還什麼都沒問妳呢！」

鴉青連著叩首，抬頭的時候眼角已經泛紅，就連額頭也在地上磕出了印子。「姑娘待鴉青好，鴉青心裡知道，今天主子回來了，鴉青也不再欺瞞姑娘，只想求姑娘，等日後主子要鴉青回府時，求姑娘開口留鴉青。」

先前相處的那段日子裡，鴉青從來都是一口一個「姑娘」，一口一個「我」，梁玉琢聽見她這回嘴裡連「我」字也不說了，喊著她自己的名字，便知她是露了卑怯。

這冷冷的小姑娘，素來和梁玉琢同進同出，村裡人只道是孫大夫家的小親戚成了梁家大姑娘的小尾巴，卻不知這裡頭竟還和鍾贛有關。

梁玉琢的眼神變了變，咬唇將人攙扶起來。「妳這一跪，跪得我糊裡糊塗，倒不如把事情仔細和我說了，我也好明白這裡頭的彎彎繞繞。」

鴉青到自己身邊的這些日子，梁玉琢也覺得有些奇怪。這小姑娘說是投奔孫大夫來的，白天卻鮮少去孫大夫處，反倒是跟著她進進出出，還幫著照看二郎；夜裡更是和自己同睡一屋，端茶送水，如同丫鬟一般，只是偶爾舉手投足間的索利，能讓她看出一、兩眼和尋常人的不同。

「姑娘。」鴉青抿了抿唇，抓著衣袖道：「鴉青原本就是個下人，主子給口飯吃，鴉青就為主子賣命，主子不放心姑娘，鴉青就過來照顧姑娘。」

梁玉琢知道，鴉青嘴裡的「主子」十有八九指的是鍾贛。只是想到那個男人曾說過自己的身分，心底一時間有些疑惑，一個校尉也能被人稱作「主子」不成？

興許是梁玉琢眼中透露的不解，鴉青搖了搖頭。「主子的身分，鴉青不好與姑娘言明，待來日主子願意說時，姑娘儘管問便是。」她似有猶豫，抬眼小心看了看梁玉琢淡淡的臉色，說：「主子到底對姑娘是不同的，姑娘不用擔心。」

梁玉琢不是小姑娘了，鴉青話裡的意思，她再怎麼樣也不會聽不懂，只是被人這麼明著說出來，她說不出別的話，只覺得雙耳發燙，裝作不懂轉頭去鋪床。

然而，心裡此刻在想的，卻是方才騎馬下山時，那從背後傳來的暖意，和攏在身邊的結實臂膀。

見梁玉琢不說話，轉而去鋪床，鴉青趕緊上前，索利地拿過被子幫忙鋪開，一邊鋪一邊還小心翼翼地打量她的臉色，直到確定她臉上的神情並無不悅，這才放下一顆心來，說起自己到下川村前的事。

梁玉琢也不攔她，只聽著屋子內鴉青的聲音輕描淡寫地講述她從小到大經歷過的那些事。悲傷的、慶幸的、開心的、期盼的，還有痛苦的，那些事聽著就好像是上輩子電視劇裡演的那樣，可真從鴉青嘴裡聽到，梁玉琢的這顆心卻沈甸甸的，有些發疼。

等到鴉青吹滅了蠟燭，爬上床來睡覺，與她同睡一榻的梁玉琢忽地翻了個身，睜著漂亮的眼睛盯著她看。

「妳放心，要是鍾叔哪天要妳再回那鬼地方去做別的事，我就去求他把妳留給我。」末了，梁玉琢又頓了頓。「只是，他當真對我不同？」

沒談過戀愛，只看過小說、電視劇和漫畫的梁玉琢，哪裡知道被人放在心頭究竟是什麼感覺？鴉青暗示的那意思，她唯恐是自個兒的誤解，忍不住像個小姑娘一般，入了夜，和目前身邊最親近的人問起了這事。

鴉青還沒閉眼，想了想先前在孫大夫門前看見指揮使的那雙眼，心下大定。
「姑娘，主子他歡喜妳呢！」

第二十六章

大年初一的下川村，熱熱鬧鬧的，各家團圓。

隔壁俞家是新喪，自然不會像別家一樣熱鬧，梁秦氏本想把徐嬸喊來家裡一起吃頓飯，畢竟兩家如今都成了寡婦，有些私房話便有了說處。

可俞家還有三個兒子、一個兒媳在，徐嬸便是想過來，也得念在兒媳的面上，留在家中和兒子一道過這個年初一。

梁秦氏有些遺憾，看著二郎不怕冷地在院中奔來跑去，身上穿著用閨女買的布料和棉做的襖子，心底難免想起了丟下他們孤兒寡母的男人。

灶房裡飄來飯菜香，不多一會兒工夫，梁秦氏就看見閨女提著一籃子東西從裡頭出來，身後跟著孫大夫家的遠房親戚，一前一後要往外走。

二郎看見姊姊，忙丟下手裡正在玩的草蚱蜢，撲過去就要抱人，快跑到跟前了才想起昨晚鴉青說的話，硬生生停下腳步，仰著頭，可憐兮兮道：「阿姊的手臂還疼嗎？」

梁玉琢摸了摸二郎的腦袋，指了指灶房，說裡頭給他特地留了吃食，這才向著梁秦氏頷首，踩著步子出了門。

二郎目送她出門，轉頭一聲歡呼跑進灶房。梁秦氏生怕裡頭有東西燙著兒子，趕緊追了進去，卻看見灶房內早擺了幾道菜。

看著這些和酒樓裡的菜餚比起來，相差無幾的精緻菜色，梁秦氏免不得鼻頭一酸，轉頭抹去眼角的淚，拿起盛著餺飥的碗，餵進二郎的嘴裡。

那邊，梁玉琢和鴉青出了家門，分別往左右方向去。鴉青去了孫大夫處，送去的自然是梁玉琢做的幾道小菜，算是讓鴉青這個名義上的親戚陪著老大夫過個年、吃頓飯；梁玉琢則往廢園走，籃子裡裝的除了菜餚，還有一小瓶酒。

湯九爺是個鼻子靈的，沒等她進門，就已經聞到了香味，嗅著嗅著便等在門口，眼珠子直往籃子裡瞧。

「都帶了些什麼過來？」話還在嘴邊剛說完，湯九爺的手已經去揭籃子上頭蓋著的布，梁玉琢順手把籃子往回收了收，繞過他進了屋。

哪怕是過年，湯九爺的屋子裡依舊堆滿了他做燈籠用的各種材料，桌上更是東一攤、西一攤地擺著。

梁玉琢嘆了口氣，幫著把桌上的東西移到一邊後，才從籃子裡取了菜餚出來擺上。「中夕祭餘分餺飥，黎明人起換鍾馗。九爺，正月初一要吃餺飥。」

盛在碗裡的，像是貓耳朵一樣的麵食就是餺飥了。梁玉琢起初並不知道這東西，還是去年過年那會兒，徐嬸端了兩碗送過來，她才知道，在這兒過年還得吃這麼一種東西。之後就跟著學了一些當地的麵食、菜餚，不至於讓人覺得太過奇怪。

湯九爺端著碗，看了眼和菜湯一起煮熟了的餺飥，又看了看說完宋詞後，施施然幫著整理桌子的梁玉琢，嘴角撇了撇，低頭喝了口熱湯。

除了餺飥，梁玉琢給湯九爺帶來的菜裡，有葷、有素，色香味俱全；還有一小瓶酒，是她開春那會兒，上山摘了果子自個兒泡的，不醉人，口感比較清爽，聊勝於無。

只是這酒下肚後，湯九爺的話也多了起來。「昨夜妳坐誰的馬回來的？」

沒聽見回答，湯九爺抬眼。「早和妳說過，山上那些人不是好的，妳還偏偏和他們走得近，要是被村裡其他人撞見了，妳還說不說人家了？」

想起昨夜鴉青的話，為了不叫湯九爺數落，梁玉琢壓下面上的躁熱，咳嗽兩聲。「只是遇上罷了。」

「一匹馬，兩個人，大氅子裹著。」湯九爺哼了聲。「小丫頭片子，妳是不是瞧上誰了？」

梁玉琢不語，她不說話，卻是惹得湯九爺皺了眉頭，酒也顧不上喝了，酒瓶往桌上一擺，開始橫眉瞪眼。

「妳個丫頭，瞧著身子骨兒小，像是沒長開，可到底該及笄了。妳阿娘上回說要給妳說人家，轉眼就叫人把名聲給壞了，即便如此，妳也沒必要跟著胡鬧。」

他拍著桌子的樣子，像極了梁家那位老太太，可臉上的表情卻分明是恨鐵不成鋼的關切，梁玉琢心底一暖，唇角不由自主彎了起來。

「妳笑得倒是開心。」湯九爺瞪眼。「山裡頭那戶人家到底什麼身分，妳知曉嗎？」

他只當眼前的丫頭不知那幫人是錦衣衛，心裡擔心小丫頭年紀輕輕被人三言兩語騙了去，一想到日後她得為個風裡來、雨裡去，刀光劍影、朝不保夕的漢子一日日守著、熬著，湯九爺就覺得自己這顆心生疼。

「那些可都是會揮刀殺人的傢伙，妳一個小丫頭，日後許個尋常人家，小夫妻倆安安穩穩過一輩子挺美的，別叫人幾句話騙走，過上傷心日子。」

話說到這裡，湯九爺難免想起自個兒過去錦衣玉食、逍遙風光的日子，如今卻是這番光景，更是覺得他得把人看顧好了。

梁玉琢笑笑，正要把桌上吃乾淨的盤子收進籃子裡，忽地聽見門口有人喊話。她往外頭走了兩步，就看見老三在門口張望，身後還站著一人，迎風而立，沈默不語。

「老三叔叔？」

「琢丫頭果然在這兒。」一見梁玉琢，老三立刻咧開嘴樂呵。「指……老大在外頭找妳，剛見了鴉青，說妳到廢園這邊來了，所以就過來了。」老三眨眨眼，催促道：「還不快些過去。」

「過去幹麼？」湯九爺跟著從屋裡出來，一眼就看見門外朝這邊看過來的男人。

「自然是有事。」老三大步上前，嘿嘿一笑，擋住湯九爺。「湯九爺，這小兒女說話，老人家就不必摻和了；再說了，九爺藏在這小村子裡的事，要不是外頭那位攔著，只怕前些時候就被人找到了，所以這事您看就讓這對小兒女去了如何？」

湯九爺聞言，張口就要呵斥，卻被老三一把拉住，拖著就進了屋子，嘴裡還嚷著。「都說湯九爺的燈籠做得好，老三我這粗人今兒個也文雅一回，瞧瞧燈籠。」

湯九爺和老三的那些舉動，梁玉琢自然沒看明白，只看見門外龍章鳳姿的高大男人朝自己這邊看來，目光沈沈，像是在等著自己過去。

於是乎，腳下的步子，就這樣不由自主地邁了出去。

天不亮的時候，鍾贛就醒了，和底下的錦衣衛們一道吃過餺飥，就允了他們各自散去，自己帶上老三下山找人。

在孫大夫那處遇上鴉青，得知要找的那個小丫頭這會兒在廢園，便又馬不停蹄地趕了過來，如今見著了人，他卻一時不知應當怎麼開口。

想了一夜的話，在喉間打了個滾，自個兒落回了肚子裡，藏在袖口中的東西被他在指尖摩挲了一遍又一遍，最終又藏回到深處。

「昨夜忘了和妳說。」鍾贛看著她，看她身上瞧著簇新卻不見料子多好的衣裳，看見她光溜溜的頭上毫無首飾，收回神。「我這次出任務去了閩越，那裡有種稻子，產量高、易種植，這次尋了些回來，來時見妳地裡並未種新稻，就想麻煩妳幫著試種一次。」

他頓了頓，似乎是擔心自己的話被拒絕，又緊跟著追加了句。「我允妳十兩銀子，將妳家除開種小豆外的幾畝地都種上我帶來的稻子，不管收成如何，待收割時全都給我，這樣如何？」

梁玉琢愣怔。男人依舊是那樣沒多少神情的臉孔，可言語間卻有些匆忙，只有那雙眼睛定定地看著她，像是要將她整個人都刻進腦海中。

她沒來由地覺得臉頰發燙，慌忙低頭答應。

等到來日那些稻種在她家田裡生根發芽，長出沈甸甸的稻穗，她才知，這稻子究竟有多好，而這男人又究竟有多用心。

只是此刻梁玉琢絲毫不知，躲在廢園中偷窺的老三卻捂住臉，痛苦呻吟。「我的老天爺，我現在才知道，老大這人追起姑娘來，不送金銀首飾，送的居然是種子……」

秋收的時候，梁玉琢家裡的那幾畝田紅了一村人的眼。

原本，村子裡的田地大多都是跟地主租賃的，種的自然也是地主點名要的東西。梁玉琢家裡的田改種子的事，下川村裡人都知道，可那會兒大部分人都是搖頭的。

好端端的香稻不種，偏要種別的，萬一收成不好怎麼辦？

那時候里正薛良還出面勸過梁玉琢，後來也不知怎地，種子仍舊換了。村裡的漢子們回頭和自家媳婦打了招呼，只說後面讓她們多照顧照顧梁家的孤兒寡母，怕種出來的稻子還不夠他們母子三人吃。

可如今呢？一場秋收，讓全下川村的人都發現，梁玉琢種的這幾畝稻，產量竟然比以往種的稻子翻了幾倍。

有了她的帶頭，下川村幾乎不用里正薛良的鼓吹，大夥兒都把地裡的稻種改成了她種的那一種，只等著好好侍弄一番，到了收穫的時候，能多結些稻穗出來。也許是因為這個關係，梁玉琢新得了一些稻種的消息，沒幾天就又傳遍了村子。

鍾贛從閩越帶回來的稻種，名為「占城稻」，據說是從他國傳進閩越的，因為高產、早熟而且耐旱，在閩越一帶很受農家的歡迎。

不過這事，卻沒放到明面上。

鍾贛將帶來的稻種全部轉交給了薛良，又讓薛良找了個藉口再送進了梁玉琢家裡。村裡只當是梁玉琢上回種稻的事叫如今的地主知道了，才又拿了新稻種讓她試試，便壓下了心裡頭小小的嫉妒，只等著這一回梁家的地裡能長出什麼好東西來。

只是這一回，梁玉琢在準備種稻的時候，幫忙的人就不只有隔壁徐嬸了，梁連氏和梁趙氏都過來幫忙，末了又偷偷抓了一把稻子回去。鴉青把這事告訴了梁玉琢，她倒不在意，只吩咐鴉青把藏稻種的地方換一換。

梁玉琢得了占城稻，並沒有立即下手去種，反倒是去了一趟鍾府，在書房二樓，翻找出古書，整整看了一日，這才返回家中開始種稻。

大約是因為一時事了，鍾府的漢子們都閒來無事，便被鍾贛差著下山。這些漢子們有的出身勛貴，也有曾經赤腳下地的平民，到了該插秧的日子，一夥人就捲起褲腳下地，幫著梁玉琢用一天工夫插完了所有秧。

原本還準備乘機拿點秧苗的梁趙氏這會兒站在田邊，看著地裡這些身強力壯的漢子，有些發懵。「這……這都是打哪兒來的人？」

不光梁趙氏有些懵，就連後頭聽了動靜趕過來的梁連氏，也是一頭霧水地看著田裡的這些漢子。

下川村不大，鄉里的家裡頭都有哪些人，誰家不認識誰？這會兒突然出現這麼一夥漢子，各個身強力壯的，怎麼也不像是尋常的莊稼漢，更何況他們種的可是琢丫頭家的五畝田。

「琢丫頭年紀不小了，該不會是從哪兒勾來的野漢子吧？」有苛薄的婦人躲在一邊，眼睛直直往那些漢子身上看，像是能穿透了衣裳看見他們的一身腱子肉，嘴上卻毫不客氣。「這才多大的丫頭，也曉得跟漢子廝混了，瞧瞧這些身板，放到床上琢丫頭吃得消嗎？」

她這話說得猥褻，旁邊有相熟的婦人眉頭當即就皺了起來。「胡說八道什麼，當心叫人聽見了，撕爛妳那張嘴。」

「誰胡說八道了？妳也不想想，這稻子都是打哪兒來的，怎麼那地主就看上琢丫頭家的地了？誰曉得是不是有什麼勾搭在。」

稻種來得突然，村裡早有人私底下這麼議論，可顧忌著人家家裡到底出過秀才，哪怕秀才沒了，這麼評說秀才閨女的好壞也不大好，所以沒人把這些話放到明面上說。

就連梁連氏和梁趙氏私下在床上也跟自家男人說過這類話，眼下聽見有人說出來了，當即眼前一亮，豎起耳朵仔細聽，想再聽到些有意思的話來。

正好，鴉青跟著梁玉琢提著籃子，過來給這些漢子們送吃食，當下聽到這話，氣得就要把人撕了。

「嬸子，種子是里正送來的，您若是心裡有什麼不樂意，不妨找里正說說，在我家田邊發這些牢騷，沒多大用處。」比鴉青更快的是梁玉琢的嘴。

老三帶著這幫脫了飛魚服的錦衣衛過來說要幫忙插秧的時候，梁玉琢自己也是懵了。可看老三眨巴眼睛的樣子，她心知這事大抵是鍾贛的主意，也不好推卻，便想下地示範一次；哪知這些錦衣衛大多幹過農活，下地插秧不在話下，她就拉上鴉青回家烙餅，好給他們當乾糧。

沒承想，回來的時候竟然會聽到這種話。

雖然里正爺爺早說過，這一回再換稻種，村裡一定會有人眼紅然後說些難聽的閒話；但她沒想到，暗地裡散布些難聽的話也就罷了，還真有人當著那麼多人的面就說出口。

梁玉琢心知，就是今天沒有漢子的事，刻薄的人仍舊能找出理由來到處說難聽的話，想到此，梁玉琢繼續道：「這田是我阿爹留下的，要怎麼種，種什麼，找誰來幫忙，那都是我家的事。」

第二十七章

田裡的漢子們幹完了活，聽到話，都已經上來了，鴉青給他們倒水洗手，又送上乾糧，這些風裡來、雨裡去習慣了的漢子們坐在田邊，一邊啃著乾糧，一邊聽梁玉琢和人爭吵。

剛剛說那猥褻話的婦人人緣一向不好，大抵就是因為她那張得罪人的嘴；可人家不光不認為這是什麼壞事，還經常扠著腰滿村子走，東家說完說西家，直說得她家小子都沒了夥伴，大閨女都十八歲了也沒能嫁出去，依舊我行我素。

「哎喲，琢丫頭，妳說妳一個黃花大閨女，種田就種田，拿著原先的種子不好嗎？換來換去的。」漢子們在吃的烙餅很香，香得讓人有些忍不住，那婦人一抹嘴，好不容易收回視線，咳嗽兩聲。「妳一個姑娘家，到底從哪裡得來的新種子，別是用了什麼不好的法子……妳也是該說親的年紀了，可別糟踐自己……」

梁玉琢笑笑。「糟踐嗎？」

婦人的膽子大了一些，笑著說：「妳阿爹可是個好的，有什麼好東西都想著咱們村裡人。」說著又唏噓。「妳阿爹要是曉得妳現在都跟這些漢子混一塊兒，還不得氣死。」

「嬸子是替我阿爹勸誡我呢！」梁玉琢若有所思地點頭。「鍾府把這些稻種拿來，託我試種，為的是產量高的話，就推廣開來，就連這些大哥，也是鍾府派來的人；要是我不試種一下，嬸子敢直接把沒種過的種子扔到地裡嗎？」

下川村的村民這些年一直老老實實種著老地主給的香稻種子，哪怕產量再低，田地少的稅收回回交完都不夠吃飽穿暖，也沒見有哪戶農家改種別的東西。

梁玉琢最初發現這事時，只覺得村裡人老實過了頭；可她不是坐以待斃的性格，自然會為了賺錢，去謀求其他發展。

家裡的五畝田不能丟，那就盡可能地去種產量高、經濟效益好的東西，所以才會種植紅豆，也才會種植後來的新稻。不用下地的時候，幫著湯九爺吆喝買賣燈籠，其中的抽成也不低，她年前還看中山上的一片地，打算想辦法租下來種點別的經濟作物。

她從來不是認死理的人，也不是不求上進的，為了能多賺錢，只要不違法、不沒良心、不丟失人格，她能吃的苦和受的罪很多。

就像此番婦人說的這些話，如果不是考慮到在村子裡還有梁秦氏和二郎，梁玉琢自己是不會放在心上的。

至於鍾贛會派人過來幫忙，以她的理解，那個會把稻種當禮物的男人大抵在此之前，並沒有意識到會有現下的情況出現。

梁玉琢的話，叫那婦人噎住了。

說實在的，若非有她去年的試種，今年村子裡種的大概還是和以往一樣的香稻。村裡人不是沒想過種別的東西，可一來這地不是他們自己的，二來香稻種慣了突然換別的，萬一產量不好怎麼辦？

人都是有畏懼的，梁玉琢去年種的稻子產量高，明眼人都能看得到，自然就成了大夥兒的新寵，只是新寵才種下，她家地裡又種下了更新的稻種。

「這……這種子的事和這些漢子可是兩碼事。」

「本就是一碼事，何來的兩碼？種子是鍾府出的，人也是鍾府出的，嬸子非把這事掰開了說，安的是什麼心？」

這邊，梁玉琢和人唇槍舌劍；那頭，蹲在田邊啃乾糧的錦衣衛漢子們，意猶未盡地舔完了手指上最後一點餅屑，低著頭互通消息。

「梁姑娘這嘴，真伶俐。」

「那可不，她爹是秀才公，秀才生的女兒，肯定厲害。」

「這婆娘說話真難聽，人長得也難看，跟梁姑娘站一塊兒，簡直髒眼睛。」

「嘿，你們說，叫指揮使知道了，這婆娘能過得好嗎？」

「難說。」

漢子們啃完了烙餅，也插完了秧，再蹲著看熱鬧顯然是不成的，正起來打算回去呢，那婦人乘機氣急敗壞地逃了。一幫人目瞪口呆地看著吵不過就跑的婦人，再去看梁玉琢的時候，不自覺眼底就帶上了欽佩。

梁玉琢沒去在意別人的眼光，只送了送漢子們，就提著籃子回家。

看熱鬧的人慢慢離去，有老農戶繞著梁家的這五畝地走了一整圈回來，眉頭舒展開，低聲和在旁邊等著的家裡人說這秧好，有心思活絡的當下就決定去找里正說說，下回也給換上同種稻子試試。

至於另一邊，梁玉琢從廢園旁邊的山路往上，走到了鍾府的門前。

鍾府的人已經都認得梁玉琢了。

府中多是錦衣衛，那幾個方才幫著插秧的漢子，只穿了褲子，光著上身在院子裡說話，看見校尉領著梁玉琢過來，一個個嚇得趕緊找東西遮身。

梁玉琢看著這幫大老爺們笑了笑。「身材不錯。」

說罷，顧不上這幫人滿臉震驚，施施然往漱玉軒去了。

蹲在屋頂上喝酒的老三被梁玉琢這話嚇得一個激靈，從屋頂上滾了下來，再爬起來的時候連跌帶爬地就要去藏鍾贛的刀，生怕下一刻，從來是砍殺別人的繡春刀架到了自個兒兄弟的脖子上。

而梁玉琢進了漱玉軒，得知鍾贛此時正在臥房洗澡，當下轉道進了書房。

約莫一炷香的工夫，梁玉琢坐在書架間，聽到從樓梯上傳來的腳步聲，空氣中，隱隱還有皂角的氣味飄來。

潮濕的、帶點淡淡的香味。

腳步聲停在二樓的時候，梁玉琢仍低著頭在翻手裡的書，聽到聲音往自己這邊靠近，這才轉頭。

鍾贛很高，只站在身後，就能遮住大半的光影，因為剛沐浴罷，他的髮梢還掛著水，水珠順著脖頸往下，滑進衣領當中。

梁玉琢看了半晌，默默移開視線，繼續低頭。

在鍾贛奉命遠去閩越的那段時間，梁玉琢偶爾會跑來鍾府。鍾府不小，但她多半只會在書房裡待著，不謄抄的時候，她就盤腿坐在地上，身邊堆了一圈的書，偶爾還會帶上不髒手的乾糧，餓了吃兩口，眼睛卻始終不離開書。

鍾贛似乎對她這樣率性的行為不覺得詫異，只站在身後無言地看了一會兒，隨即命校尉送來幾個軟墊。

「地上涼。」他把軟墊擺到梁玉琢的面前。「墊一下。」

梁玉琢坐著沒動，抬眸看了他一眼，才抱著書盤腿坐在軟墊上。

二樓是木質地板，旁邊又都是書架和怕潮的書稿，鍾贛靠著臨窗的牆，席地而坐，長髮一點一點滴著水。

屋子裡，安靜得似乎除了偶爾書頁翻動的聲音，就只剩下輕緩的呼吸。

大概就這樣安靜了半炷香的工夫，梁玉琢終於合上了手裡的書，抬手捏鼻梁的時候，鍾贛遞來一杯茶，她兩手接過茶盞，低頭輕啜一口。

「這本看完了？」

擱在腿上的書被鍾贛拿起，梁玉琢抬頭。男人的手指纖長，虎口處能看見老繭，那是常年習武留下的痕跡，可翻動書頁的時候，卻又像是一雙擅長執筆的手。

「看完了，內容考據，行文流暢，句辭通俗，是本好書。」

她在這裡看的更多的是關於種植方面的書，只有閒暇時，才會偶爾去看一眼其他志怪俠義的話本。剛看完的這本是關於果樹種植的，她分了好幾次才看完整本。

「打算種果樹？」鍾贛翻了幾頁問道。

「嗯。」她沒什麼好隱瞞的。

「想種什麼？」梁玉琢放下茶盞，下意識地舔了舔唇角黏上的茶葉末，鍾贛忽地抬頭看了她一眼，聲音不變，眼神深了幾分。「棗樹、桃柰還是梅杏？」

沒注意到鍾贛的眼神，梁玉琢微微仰著頭想了想，仔細道：「棗可入藥亦可為食，桃能觀賞也能買賣，至於梅杏，做蜜餞最好，若是有人手可用，還能做杏油。」

其實那本書裡還有石榴和木瓜的種植方法，只是兩者在大雍皆屬於番物，難以種植，她不敢耗費太多的力氣，在種植技術並不發達的古代嘗試種植外來水果。

「臨縣產棗，且產量極高，附近幾個州府皆從那處進棗，就連平和縣販賣的棗子也大多來自那裡，除非我手頭的棗種好，不然不敢與人相爭；而桃三歲才結子，略費時間；至於梅杏……」

「桃養人，杏害人，就種桃吧！」

鍾贛忽然說道，讓梁玉琢驀地愣住。其實，就算沒這養人、害人的說法，梅杏她也是不打算種的，梅杏結果比桃的時間還長，等到果子成熟了，還不知她嫁去了哪裡。

「桃三歲才結子，若是種桃，我還得另外再謀條生財的路子。」

鍾贛比梁玉琢要高不少，哪怕同樣坐著，他看人的時候仍然居高臨下。「妳缺錢？」

梁玉琢頷首。「缺。」

錦衣衛素來神不知、鬼不覺，雖說平日裡監控的不過是那些官吏，但因身邊有鴉青在，梁玉琢即便瞞著，他也早晚會知道這事。

樓下有校尉喊了兩聲，鍾贛起身往前走了兩步，忽然在軟墊前半蹲，上身微微前傾。「為了妳阿弟？」

梁玉琢頷首。他不再言語，起身下樓。梁玉琢抬手摸了摸鼻子，方才鍾贛的鼻息就在跟前，唇也離得極近，她差點以為下一刻他就會親上來，等到人離開，沒來由覺得惋惜。

不過惋惜什麼呢？梁玉琢哭笑不得地搖了搖頭。

哪怕真如鴉青所說，那人是歡喜自己的，可錦衣衛和農家女，是士與農的區別；更何況，為了養二郎和以後的日子，她勢必要往商走。

如此，在這個階級分明的世界，又怎麼可能是良配？

從閩越回來後，任務的後續回稟工作便不再是鍾贛負責的部分。他如今是撤職，且不得詔令不可進宮，在外的所有任務是頂替他人身分行事，自然面聖的事也交給了他人。

御史臺整天等著抓他的把柄，好叫他入獄嚐一嚐苦頭，他又怎麼會如那幫人的願？

從盛京回來的是老六，在廳堂中將朝野上下的動作說了一番，這才回屋沐浴更衣。而這一說，就將天光說得昏暗，日頭已經漸漸西下，灶房那兒更是開始忙碌起來。

守在書房外的校尉見鍾贛回來，只搖了搖頭，便將門輕輕打開，待人進屋，方才重新關上。

錦衣衛通常耳聰目明，能聽到些許細微的聲音。鍾贛在樓梯口側耳，卻聽不見二樓有任何動靜，皺了皺眉頭，輕著腳步上樓。

兩個書架之間，在他離開之後，梁玉琢換了位置，軟墊拖到了一側的書架下，整個人靠著書架，閉眼睡著。

離軟墊一條胳膊的距離外，他先前放下的茶壺還在，那些書擺在身側，像是為了避免沾濕，就連茶盞也被擱得遠遠的。

鍾贛站在她身前，低頭看著熟睡的梁玉琢。他之前雖在閩越，卻一直沒斷過與她相關的任何消息，不管是老三還是鴉青，都各有管道將密信送至他手上。

以往的密信，寫的皆是朝中某某大臣徇私舞弊、貪污受賄，或是某某王公貴戚私下霸占他人田產、拐賣人口、結黨營私等事實證據。身為錦衣衛，這是他頭一回，將自己的眼睛留在了一個與任何案件無關的人身邊。

鍾贛的目光自一地書冊移到了梁玉琢的臉上，藉著窗外漸漸西下的日頭，仔細看了看這張還帶著汗水的臉。

她只是個剛要及笄的小丫頭，有個已經沒了的秀才爹，一個偏疼兒子的寡婦娘，還有乖巧懂事又有些調皮的阿弟。年紀小小，卻已經擔起了養家餬口的擔子，比起盛京中那些大家閨秀來，興許她的學識容貌都不及她們，可偏偏對了他的胃口。

鍾贛自懂事後，身邊就從沒缺過心懷叵測，試圖接近他的女子；可不管是他的繼母馬氏送來的丫鬟，還是朝中那些大臣塞進來的舞姬，他自有辦法清理，以至於，如今已過二十五的他，仍是個未經人事的。

就連老三，有時喝醉了，還會拿此事笑他。

可那時為的是錦衣衛這身皮，為的是不願有人如他生母一般錯付一生。

鍾贛的目光落下，從光潔的額頭，到垂下的眼，再從鼻尖，劃過人中，落至唇上。似乎是在作夢，梁玉琢的唇微微抿起，眉頭也不似方才的舒展。

儘管不像那些閨閣女子塗脂抹粉，梁玉琢的這張臉卻還是耐看的。她的唇色很淡，鍾贛沒來由地想，若是能再紅潤一些，怕是更能誘得人移不開視線。

然而，即便是眼下這般模樣，卻已經令他想要偷香。

蜻蜓點水般的吻掠過她唇上，鍾贛抬眸，看著梁玉琢眼微動，緩緩睜開了眼。

似乎是剛從睡夢中醒來，梁玉琢整個人還糊裡糊塗的，即便睜著眼，目光卻仍無焦點，也不知究竟在看些什麼，直到垂在身側的手被人握住，她方才閉了閉眼，復又睜開。

「鍾叔。」她一開口，聲音是睡夢過後的迷糊，帶著些許綿軟，如突然撩撥琴弦得來的顫音。

「我今年二十六。」

梁玉琢愣神，看著面前的男人，一時不知所謂何意。

「我今年二十六，一聲叔，未免大了一些。」

這是嫌棄她把他喊老了？梁玉琢偏了偏頭，見鍾贛臉色淡淡，試探道：「鍾大哥？」見他臉上並無喜色，也無怒意，梁玉琢心下舒了口氣，正欲開口再喊一聲，卻聽得令人瞠目的回應。

「景吾。」鍾贛道：「我字景吾，妳可如此喚我。」

梁玉琢這一次是結結實實被驚嚇到了，方才睡夢中的經歷，她不敢與人言，可被人驚醒前，她的確是夢見了鍾贛，還得了一句「我歡喜妳」。

但夢歸夢，她私下裡春心動上一動倒也無妨，可真要攤到明面上說，她卻是極怕得來的情意，不過是納她做妾罷了。

喚一聲叔，便是為了隔絕這樣的情況發生，然而，現下看來，鍾贛是真的歡喜她。梁玉琢垂下眼，抿了抿唇。「鍾大哥年長我十歲，喊字略有不妥。」

「有何不妥？」

「自然不妥。」

大抵是聽出了梁玉琢口中的執拗，鍾贛皺眉，握住她的那隻手緊了緊，等到發覺梁玉琢似乎想要掙脫開時，當下改握手腕，俯身一吻直直落在梁玉琢唇上。

梁玉琢忍不住抽了口氣，卻被乘機鑽入口舌，直吻得頭皮發麻，身子不由緊繃。

只是，這個吻，雖生猛了些，卻似乎……有點毫無章法。

一吻罷，鍾贛喘息，鬆開手，拇指撫過梁玉琢被吻得紅腫的唇瓣，見她雙耳發紅，轉頭避讓，輕笑一聲，低頭咬住她露出的耳垂。

「在下姓鍾，單名贛。祖父曾受封開國侯，世襲三代，在下乃嫡長孫，若無意外，開國侯世子將為在下繼母所出嫡子。永泰十六年，入錦衣衛。宣德八年，因六王之亂，升任錦衣衛指揮使。宣德九年，今上撤我官職，如今我不過白身一人。」

他輕咬著梁玉琢的耳垂，感受到她的戰慄，心底滋生出一絲趣味來，抬手將她的頭轉回來，又在唇上落下一吻。落下前，只聽得這個殺伐決斷的男人發出歡愉的笑聲。

「如此，我若聘妳為妻，妳可願允？」

第二十八章

梁玉琢那天是被鍾贛嚇得屁滾尿流、匆匆忙忙跑出鍾府的。

說實話，穿越小說她年紀小的時候不是沒看過，可自從自己真的穿越了，書裡寫的那些她是從來沒去想過的。

那些穿越女動輒遇上王公貴戚、動輒碰到真愛的故事，怎麼說也不過是作者筆下的風流浪漫，哪裡是現實生活中唾手可得的？

可等到她真碰上這麼一個人的時候，梁玉琢慌了。

鍾贛的身分雖然沒有明說，可不管是老三還是鴉青，都讓梁玉琢覺得，這個男人不是一個錦衣衛校尉那麼簡單。哪有讓校尉當別院管事的？而且沒見哪本書上寫的什麼校尉，能領著浩浩蕩蕩的人出去執行任務。

如今知道他是錦衣衛的指揮使，還是開國侯的長子，梁玉琢只有腿軟的分。這樣一個男人，突然說歡喜她，任她心裡早有過猜想，也被嚇得有些失措。

好在鍾贛也沒逼她。

在梁玉琢那天逃回家後，這男人只不過三不五時就下山一趟，也不湊得太近，就那麼遠遠地看上梁玉琢一眼，不說話，好像路人一般；如果不是落在她身上的視線太熾熱，梁玉琢是真的想裝作不知道，再當幾天鴕鳥。

「姑娘。」鴉青往遠處看了一眼，見鍾贛仍舊站在那兒，彎腰道：「姑娘當真對主子無心嗎？」

鴉青的身契前幾天被老三送到了梁玉琢的手裡，說是鍾贛的意思，只說人已經給她，往後就算是她的人了，鴉青是走是留都是她的事情。

那天拿到身契，梁玉琢就當著鴉青的面，點了蠟燭將一紙賣身契燒得乾淨。看著被燒得只剩一些零星灰末的賣身契，鴉青跪在地上給她足足磕了三個響頭，直說往後就是她的丫鬟，只管護著她、伺候她。

這會兒聽見鴉青的話，再想裝鴕鳥的梁玉琢，也只好抬頭看了眼遠遠站著的男人。「妳家主子……房裡可有人？」

梁玉琢這話問得突然，可實在是必須過問的事。她原就沒想過穿越之後要當什麼老姑娘，一輩子留在家裡。先不說梁秦氏樂不樂意，到了二十歲她要是再沒找到人家，只怕老梁家也會過來逼著她隨便許個人家嫁了。

再者，古書上有說「知好色則慕少艾」。

雖然這話說的是傾慕年輕美貌的女子，可又有哪個姑娘不喜歡容貌好的郎君？倘若鍾贛真如他說的那樣，倒是個可以嫁的人。

只是……這是古代，有錢人家的郎君無妻、無妾，不代表沒有通房不是……她沒打算未來的丈夫「冰清玉潔」到成親，可她更沒打算嫁給一個房裡有人、院子裡有姬妾的。

鴉青顯然也曉得梁玉琢在擔心什麼，聞言紅了臉，偷偷湊過去在她耳邊道：「聽說，當初主子十三歲的時候，如今的侯夫人曾往主子房裡塞過人，不過那人當晚就被主子踢出了房門；後來夫人再塞，被主子全數送進了侯爺的房裡。之後主子出入錦衣衛，拿了幾次功後，夫人就再不能說什麼了。」

鴉青其實並非是在鍾贛身邊伺候的，她能說的不過是從老三那兒聽來的消息；只是老三突然在她面前說這些，約莫也是故意的。她這麼想著，看了看梁玉琢，只覺得她家姑娘怎麼這麼令人喜歡，連冷心腸的主子都動了心思。

梁玉琢自然不知鴉青心底想些什麼，只把她的話在心頭過了幾遍，才從田地出來。看了看鍾贛，再看看自己踩了泥、有些髒兮兮的腳丫子，梁玉琢忽然有些洩氣，不知道該不該過去說兩句話。

她不過去，鍾贛卻走了過來，只是他還沒來得及走到面前，有人喘著氣跑了過來。

「妹妹，妳家裡進人了，正在門口鬧著呢！」見跑來的是俞二郎，梁玉琢顧不上和鍾贛說話，急忙詢問出了什麼事。

俞二郎喘了口氣。「薛家突然帶了人上門，哭鬧著求妳娘讓妳過門，說是……說是薛家二房的那位公子出事了，如今躺在床上沒剩多少氣，薛家請了道士，說只要給那位公子沖喜，他就能活。」

「單是沖喜，隨便抬個女子便是，為何獨獨要她？」

突然闖入的冰冷聲音，叫俞二郎結結實實打了個激靈。他轉過頭，看見從旁邊走過來一個男人，面孔冷峻，有些陌生，還沒來得及詢問身分，就聽見這人又道：「薛家跑來要梁家的女兒去沖喜，是不是有人說了什麼？」

梁秦氏當初為了兒子的束脩，想叫女兒嫁人拿聘金貼補的事，鍾贛儘管人在閩越，卻也從鴉青和老三的書信中得知了整件事，也因此，才引發後來梁連氏的女兒婚前有孕的事情曝光。

鍾贛自懂事起，便不是那麼輕易能被人拿捏的性情，之後入了錦衣衛，更是無人敢虎口奪食，或仗著身分在他面前耀武揚威；更何況，他前幾天才和出生二十幾年後自己頭一回喜歡上的姑娘表白了心意，雖然還沒能得到正式的回覆，可也已經護短地把人視作了自己的一部分，怎麼會樂意看到薛家鬧上門來把人搶走？

俞二郎雖不認識鍾贛，但見這人氣度不凡，身邊又跟著時常在村子裡進出、和薛荀相熟的老三，忙抱拳道：「還真叫這位大哥說對了，薛家能鬧上門來，只因得了琢妹妹的生辰八字，叫那道士合過了，和薛家那位小公子說是什麼天作之合，沖喜一定能救活他，所以才一心哭求婚子。」

因為當初的爭執，梁玉琢本就對梁秦氏不抱任何希望了，眼下更是擔心她應承了薛家的這門親事，當下也顧不上一雙腳丫子還沾著泥，套上鞋子直接就朝家裡跑。

梁玉琢都跑了，俞二郎自然不會在田邊久留，當即轉身要追過去，卻見身邊人影一晃，方才問話的那人已經先一步追上了梁玉琢。

「這人……」俞二郎認得鴉青，指了指跟在梁玉琢身邊的鍾贛。「這人是誰？」

鴉青素來話少，只是這會兒面上卻浮現笑意。「是歡喜我家姑娘的人。」

她說罷，心頭未免有些擔憂。姑娘的那位阿娘究竟是個什麼脾性，她在梁家這些日子也算了解一些，當初既然是一心想把姑娘說進薛家的，怕是這一回薛家來鬧，還真能順勢給答應了。

鴉青擔心的事，村裡的其他人家，尤其徐嬸一家自然也是掛心的。

為了不讓梁秦氏一時昏頭答應了這樁明顯不好的親事，徐嬸幾乎是拽著梁秦氏的手，把人拉進了房間。二郎搬了凳子擋住臥房的大門，院子裡俞大郎和里正的媳婦高氏正攔著人。

「求梁家太太給我家公子一條活路吧！姑娘入了薛家，日後就是大戶人家的太太了，若是我家公子好了，夫妻倆還愁沒好日子嗎？」

「求梁家太太發發慈悲吧！」

「求各位鄉親幫忙說兩句好話，我們薛家可是富貴人家，哪有這麼好的人家說親，卻不肯讓人家做娘的答應親事的？」

薛家這一回出事的依然是當初連累梁文慘死的薛瀛。事情已經過去了三年，村裡不少人把梁文的死因忘記了，只知道梁文是為了護薛家的一位公子才出的事情，至於是哪一位大多記不得。

也因此，薛家這回來求親，村裡倒是有不少人覺得這門婚事不錯，見梁秦氏想答應卻被隔壁俞徐氏拉進房裡，還叫俞大郎守著院子，當下就有了別的意思。

「我說俞大啊，你們兩家雖然是鄰居，可也沒攔著不讓梁秦氏嫁女兒的規矩，該不會是你家二郎看上了琢丫頭，怕就快到手的小媳婦跟人跑了吧？」

「我瞧著俞二郎是有幾分這個意思，沒見著琢丫頭家的地裡一有什麼事，二郎就巴巴地湊過去幫忙嗎？可俞家是獵戶，薛家是富貴人家，我看琢丫頭得進薛家的門。」

圍著看熱鬧的人永遠比幫忙的人多，薛家派來的是府裡幾個婆子，正經的主子這會兒在府裡守著薛瀛都來不及，哪裡會為了個沖喜的小媳婦跑回下川村？

那幾個婆子聽著人群裡的議論，哭號聲頓時又加大了幾分，恨不得把梁秦氏從臥房裡哭出來，再把梁家那八字不錯的姑娘也給哭出來，好直接坐上馬車回薛府，當晚就抬進房裡沖喜。

因為知道這沖喜的姑娘出身一般，約莫是不會真留下當正室的，薛府的這幾個婆子一心想著鄉下姑娘貪財，拿了銀子就聽話了，於是光是乾號著，沒見她們掉下幾滴眼淚來。

「梁家姑娘和我家小公子的八字，那是清風觀的觀主親自合的。雖說掛了沖喜的名頭，可姑娘進了薛府，那就是二房未來的當家太太了，我家小公子是個好脾氣的，等沖喜之後，夫妻倆和和美美過日子，還怕……」

婆子這一嗓子還沒來得及說完，旁邊忽然颳過一陣風，眼前驀地出現一雙秀足，雖然穿著鞋子，可依舊能看見腳上的泥水。

她抬頭慢慢往上看，是個十來歲小姑娘的身子，身板略小了一些，顯然還能長大；再往上看，婆子倒吸口氣，是張雖未長開卻已經頂漂亮的小臉。「可是梁家姑娘？」

梁玉琢沒應聲，皺著眉打量跟前跪著的幾個婆子，旁邊有人扯了兩嗓子應答她們。「妳們不是來求娶的，怎麼連琢丫頭長什麼樣子都不認得？萬一給小公子沖喜卻娶了個滿臉麻子的，等小公子病好了，還不得嚇死。」

「呸呸呸，誰咒我家小公子。」有婆子幾下從地上爬了起來，怒不可遏地就衝人群裡吼。

梁玉琢瞧了那婆子一眼，終於開了腔。「幾位婆婆，妳們說薛家合了我與小公子的生辰八字，那敢問，我的八字薛家是從哪兒得來的？」

梁玉琢這話一說，圍觀的人群頓時安靜下來。

生辰八字這東西，向來只有親近的人才曉得，可即便梁秦氏那會兒託了人去薛家說親，在得到回應前也並未把女兒的生辰八字送出去。這幾個婆子口口聲聲說是合了八字才來求的，定然是真拿了梁玉琢的八字，可這八字到底是誰給出去的，卻是一個問題。

「這門親事來得突然，哪怕只是沖喜，那也是薛府上門來求的親事，既然是求親，薛府的誠意難不成就是這樣？」梁玉琢皺起眉頭。

梁秦氏雖然有時候天真了一些，但女兒家的名聲她還是知道很要緊的，怎麼也不會在事情沒定之前，就把生辰八字給送了出去。薛家的這門親來得奇怪，她哪怕真的要嫁，也非得等問清楚了再嫁。

「這生辰八字可是頂要緊的東西。」

「是啊、是啊，這東西可不能隨便就給出去了。」

人群裡的議論聲漸漸大了起來，鍾贛就站在人群之中，耳邊都是雜亂的聲音，說梁玉琢拿翹的有，說薛家高看梁家的也有。

他看著站在人群前、皺著眉頭的少女，突然間發覺，不過幾個月未見，當初瘦弱得彷彿才十二、三歲的少女，已經長大，身形纖長，胸前起伏，到了一家有女百家求的年紀。

「梁姑娘的生辰八字……是梁老太太給的。」婆子被人圍在中間，又急又氣，再看著梁玉琢一臉冰冷，咬咬牙，氣憤道：「老太太心善，得知我家小公子出了事，家裡打算給他沖喜，就主動叫人送了梁姑娘的生辰八字過來。」

話說到後面，婆子的語調變得蔑視起來。「梁家跟我家小公子也是緣分，梁先生當初過世後，小公子難過了很久，如今姑娘嫁進我們薛府，小公子鐵定念在先生的面上，對姑娘疼愛有加……」

婆子後頭的話沒來得及說完，就被人一腳踹倒在地。這一腳力氣不小，說話的婆子被踹倒後，腦門撞著地上的石子，直接磕出個洞來，血直接往外頭湧。

旁邊的婆子看得最仔細，一眼看見她滿臉的血，嚇得大叫起來。「殺人、殺人啦！」

「張家的，妳可別死啦！救命啊，有人殺人啦！」

人群是最容易傳遞慌亂的，有人開始大喊，就有人開始往後退，混亂間，人群中膽小的已經開始跑遠，膽大的還留在旁邊，卻開始小心提防將婆子踹倒的那人。

「鍾大哥。」梁玉琢看了眼在地上疼得打滾的婆子，嘆了口氣。「這幾人能煩勞你送一送嗎？」

鍾贛頷首。「老四。」

「標下在。」

「捆好，送走。」

從人群中走出來的老四拱手抱拳。「是。」

錦衣衛出身，抓人、捆人的本事自然是一流，當著沒走的村民的面，老四伸手，如同抓雞仔一般，直接抓起這幾個婆子，三下五除二將人捆綁起來。

俞二郎在旁邊看清了動作，當下拉出家裡的牛車，幫著老四將婆子丟到車上，拉起牛車就要往村外走。

牛車上被扔作堆的婆子破口大罵。「就你們梁家這樣的破落戶，要不是八字合得上，誰會願意娶過門?!才多大就勾得亂七八糟的漢子幫妳，真是賤……」

唾罵的話還沒說完，便聽得梁家屋內傳來一聲響動。

所有人都嚇了一跳，趕緊朝聲音傳來的方向看了過去，就看到一向輕聲細語、溫溫柔柔的梁秦氏，如同發怒的老虎，突然從緊閉的房門後面跑了出來，身後還跟著徐嬸。

梁秦氏跑出臥房，抓過院子裡的掃帚，衝著牛車上大放厥詞的婆子就是一陣猛打。

「滾！都給我滾！我家姑娘就是說不上好人家，也不去給你們薛家當沖喜娘子。妳家小公子害死我家男人還不夠，還要害死我閨女不成？都滾！」

梁秦氏顯然是氣急了，就連徐嬸想要去抓她，都被她掙脫開去。掃帚狠狠地打在那幾個婆子身上、臉上，看著她們臉上被掃帚抽出了紅印子，梁玉琢這才喊了一聲阿娘。

她這一聲喊，彷彿卸去了梁秦氏身上所有的力氣，當著所有人的面，就那樣跌坐在地上，捂著臉痛哭起來。

誰都知道，老梁家的老太太是個偏心的，在三個兒子、一個閨女裡頭，偏疼老大、老二，對三兒子梁文素來都是瞧不上眼，早早就把老三分了出去。

可梁文是個孝順的，即便分家，也記得每月給老梁家送去銀錢，可惜了梁文後來為薛家的那位小公子丟了性命。這樣就罷了，那位小公子這回出事，卻又盯上了梁文的閨女，也難怪素來文弱的梁秦氏會爆發。

被掃帚打得滿臉開花的婆子已經顧不得再叫囂什麼，疼得嗷嗷直叫，旁邊被捆綁在一處的幾個婆子嚇得不敢再言語，縮起脖子，連看也不敢再隨意地看一眼。

鍾贛揮手，命老四將人送走，方才重新回頭看向梁玉琢。

徐嬸這會兒已經將梁秦氏從地上攙扶起來，方才那幾下狠打梁秦氏用了好一番力氣，也因此，掌心被粗糙的掃帚棍擦出了血痕。二郎跑過來，捧住梁秦氏的手掌，心疼地朝上頭的傷口吹了吹。

「徐嬸，煩勞您送我阿娘回房歇著吧……」

「歇什麼歇？」

梁玉琢的話才出口，卻被人打斷，還沒來得及散去的人群，這會兒被人從最外層推開。梁玉琢聞聲看去，看見擠過人群的來人，心底長長嘆了口氣。「奶奶。」梁玉琢垂下眼，恭敬地行了禮。

梁老太太看見被人攙扶著的梁秦氏，氣得直瞪眼，等目光落到二郎身上，才緩了緩應了聲。「嗯。」

「二郎，扶奶奶進屋坐會兒。」梁玉琢抬眼，視線掃過梁老太太身後的幾位婦人，然後重新垂下眼。

她雖不在意名聲，可她不願丟了阿爹的臉，老太太又不是個能好好說話的，這會兒過來還不知是為了什麼，倘若接著方才那些婆子的事又在院子裡鬧上一鬧，他們家怕是要被人前人後議論上一年。

梁老太太冷哼一聲。「孫女大了，主意也大了。」

梁秦氏的哭聲驀地停了，一雙杏眼愣愣地望著站在人前的老太太，只覺得要出事。薛府的婆子剛過來的時候，她原是想答應這門親事的，可被攔在房裡，聽女兒和那幾個婆子說的話，她再糊塗也知道，這門親事答應不得。

沖喜娘子哪是那麼好當的，薛家那位小公子究竟能不能活，尚且是個問題，她若是把好好的女兒嫁過去沖喜，人活了倒也罷，萬一死了，豈不是……豈不是讓好好的閨女成了寡婦。

聽老太太的這話，再聯想到婆子口口聲聲說的生辰八字，梁秦氏瞬間明白了整件事。

為母則強，雖然如今女兒已經和自己不親近了，可梁秦氏的心底總歸還是割捨不下的，「這門親事媳婦不答應。」

她現在只懊悔為什麼當初會聽信了別人的攛掇，跑去薛府說親。

梁老太太中氣十足地問媳婦。「妳不答應？薛府這樣的大戶，琢丫頭嫁過去就是享福的，妳可得想清楚了。」

梁秦氏咬唇。「媳婦明白，可我好端端的閨女，怎麼能給人沖……」

梁老太太又問：「琢丫頭今年該說親了，妳要是不樂意薛家，上回怎麼叫人去說親？」

梁秦氏心頭一痛。「上回是媳婦糊塗了，薛家這樣的大戶，怎麼是我們攀得起的……」

有人匆匆忙忙從梁老太太身後走出來，慌忙就要去握梁玉琢的手，口中念叨。「攀得起、攀得起，這八字好，正好配得上四郎。」見梁玉琢往旁邊退了幾步，沒能握著手，那人尷尬一笑，掏出帕子抹了抹唇角，朝梁秦氏笑道：「讓親家見笑了。」

這人不是別人，正是薛府二房薛瀛的生母薛姚氏。梁秦氏本就認得她，過去因為梁文和薛府的關係，也曾和薛姚氏以姊妹相稱過，可如今……再要她這麼喊，就太戳心了。

梁秦氏張了張嘴，想說上兩句，卻聽見梁玉琢這時候開了口。「嬸子不必這麼客氣，這門親事我阿娘尚未應下。」

薛姚氏在來的路上已經看見了自家被送走的婆子，這會兒聽見梁玉琢的話，皺起眉頭看了梁老太太一眼。

梁老太太當即鼻子嗤了一聲。「大人說話有妳小孩子什麼事，妳阿娘作夢都想把妳嫁進薛家，現在薛家來求親了，哪有把人往外頭推的道理？」老太太說著，瞪了梁秦氏一眼。「我兒子死了，妳就不拿我當婆婆了是不是？妳這當娘的糊塗，我當奶奶的可不糊塗，我已經決定了，我得讓我的孫女嫁過去享福。」

「老太太糊塗了不成？」看著梁秦氏要哭昏過去，徐嬸忙出聲。「老太太也是知道的，這是沖喜，薛家四郎能不能好還是個問題，怎麼能把琢丫頭推進火坑裡？」

跟著梁老太太過來的人裡不光有薛姚氏，還有薛家其他幾位親眷，就連梁連氏跟梁趙氏也跟在後頭，這會兒聽見徐嬸的話，梁連氏從後頭擠出來，站在梁老太太身邊陰陽怪氣道：「怎麼能說是火坑呢？我可是瞧著這門親事好，才幫忙遞了生辰八字的……」

梁玉琢的視線移到梁連氏的臉上，一言不發，就這麼看著她，一直看著、一直看著，好像想把梁連氏徹底看穿。梁連氏被看得有些受不住，咳嗽兩聲又退回人群中，被旁邊的婦人瞪了幾眼後，竟又有了底氣哼了兩聲。

薛姚氏像是篤定梁家一定會答應，微微仰起脖子，對著梁玉琢說：「好姑娘，妳阿爹沒了，妳一個姑娘家也做不了什麼事，成天拋頭露面多丟臉，不如嫁給四郎；咱們薛家也算是大戶，虧待不了妳……」

「我不願嫁。」梁玉琢驀地開口，視線掃過梁老太太，也掃過薛姚氏和其他人，唯獨落到鍾贛身上時，匆忙轉開。

「我不願嫁進薛家，哪怕薛家是什麼鐘鼎高門，我也不願。薛家背信棄義，這樣的人家，我不嫁。」

這是個脾氣很大的姑娘，不樂意的事情絕對不做，不喜歡的人絕對會避開；薛家儘管拿著她的生辰八字，口口聲聲說她是個好的，也不敢把這樣的姑娘硬娶回家。

薛姚氏到底心疼兒子，生怕沖喜不成，反倒叫梁玉琢傷了寶貝兒子，當下氣急敗壞地跺了跺腳，拉上一同來的親眷，就要回去再想辦法。

梁老太太惱怒快要到手的有錢親家飛了，氣急了伸手就往梁玉琢臉上搧，梁秦氏一聲尖叫，急著撲過去護女兒，老太太的手腕卻被人緊緊抓住，下一刻就被甩進了人群裡。

梁老太太年紀大了，這一摔，把梁秦氏驚得差點腿軟，梁玉琢卻是微微揚起唇，臉上終於露出了歡快的笑容。

「你不該甩她的。」她抬頭，望著走近的鍾贛。「她年紀大了，萬一摔出好歹怎麼辦？」

鍾贛聞言，頷首。「沒下力氣。」他微微轉身，看向被人群七手八腳攙扶起來的梁老太太，臉上重新覆上冰霜。

梁老太太這一摔，有些懵了，等好不容易回過神來，聽見耳邊亂烘烘的說話聲，只覺得心口撲通直跳，差點喘不過氣來，等看見梁玉琢身邊站著的陌生男子，頓時氣結。

「混……混帳東西！原來妳早就跟人勾搭了，難怪好端端的親事怎麼說也不要，簡直下賤，跟妳娘一樣下賤，只會勾引男人。」

——未完，待續，請看文創風500《琢玉成妻》下

流浪貓狗介紹所

為流浪貓狗加油 和貓寶貝 狗寶貝 廝守終生(一定要終生喔！)的幸福機會

對人來說，貓寶貝狗寶貝只是生活的一部分，但妳(你)對牠們來說，卻是生活的全部，領養前請一定要考慮清楚——

▲ 隨和又可親的毛小孩　曉舞

性　　別：女生
品　　種：西施
年　　紀：約7～8歲
個　　性：熱情活潑，喜歡與人互動
健康狀況：收容所領出時已完成結紮與年度預防針、通過四合一檢查、2016年8月血檢正常
目前住所：新北市新店區

本期資料來源：台灣認養地圖

『曉舞』的故事：

曉舞原是被好心民眾發現送至收容所，所方聯絡到原飼主後，卻得到「不擬續養」的回覆。那時的牠，外觀並不討喜，加上所方備註的資料，讓牠遲遲得不到關愛。後來，中途在被朋友說動及幫忙之下，就決定將牠帶離收容所。曉舞在中途家生活時，完全好吃好睡，也很活潑，唯獨在照顧上需要費點心思。

經過一連串詳細檢查，曉舞有通過四合一檢驗，無感染；做血檢，也顯示一切正常，是個健康的小朋友，只是有皮脂漏和乾眼症。由於先前生活條件不佳，導致曉舞有皮脂漏，需每3、4天洗一次澡，建議戴頭套避免啃咬；而雙眼的乾眼問題，需早晚清潔並點眼藥水，避免惡化。另外，曉舞的後腳也有輕微膝關節異位，但完全不影響日常生活。曉舞在正常情況下，無須就醫服藥，只要給予均衡的營養、乾淨的生活空間及勤勞的洗澡即可。

曉舞的個性很好，和人、狗的互動都沒問題；牠也不太挑嘴，即便是乾糧，都能在短時間內一掃而空；此外，牠也是個很快能融入新環境的孩子，很好相處，現在，就等有緣人出現。若您想當曉舞的有緣人，請來信u811825@yahoo.com.tw或致電0922-627-796（毛小姐），或臉書私訊：Joan Mao。

認養資格：

1. 認養者須年滿20歲，有獨立經濟能力，
   並考慮清楚自身未來的狀況。
2. 須同意簽認養寵物切結書。
3. 同意送養人日後之追蹤探訪，對待曉舞不離不棄。
4. 不可長期關、綁著曉舞，限制其活動，亦不可隨意放養。
5. 請準備好曉舞的生活必需品，以及請支付醫療費用3000元
   （含全套血檢、驅內外寄生蟲，和皮膚、眼部相關用藥）。
6. 讓曉舞每年施打八合一及狂犬疫苗，每月按時服用心絲蟲預防藥。

來信請說明：

a. 個人基本資料：姓名、性別、年齡、家庭狀況、職業與經濟來源等。
b. 想認養曉舞的理由。
c. 過去養寵物的經驗，及簡介一下您的飼養環境。
d. 若未來有當兵、結婚、懷孕、畢業、出國或搬家等計劃，將如何安置曉舞？

文創風
499

琢玉成妻 上

國家圖書館出版品預行編目資料

琢玉成妻 / 畫淺眉著. --
初版. -- 臺北市 : 狗屋, 2017.03
冊 ; 公分. --（文創風）
ISBN 978-986-328-700-1（上冊：平裝）. --

857.7　　　　106000359

著作者　畫淺眉
編輯　林俐君
校對　沈毓萍　蔡佾岑
發行所　狗屋出版社有限公司
地址　台北市104中山區龍江路71巷15號1樓
電話　02-2776-5889～0
發行字號　局版台業字845號
法律顧問　蕭雄淋律師
總經銷　知遠文化事業有限公司
電話　02-2664-8800
初版　2017年3月
國際書碼　ISBN-13　978-986-328-700-1

本著作物由北京晉江原創網絡科技有限公司授權出版

定價250元
狗屋劃撥帳號：19001626
網址：love.doghouse.com.tw　E-mail：love@doghouse.com.tw